rororo

«Eine absurd-komische Geschichte, die zeigt: Auch Kühe sind nur Menschen!» (HAMBURGER MORGENPOST)

«Tierisch amüsant.» (MAXI)

«Diese fluffig-witzige Reise häuft wieder jede Menge gutes Karma an.» (B. Z.)

David Safier

MUH!

Roman

Rowohlt Taschenbuch Verlag

3. Auflage März 2016

Veröffentlicht im Rowohlt Taschenbuch Verlag,
Reinbek bei Hamburg, November 2013

Illustrationen Oliver Kurth
Umschlaggestaltung any.way, Barbara Hanke / Cordula Schmidt
(Illustration: Oliver Kurth)
Satz Kepler PostScript, InDesign,
bei Pinkuin Satz und Datentechnik, Berlin
Druck und Bindung
CPI books GmbH, Leck, Germany
ISBN 978 3 499 25626 4

Für Marion, Ben und Daniel – Muh!
Und auch für Max – Wau!

Kapitel 1

«MUH» kann so vieles bedeuten. Wenn eine stinknormale Kuh wie ich zum Beispiel panisch muht, kann das heißen: «Der Bauer hat mal wieder kalte Hände» oder «Hilfe, der Bauer fährt betrunken Mähdrescher» oder gar «Oh nein, sie wollen unseren Stier kastrieren!»

Wir Kühe können wütend muhen: «Blöder Elektrozaun!» oder schimpfend «Kinder, hört auf, euch über die Ochsen lustig zu machen» oder einfach nur aus vollstem Herzen glücklich «Gras, Sonnenschein und keinen Bandwurm im Leib – was will man mehr?»

Selbstverständlich sind wir auch in der Lage, traurig zu muhen: «Meine Mama ist gestorben», auch fragend «Was die Menschen wohl mit Mamas Körper machen?» und durchaus skeptisch «Ich finde dieser Big Mac, von dem der Bauer geredet hat, klingt irgendwie nicht gut.»

Wir sind sogar imstande, wenn wir auf der Weide stehen und wiederkäuen, philosophisch zu muhen: «Was hat sich unsere Schöpferin, die Gotteskuh Naia, nur dabei gedacht, als sie den Menschen erfand? Oder die blöden Fliegen? Es wäre doch viel schöner, wenn anstatt der Fliegen bunte Schmetterlinge um uns herumschwirrten. Oder wenn die Fliegen wenigstens schmecken würden. Am besten wären natürlich Schmetterlinge, die auch noch schmecken.»

Und manchmal, ja manchmal muhen wir Kühe zutiefst geschockt.

So wie ich, als ich das fürchterlichste Muhen meines bisherigen Lebens muhte. Es war an jenem Frühlingsnachmittag: Ich stand auf der Weide, sah die dunklen heranziehenden Regenwolken bereits und wollte nicht warten, bis der Bauer die Herde in den Stall trieb. In der letzten Zeit hatte der blöde Kerl uns nämlich öfter mal vergessen. Er war einfach nicht mehr der Alte: Er trank immer mehr von der Flüssigkeit, die die Bäuerin – wir hatten sie schon lange nicht mehr gesehen – Scheißkorn nannte, und er fluchte dabei über Dinge mit merkwürdigen Namen wie Milchquoten, Agrarsubventionen und Prostatitis.

Jedenfalls hatte ich keine große Lust, schon wieder nass zu werden, trottete zurück in den Stall und entdeckte dort, dass die große Liebe meines Lebens, der stattliche schwarze Stier Champion, überraschenderweise bereits in seiner Box stand. Bei seinem Anblick muhte ich den Satz, den wohl keine Kuh gerne über ihren Geliebten muht: «Sag mal, besteigst du da gerade Susi?»

Champion drehte hastig seinen Kopf zu mir, schaute für einen kurzen Moment erschrocken drein und stammelte dann: «Das ... das ist nicht das, wonach es aussieht, Lolle!»

Ja, wir Kühe konnten auch bekloppte Ausflüchte muhen.

«Du stehst aufrecht an ihrem Hinterteil und hast deine Vorderhufe auf ihren Rücken gelegt», erwiderte ich mit zittriger Stimme. «Was soll es denn sonst sein?»

Bei diesem fürchterlichen Anblick hatte ich das Gefühl, dass mein Herz in tausend Stücke gerissen wurde. Gleichzeitig zogen sich meine drei Mägen zusammen, von meinem Pansen ganz zu schweigen.

«Lolle, ich kann dir das alles erklären», versprach Champion mit seiner wunderbar tiefen Stimme und sah mich aus seinen noch wunderbareren tiefen schwarzen Augen an. Ich wäre sicherlich von seinem Augenaufschlag wie immer hin und weg gewesen, wenn er nun mal nicht gerade so bei Susi gestanden hätte. Diese fiese Kuh hatte viele schlechte Eigenschaften: Sie war durchtrieben, eitel, und – das war das Schlimmste von allem – sie sah unglaublich gut aus. Um so vieles besser als ich. Susi war eine richtig dralle Kuh mit glänzendem Fell, und beim Anblick ihres Euters war schon mancher Stier aus Versehen in den Elektrozaun gelaufen. Mein schwarz-weißes Fell hingegen war matt, nichts an meinem Körper veranlasste mich dazu, mich stundenlang beglückt in einer Pfütze zu betrachten. Und kein Stier war jemals wegen meines Euters vom rechten Wege abgekommen.

Susi hatte schon lange ein Auge auf Champion geworfen, aber ich hatte gehofft, seine Liebe zu mir wäre stärker als ihre Verführungskünste. Tief im Innern wusste ich natürlich, dass dies naiv war, wobei naiv noch eine nette Untertreibung ist und selbst schweinedämlich es nicht ganz trifft. (Und Schweine sind ganz schön dämlich, die denken doch tatsächlich, die Welt bestünde nur aus unserem Bauernhof, während wir Kühe von unserer Weide aus bis zu den Bäumen am Ende der Welt sehen können. Jene Bäume, die man nicht passieren darf, weil man dahinter in einen Abgrund stürzt und tagelang fällt, um schließlich in der unendlichen Milch der Verdammnis zu landen.)

Auch wenn Susis Euter so viel verführerischer als der meine war und die Szene vor meinen Augen eindeutig zu sein schien, hoffte ich inständig, Champion würde die Wahrheit sagen. Dass es wirklich nicht das war, wonach es aussah, und dass er mir eine plausible Erklärung für alles liefern konnte. Falls er dies nicht tun könnte, wäre mein Lebenstraum zerstört. Jener Traum, den ich seit dem letzten Sommer träumte: Damals war ich noch eine junge Kuh von gerade mal zwei Sommern gewesen, und in meinem Herzen herrschte eine große Unruhe. Ich war begierig zu erfahren, was der Sinn des Lebens war, doch wenn ich die alten Kühe auf der Weide danach befragte, hörte ich nur: «Grasen ist doch eine ziemlich feine Sache.»

Diese Antwort reichte mir ganz und gar nicht. Das Leben, so dachte ich, musste doch aus mehr bestehen als nur Grasen, Wiederkäuen und den anderen Kühen zu erzählen, was man für einen gigantischen Fladen produziert hatte.

An einem besonders heißen Tag zeigten mir ausgerechnet zwei Eintagsfliegen, was dieses «mehr» sein könnte. Am frühen Morgen wurde ich Zeuge, wie sie aus einer kleinen Gewitterwasserpfütze vor mir schlüpften. Ganz zerbrechlich wirkten die beiden kleinen Geschöpfe in ihren ersten Minuten auf dieser Welt. Schon in diesem jungen Alter fühlten sich die beiden Fliegen zueinander hingezogen. Ich beschloss, sie zu beobachten, und gab ihnen die Namen «Summ» und «Herum». Die beiden niedlichen Wesen verbrachten ihre gesamte Kindheit zusammen mit gemeinsamem Fliegen und Umhertollen, also ungefähr eine halbe Stunde.

Mittags wurden sie zu Mann und Frau. Summ befruchtete seine Herum, ein Vorgang, bei dem ich selbstverständlich dezent wegsah. Die beiden bekamen Kinder. Eintausend Stück. Und ich verzichtete lieber darauf, ihren Babys ebenfalls Namen zu geben.

Liebevoll zogen die beiden Eintagsfliegen ihre Kleinen auf, auch wenn das ziemlich anstrengend war, besonders am Nachmittag, als alle tausend Kinder wilde Heranwachsende waren – anscheinend war dies ein Lebensabschnitt, in dem man nur bedingt zurechnungsfähig war.

Am Nachmittag wurden die Kinder endlich erwachsen. Summ und Herum genossen fortan ihr Leben zu zweit und machten immer wieder Ausflüge zu anderen Pfützen. Gegen Sonnenuntergang wurde ihr Leben noch mal richtig anstrengend, aber auf eine schöne, befriedigende Art und Weise, denn sie halfen ihren Kindern dabei, sich um die eine Million Enkelkinder zu kümmern. Als der Mond schon aufgegangen war, flogen die Liebenden schließlich, vom Alter erschöpft, aber glücklich, Flügel an Flügel umher, bis sie zu Boden sanken. Dort schliefen sie, vom Sternenlicht beschienen, sanft ein, die Flügel liebevoll ineinandergelegt.

Nachdem ich das gesehen hatte, wusste ich: So ein Leben wollte ich auch haben.

Natürlich etwas länger.

Und mit etwas weniger Kindern.

Und darauf, dass auf meinem toten Körper, wie bei den beiden geschehen, noch ein Kuhfladen landet, konnte ich auch gut verzichten. Ansonsten aber sollte mein Leben genauso sein wie ihres. Und ich hatte immer gedacht, Champion würde mein Summ sein.

Jetzt aber war mein Traum dabei zu zerplatzen, es sei denn, Champion hatte wirklich eine plausible Erklärung dafür, warum er so bei Susi stand.

«Lolle, es war so», hob er an, «Susi hat der Rücken gejuckt, und da hat sie mich gefragt, ob ich mal kratzen kann.»

Das war nicht gerade die plausible Erklärung, auf die ich gehofft hatte.

«Für wie blöd hältst du mich eigentlich?», fragte ich, während mir die ersten Tränen in die Augen schossen.

Champion wusste nicht, was er darauf antworten sollte, dafür grinste Susi: «Nun, für wahnsinnig schlau hält er dich offensichtlich nicht.»

Sie hatte sichtlich Spaß daran, mich zu reizen. Aber ich wollte ihr nicht die Genugtuung geben, vor ihr auszurasten oder – noch schlimmer – gar zu weinen. So atmete ich tief durch, hielt meine Tränen mit geradezu überkuhlicher Kraft zurück und erwiderte ganz gefasst: «Dich hingegen schätzt Champion sicherlich für deinen Geist.»

«Genau.»

«Und für deine große Persönlichkeit.»

«So ist es.»

«Deswegen beugt er sich ja auch gerade über dein Hinterteil.»

Susi schnappte sauer nach Luft. Champion wandte sich an mich und erklärte zerknirscht: «Lolle, das hier bedeutet mir nichts ...»

«Na, vielen Dank!», motzte Susi beleidigt.

Für mich war es leider in diesem Moment nur ein geringer Trost, dass ihm das Fremdgehen nichts bedeutete.

Champion versuchte weiter, mich zu beschwichtigen: «Du weißt doch, wir Männer nehmen das nicht so ernst, wenn wir mit einer Frau Liebe machen ...»

Diesmal sagte ich getroffen: «Na, vielen Dank!»

«Ups», erkannte Champion seinen Fehler und versuchte, ihn gleich wieder wettzumachen. «Bei dir ist es was anderes, Lolle. Du weißt, was ich für dich empfinde!» Seine Stimme vibrierte dabei. Womöglich empfand er wirklich noch etwas für mich. Bestimmt sogar. Dummerweise war es nicht so viel, dass er Susis Hinterteil widerstehen konnte.

«Lolle, was kann ich tun, um das alles wiedergutzumachen?», fragte er zerknirscht.

«Zwei Dinge», antwortete ich.

«Was?», wollte Champion eifrig wissen.

«Erst mal eine Kleinigkeit.»

«Welche?»

«STEIG VERDAMMT NOCH MAL VON SUSI AB, WENN DU MIT MIR SPRICHST!»

«Der Meinung bin ich allerdings auch», fand Susi, die sichtlich genervt war, dass Champion sich so sehr um mich bemühte.

Hastig kletterte Champion von Susi herunter, und die trottete total beleidigt in ihre eigene Stallbox. Dabei rief sie ihm noch zu: «Es mit dir zu treiben, macht so viel Spaß wie eine Pansen-Verstimmung.»

Er blickte ihr kurz nach, aber sie war ihm anscheinend nicht so wichtig, dass er ihr auch nur eine Antwort auf ihre Beleidigung geben wollte. Stattdessen wandte er sich erneut zu mir und fragte: «Und was ist das Zweite, was ich tun soll?»

«Mir nie wieder zu nahe kommen!» Ich zitterte am ganzen Leib, während ich diese harschen Worte aussprach. Dann drehte ich mich um und lief aus dem Stall heraus, in den Regen, der gerade richtig lospladderte. Die anderen Kühe der Herde trabten mir entgegen, aber ich beachtete sie gar nicht. Mein Traum war zerstört. Champion war nicht meine Eintagsfliege. Mit ihm würde ich nie ein so glückliches Leben haben, wie Summ und Herum es geführt hatten.

Kaum hatte ich dies endgültig realisiert, konnte ich nicht mehr an mich halten: Ich heulte los und galoppierte, so schnell ich konnte, raus auf die Weide in der Hoffnung, dass mich niemand sehen würde. Die Tränen vermischten sich auf meiner Schnauze mit den Regentropfen, und ich wusste: Ich würde an gebrochenem Herzen eingehen, wenn ich nicht bald einen neuen Traum vom Glück fände.

Kapitel 2

Wir Kühe haben unfassbar große Tränendrüsen: Ich hatte keine Ahnung, wie lange ich schon schluchzend am kleinen Bach am Rand unserer Weide lag. Die Regenwolken hatten sich wieder fast verzogen, und es nieselte lediglich, doch ich heulte immer noch. Da trat Hilde hinzu, eine meiner beiden besten Freundinnen, und fragte: «Gibt es einen speziellen Grund, warum du dir hier eine Erkältung holst, Lolle?»

«Ssssammmpionnn», heulte ich.

«Kannst du vielleicht etwas deutlicher heulen?»

«Sssampion ... Sssusi ... Bessstieg'n.»

Hilde verstand nun und seufzte: «Männer, bei ihnen hast du nur zwei Möglichkeiten: Hasse sie, oder hasse sie.»

Meine Freundin besaß eine raue Schale, und unter der steckte ein ... nun ja ... harter Kern. Doch tief drin in diesem harten Kern war etwas Weiches, eine Sehnsucht nach Liebe und Nähe. Aber Hilde hätte lieber ihre Zunge in einen Häcksler gesteckt, als anderen – und vor allen Dingen sich selbst – diese Sehnsucht einzugestehen.

Sie war die einzige Kuh auf unserer Weide, die braune Flecken besaß. Von klein auf wurde sie daher von den anderen Kühen gemieden. Die Einzigen, die sich nicht für ihre Fleckenfarbe interessierten, waren meine andere beste Freundin Radieschen und ich. Mir war die Farbe einerlei, weil mich alles faszinierte, was irgendwie anders war, und Radieschen machte sie nichts aus, weil sie die liebste Kuh überhaupt war und ihr die Welt gar nicht bunt genug sein konnte.

Während meine Tränendrüsen und der Nieselregen allmählich versiegten, kam Radieschen angelaufen und plapperte aufgeregt: «Habt ihr gehört? Der Bauer ist vorhin nicht gekommen, weil er im Haus eingeschlafen ist. Wieder mal vor diesem flimmernden Fernsehkasten, in dem die kleinen Menschen wohnen, die immer mit ihm reden, ohne dass er ihnen antwortet, was nebenbei gesagt ganz schön unhöflich ist, und ... Sag mal, Lolle, du weinst ja ...»

«Sssampion ... Ssusii ...», erklärte ich.

«Oh nein, haben die es etwa miteinander gemacht?», fragte Radieschen erstaunt.

«Nein», antwortete Hilde spitz, «sie haben miteinander ‹Fang den Fladen› gespielt.»

«Echt?», fragte Radieschen. «Und warum ist Lolle dann so traurig?»

Obwohl Radieschens Fell nur wenige Flecken aufwies und daher fast ganz weiß war, zählte sie nicht zu den hellsten Kühen auf der Weide.

Hilde verdrehte die Augen: «Natürlich haben die beiden es miteinander gemacht.»

«Und warum sagst du dann, sie haben ‹Fang den Fladen› gespielt?» Radieschen war nun sehr irritiert.

Hilde schnaubte als Antwort leicht genervt durch.

Radieschen wandte sich mir zu und sagte lieb: «Es tut mir so leid für dich», dabei schlabberte sie mir tröstend mit ihrer Zunge über die Schnauze, was mich etwas beruhigte.

Hilde versuchte mich indessen auf ihre Weise zu trösten: «Wir haben doch immer gewusst, dass Champion ein Idiot ist.»

«Ja, aber er war mein Idiot», schnäuzte ich.

«Ach, Lolle», säuselte Radieschen sanft, «es gibt doch auch noch so viele andere Idioten.»

Radieschen konnte immer was Gutes an einer Situation finden. Sie sah halt stets den Trog halb voll, während Hilde ihn halb leer sah. Und Champion ihn ganz leer futterte.

Doch ich war nicht wie Radieschen. Um genau zu sein: Niemand war so wie sie. Und Hilde vertrat die feste Überzeugung, dass Radieschens positive Weltsicht im engen Zusammenhang stand mit der Tatsache, dass sie bei ihrer Geburt mit dem Kopf voran auf den Stallboden geplumpst war.

Doch hatte Radieschen vielleicht recht? Vielleicht musste ich gar nicht vor Trauer eingehen? Sollte dies mein neuer Traum von einem glücklichen Leben werden: Einen anderen Stier zu finden? Sollte ich mich einfach neu verlieben? Doch wie konnte das gehen? Wo mein Herz doch so sehr schmerzte? Und ich eigentlich nur Champion haben wollte? Ihn aber nie wieder unbefangen berühren könnte, geschweige denn, mich von ihm anfassen lassen konnte, nachdem ich ihn so mit Susi gesehen hatte.

«Kein Stier macht glücklich», widersprach Hilde. «Stiere sind ein Beweis dafür, dass unsere Gotteskuh Naia gar nicht existiert. Aber falls doch und sie die Stiere wirklich erschaffen hat, dann ist Naia recht merkwürdig. Und mit merkwürdig meine ich total bekloppt.»

Damit hatte Hilde durchaus recht, die anderen Stiere auf unserem Hof schienen noch weniger eine göttliche Schöpfung zu sein als Champion. Die Stiere in unserem Alter waren der Ansicht, dass man für das Liebemachen nicht unbedingt Gefühle benötigte, was sie in meinen

Augen nicht wirklich attraktiv machte. Außer ihnen gab es noch den greisen Kuno, den der Bauer immer nur «die zukünftige Ochsenschwanzsuppe» nannte, ohne dass ich genau wusste, was das bedeutete. Es klang aber ähnlich unerfreulich wie «Big Mac», «T-Bone Steak» oder «Ledersandale». Und zu guter Letzt hatten wir auf der Weide noch den Stier Onkel, dessen Verdauung nicht die beste war. Wenn Pups-Onkel blähte, verendete schon mal ein Fliegenschwarm. Oder ein Eichhörnchen.

Radieschen schlug aufmunternd vor: «Du könntest ja warten, bis ein neuer, richtig guter Stier geboren wird.»

«Klar», konterte Hilde, «und wenn der dann ausgewachsen ist, verliebt er sich ausgerechnet in eine ältere Kuh.»

«Ja, warum denn nicht?», wollte Radieschen wissen.

«Weil Jungstiere nicht soooo sehr darauf stehen, wenn eine Kuh faltig ist, sie anfängt zu müffeln und der Euter so hängt, dass er beim Gehen über den Boden schleift.»

Bei dieser Vorstellung vom Alter wollte ich am liebsten gleich wieder losheulen.

Und ganz bestimmt nicht alt werden.

Radieschen erkannte, dass ich den Tränen nah war, und schlabberte mir erneut mit der Zunge über die Schnauze: «Dir wird es schon bald besser gehen, das verspreche ich dir, Lolle.»

«Ja», bestätigte Hilde, «wenn sie endlich begreift, dass sie keinen Stier zum Glück braucht.»

War das der Weg? Alleine ein glückliches Leben zu leben? Ohne von einem Mann geliebt zu werden?

Radieschen fragte sie: «Bist du denn glücklich alleine?»

«Klar», antwortete Hilde in einem etwas zu bestimmten Tonfall, der verriet, dass das «klar» nicht ganz der Wahrheit entsprach.

Wenn selbst die starke Hilde es nicht schaffte, alleine glücklich zu sein, wie sollte ich dann ohne einen Stier mein Glück finden? Bevor ich mit Champion zusammenkam, war mir dieses Leben, das nur aus Grasen und Verdauen bestand, doch schon viel zu wenig.

Ich betete in Gedanken zu Naia, dass sie mir ein Zeichen geben solle. Kaum hatte ich mit dem Gebet angefangen, schrie jemand «Attenzione!».

Ich sah, wie ein brauner Kater auf uns zulief, nein zuhumpelte, geradezu zustürzte. Sein Bein blutete, Panik lag in seinen Augen. Er war ein gehetztes Tier. Auf der Flucht vor irgendwas. Oder vor irgendjemand. In jedem Fall vor etwas ganz, ganz Schrecklichem.

Wenn dies das Zeichen der Gotteskuh war, dann war sie nicht nur merkwürdig oder gar bekloppt, sondern auch noch wenig zimperlich.

Kapitel 3

Der Kater stürzte vor uns in den Bach. Er tauchte auf, gurgelte und versuchte, sich über Wasser zu halten, aber mit seinem zerfetzten Bein war dies schier unmöglich.

Als Erste fand Hilde die Worte wieder: «Ich hab den noch nie hier gesehen. Woher kommt der?»

«Vielleicht», mutmaßte Radieschen, «von den Bäumen am Ende der Welt, wo die Kuh des Wahnsinns wohnt?»

«Es gibt keine Kuh des Wahnsinns», widersprach Hilde, «das sind nur Märchen, die Mütter ihren Kälbern erzählen.»

«Sind es nicht!»

«Radieschen, du bist naiver als die Hühner, die nicht

begreifen, dass die Eier, die ihnen weggenommen werden, ihre Kinder sind.»

«Vielleicht begreifen sie das doch», entgegnete Radieschen, «und die Hühner sind einfach nur nicht so kinderlieb.»

«Die Hühner sind doch im Augenblick völlig egal», erklärte ich, «wir müssen den Kater da rausholen!»

Entschlossen stapfte ich in das kalte Wasser des Bachs, das mir bis zu den Knien ging. Bevor ich den Kater jedoch mit meiner Schnauze packen konnte, ging der wieder gurgelnd unter, mit Todesangst in seinen Augen. Schnell steckte ich meinen Kopf ins Wasser und sah, wie der Kater mit seinen drei gesunden Beinen wild um sein Leben strampelte, während die Luftblasen nur so aus seinem Mund blubberten. Doch all sein Strampeln war vergeblich: Er sank zu Boden, auf die Steine.

Ich tauchte meine Schnauze tiefer unter und erkannte, dass die Augen des Katers sich bereits schlossen und die allerletzten feinen kleinen Luftblasen seinen Mund verließen. Hastig biss ich in sein nasses Fell und hob ihn aus dem Wasser. Während ich aus dem Bach stapfte und der Kater an meiner Schnauze baumelte, spuckte er Wasser und japste nach Luft. Als er endlich wieder atmen konnte, stammelte er: «Signorina, ich danke Ihne von die ganze Herze.»

«Irgendwie redet der komisch», murmelte Radieschen.

Hilde vermutete: «Vielleicht hat sein Hirn zu wenig Luft bekommen.»

«Ich komme aus bella Italia», erklärte der Kater.

«Was soll das denn sein?», fragte Hilde.

«Meine Großtante hieß Bella», meinte Radieschen, «aber der kommt bestimmt nicht aus der.»

Der Kater ignorierte die beiden und wandte sich wieder an mich: «Ich normalerweise nicht stehe auf massige Fraue, aber Sie … Sie könnte ich küsse, Signorina!»

Ich wollte dem Kater antworten, dass ich zum einen nicht wusste, was «Signorina» bedeuten sollte, und dass ich zum anderen auf einen Kuss durchaus verzichten konnte – ich glaubte nun mal nicht an Liebkosungen zwischen den Tierarten –, da warnte mich Radieschen, weil ich den Kater noch im Maul hatte: «Wenn du ihm antwortest, plumpst er auf den Boden.»

Damit hatte sie natürlich recht, ich legte den Verletzten vorsichtig ins Gras, wo er sich hastig in alle Richtungen umschaute und schließlich erleichtert feststellte: «Ich habe ihn abgehängte.»

«Wen?», fragte ich.

«Glaube Sie mir, das Sie wolle nicht wisse.»

Ich sah auf sein zerfetztes Bein und antwortete mulmig: «Ja, das glaub ich dir gerne.»

Radieschen betrachtete sich die Wunde genauer und schluckte: «Die ist ganz schön übel.»

Der Kater lächelte bitter: «Gut, dass Sie das sage Signorina, es wäre mir so nicht aufgefalle.»

Er versuchte, sich aufzurichten, schaffte es aber nicht. Schmerzerfüllt stöhnte er auf: «Fuck!»

«Fuck?», fragte Radieschen. «Was soll das denn jetzt wieder heißen?»

«Signorina», antwortete der Kater, «‹Fuck› iste, wenn eine Kater treffe auf eine wunderschöne Katze und er sie begehre so sehr, dass seine Zauberflöte sich aufrichte …»

«Zauberflöte?», fragte Radieschen irritiert.

«Na, die Oboe de Amore.»

«Oboe de Amore?»

«Der Bass dello Spaß.»

«Ich hab keine Ahnung, wovon du redest.»

«Die Schwanze!», rollte er nun mit den Augen.

«Die Schwanze?», fragte Radieschen irritiert.

«Hier», sagte der Kater genervt und zeigte auf sein bestes Stück.

Radieschen wurde darauf total verlegen, und wenn wir Kühe dazu in der Lage gewesen wären, uns die Augen zuzuhalten, hätte sie es bestimmt getan.

Der Kater atmete durch: «Ich nicht habe die Zeit, hier die Aufklärungsunterrichte für Kühe abzuhalte. Ich musse weiter, sonst es iste für mich finito!»

«Mit dem Bein wirst du aber nicht weit kommen», stellte Hilde fest.

«Ich nicht habe die Wahl», erwiderte der Kater, richtete sich auf und humpelte schmerzverzerrt los. Doch schon nach wenigen Humplern wurde ihm schwindelig, er begann zu wanken und brach schließlich zusammen. Im Fallen fluchte er «Fuck, Fuck, Fu...» und landete mit dem Gesicht voran im Schlamm.

«Was hab ich gesagt?», kommentierte Hilde trocken. «Nicht weit.»

«Fuckedifuckediefucke», stammelte der Kater noch als Letztes in den Schlamm, bevor er das Bewusstsein verlor.

«Dieser Kater redet versauter als die Schweine», staunte Radieschen. (Das wollte was heißen, Schweine haben eine Art, miteinander zu reden, bei der wir Kühe ganz verlegen werden und es schade finden, dass wir nicht dazu in der Lage sind, uns Karotten in die Ohren zu stopfen.)

«Ich frag mich», sagte ich, «wer oder was ihn so zugerichtet hat.»

«Das wäre dann wohl ich gewesen», grollte eine dunkle

Stimme hinter uns. Eine Stimme, deren Eiseskälte durch Mark und alle vier Beine ging.

Schon bevor ich mich umdrehte, dachte ich mir: Warum muss ich dumme Kuh auch immer so blöde Fragen stellen?

Kapitel 4

Langsam drehte ich mich um und sah auf der anderen Seite des Baches einen unglaublich großen grauen Schäferhund. Er war alt, aber er wirkte kein bisschen schwach, sondern im Gegenteil, als verfüge er über eine gewaltige Kraft. Sein Gebiss war riesengroß, die Zähne reißend scharf, und wo sein linkes Auge hätte sein müssen, war alles mit vernarbter Haut zugewachsen. Das rechte Auge war blutrot unterlaufen und funkelte böse. Ich hatte noch nie einen Mörder gesehen, aber ich wusste genau: Das hier ist einer.

Mein Instinkt schrie: Ich finde, das ist ein außerordentlich guter Zeitpunkt abzuhauen!

Meine beiden Freundinnen hatten sich nun ebenfalls zu dem Hund umgedreht. Radieschen schluckte beim Anblick dieses unheimlichen Geschöpfs: «Ich glaub, ich habe mir gerade gegen das Bein gepinkelt.»

Hilde stammelte, ganz so, als ob sie den Schäferhund erkannte: «Hoffentlich ist das nicht ...»

Weiter kam sie nicht, denn der Hund grinste: «Es ist schön, nach all den Jahren wieder nach Hause zu kommen.»

«Oh nein, er ist es!», schluckte Hilde. «Das ist wirklich Old Dog!»

«Schön, dass mein Name hier noch bekannt ist», grinste er noch breiter.

Jetzt drehte ich förmlich durch vor Angst. Old Dog war eine Legende auf unserem Bauernhof. Eine der unheimlichen Art. Zwar hatte keine von uns drei Kühen ihn je gesehen, doch jedes Kalb in der Herde hatte schon von ihm gehört: Old Dog hatte einst, vor vielen Sonnenwenden, unseren Hof gehütet. Damals, als junger Hund, hörte er noch auf den Namen Rex. Er war freundlich zu jedem und schützte uns vor Füchsen, Mardern und anderen wildernden Tieren. Rex liebte Tinka, eine liebreizende Pudeldame, und die beiden waren ein glückliches Paar, wie es kein anderes auf dem Bauernhof gab. Doch eines schrecklichen Tages fraß Tinka vergiftetes Fleisch, das der Bauer für Ratten ausgelegt hatte, und starb qualvoll. Der Kummer von Rex in den folgenden Wochen war unermesslich, er aß nichts mehr und kümmerte sich auch nicht mehr um seine Pflichten auf dem Hof. Schließlich wurde sein Schmerz so unerträglich, dass er nicht mehr auch nur einen Tag weiterleben wollte. So fraß er selbst von dem vergifteten Fleisch. Er schlang es runter, brach zusammen, spuckte Schaum, und nach wenigen Minuten des Todeskampfes stand sein Herz still wie zuvor bei seiner geliebten Tinka. Der Bauer wollte Rex jedoch nicht sofort begraben, sondern erst mal seinen Rausch ausschlafen, und so ließ er den Kadaver des Hundes auf dem Hof liegen. Um Mitternacht öffnete Rex mit einem Male wieder die Augen: Er war von den Toten zurückgekehrt. Aber verändert. Seine Augen waren rot und sein Fell grau wie das eines alten Hundes. Doch er war nicht schwach wie ein solcher, sondern besaß fortan eine enorme, übernatürliche Kraft. Aber vor allem war er nicht mehr lieb, sondern böse. Nicht ein bisschen böse wie Pups-Onkel, der sich gerne mal einen Spaß daraus machte, sich in unsere Mitte zu stellen und zu pupsen ... Nein, Rex, der fortan nur Old Dog genannt wurde, war jetzt unfassbar böse. Er wachte nun nicht mehr über dem Bauernhof und beschützte die Tiere, sondern quälte sie bei jeder Gelegenheit. Was immer auch mit ihm geschehen war, als sein Herz nicht mehr schlug, wo immer auch sein Geist hingereist war, es hatte ihn verändert. Die Tiere auf dem Hof vermuteten, dass er im Reich der Toten nach seiner Tinka gesucht und sie nicht gefunden hatte. Andere vermuteten, dass das Reich der Toten niemanden haben mochte, der sich selbst das Leben nimmt, und er daher nun unsterblich war. Wie dem auch sei, eines besonders schrecklichen Tages tötete Old Dog bestialisch eine Sau. Nicht, um sie zu fressen oder weil die Sau ihn beleidigt hatte. Als das verwitwete Schwein den Schäferhund mit tränenerstickter Stimme fragte: «Warum hast du mein Weib getötet?», antwortete der nur kalt: «Weil sie glücklich war.»

Doch als der Bauer den grausig zugerichteten Tierkörper sah, schlug er dem Schäferhund mit einer Schaufel ein Auge aus und vertrieb Old Dog vom Hof. Seitdem wurde er nie mehr gesehen ... bis jetzt.

«Du ...», stammelte Radieschen, «du bist wirklich Old Dog?»

«In Fleisch und Blut», grinste er von seiner Seite des Baches zu uns herüber, und sein blutrotes Auge funkelte unnatürlich dabei.

«Jetzt hab ich mir auch noch gegen das andere Bein gepinkelt», flüsterte Radieschen.

«Meine Blase», stimmte Hilde zu, «lässt auch gerade etwas zu wünschen übrig.»

«Euch Kühen wird nichts passieren, wenn ihr mir den Kater überlasst», erklärte Old Dog kalt lächelnd.

Mein Instinkt fand: Das klingt doch außerordentlich gut.

Ich sah zu dem blutenden, ohnmächtigen Kater. Ich konnte so ein armes hilfloses Wesen nicht einfach seinem Schicksal überlassen. Daher wies ich meinen Instinkt in die Schranken und sagte zu Old Dog, so tapfer wie möglich: «Das kommt nicht in Frage.»

Hilde fragte geschockt Radieschen: «Was hat sie da gesagt?»

«Ich glaub, sie hat gesagt: Kommt nicht in Frage», antwortete die nicht minder geschockte Radieschen.

«Au Mann, ich hätte mich so gerne verhört», seufzte Hilde.

Old Dog grinste mich an: «Was haben wir denn da? Eine mutige Kuh! Weißt du, was aus mutigen Kühen wird?»

So, wie er die Frage stellte, war es gewiss nichts Gutes.

«Kadaver. Blutige, zerrissene Kadaver», beantwortete er und lachte laut schallend auf.

«Also», hörte ich Radieschen flüstern, «sein Humor trifft nicht ganz den meinen.»

Und mein Instinkt fragte: Könnten wir vielleicht noch mal darauf zurückkommen, was ich eben über das Abhauen gesagt habe?

Ich wollte auch gerne darauf zurückkommen. So, so gerne! Aber wie könnte ich damit leben, ein wehrloses Lebewesen wie den Kater einfach dem Tod zu überlassen? Würde ich so etwas tun, wäre doch mein Gewissen für immer so beschwert, dass ich nie mehr glücklich werden könnte.

«Wenn du den Kater willst», erklärte ich daher tapfer, «musst du es mit uns dreien aufnehmen.»

Hilde schluckte: «Jetzt hätte ich mich schon wieder gerne verhört.»

«Und ich wäre jetzt gerne ein Vogel», begann Radieschen verängstigt zu plappern, «oder ein Maulwurf oder ein Regenwurm, am besten ein unsichtbarer, auch wenn es so etwas wie unsichtbare Regenwürmer gar nicht gibt, oder vielleicht gibt es die ja doch, und wir können sie nur nicht sehen, weil sie ja unsichtbar sind ...»

Doch egal, wie viel Angst die beiden auch hatten, sie liefen nicht weg und blieben an meiner Seite. Weil sie meine Freundinnen waren. Oder weil ihre Beine vor Angst gelähmt waren. Höchstwahrscheinlich war es eine Mischung aus beidem.

Old Dog musste noch mehr lachen: «Du hast wirklich Mut, Mädchen!»

Während er so eisig lachte, dass ich vor Kälte zu zittern begann, meldete sich mein Instinkt wieder zu Wort: Also, wenn ich die Wahl habe zwischen dem Leben eines Katers und meinem Leben, habe ich da doch eine ganz eindeutige Vorliebe ...

Doch ich ignorierte meinen blöden Instinkt tapfer weiter und blieb stehen. Und die anderen beiden mit mir.

Plötzlich hörte Old Dog auf zu lachen und sprang mit einem Satz über den breiten Bach auf unsere Seite, so mühelos, wie kein junger Hund es hätte schaffen können.

Radieschen flüsterte uns zu: «Es war schön, euch zu kennen.»

Hilde antwortete: «Euch auch, was ich vom Rest der Welt allerdings nicht gerade behaupten kann.»

Mein Instinkt jaulte in mir auf: Ich bin ja nur ungern ein Klugscheißer, aber wer hat es gleich gesagt?

Old Dog baute sich vor mir auf. Er war zwar kleiner als ich, wirkte aber gewaltig. Sein Fell roch nach Verwesung, sein Atem nach Tod. Gleich würde er zuschnappen, keine

Frage. Und ich würde von ihm dahingerafft. Wie sollte ich mich gegen so ein Ungetüm wehren? Ich war doch nur eine Kuh und hatte noch nie mit einem Lebewesen gekämpft, außer mit meinem Schwanz gegen die Fliegen, und selbst die hatte ich nie richtig erwischt.

Der Schäferhund starrte mich unendlich lange Sekunden an, mein Herz raste, aber fliehen konnte ich nicht mehr, meine Beine schlotterten viel zu sehr. Jetzt würde mein Leben zu Ende gehen, ohne dass ich mein Glück gefunden hatte. Konnte man etwa noch trauriger sterben?

Doch mit einem Male erklärte Old Dog: «Ihr seid es nicht wert, dass ich meinem alten Bauern drei Kühe reiße.»

Ich konnte kaum glauben, was ich da hörte, traute mich gar nicht zu atmen.

Der Hund blickte mich mit seinem roten Auge durchdringend an und zischte leise: «Heute ist dein Glückstag, Mädchen ...»

Wenn das mein Glückstag war, wollte ich meinen Pechtag nicht erleben.

«... aber wenn wir uns das nächste Mal begegnen, wirst du sterben. Langsam. Sehr, sehr langsam. Und sehr, sehr qualvoll.»

Er drehte sich um, sprang wieder mit einem Riesensatz über den Bach und lief unnatürlich schnell von dannen. Weder ich noch mein Instinkt besaßen den leisesten Zweifel daran, dass er seine Drohung wahr machen würde. Und bei diesem Gedanken pinkelte nun auch ich gegen mein Hinterbein.

Kapitel 5

Wir Kühe starrten wie gelähmt in die Richtung, in die Old Dog am Horizont verschwunden war. Eine Weile lang hörte man nur, wie unsere schlotternden Beine gegeneinanderstießen. Radieschen fand als Erste von uns die Sprache wieder und stellte fest: «Jetzt müffeln meine Beine.»

Ich fragte mich gerade, wie lange wohl so eine blöde Todesangst braucht, bis sie wieder verschwindet, da hörten wir hinter uns: «Mamma mia, es iste so dunkel!»

Der Kater lag immer noch mit dem Gesicht im Schlamm.

«Iste das die ewige Dunkelheit?», jammerte er.

«Nein, nur die falsche Blickrichtung», antwortete ich, ging zu ihm und stupste ihn mit der Schnauze so an, dass er sich umdrehte. Der Arme sah nicht gut aus, und das lag nicht nur daran, dass sein Gesicht voll Schlamm war. Ich berührte mit meiner Schnauze vorsichtig seine Stirn und stellte fest, dass sie stärker glühte als ein Vogel, der sich im Elektrozaun verheddert hatte.

«Nun iste es heller», rief er. «Ich schon sehe die Licht! Arrivederci, Francesca!»

«Wird wohl sein Weib sein», mutmaßte Hilde.

«Arrivederci, Alessandra!»

«Noch ein Weib», stellte ich fest und musste unwillkürlich an Champion denken, was in mir einen Schmerz auslöste, als würde jemand etwas Heißes und Spitzes durch mein Herz bohren. Immerhin hatte ich durch die Begegnung mit Old Dog für ein paar Augenblicke nicht an Champion und Susi gedacht.

«Arrivederci, Karla ... Véronique ... Kathy ... Gruscha ...», setzte der Kater sein Wimmern fort.

«Umtriebig gewesen, der Herr», stellte Hilde fest.

«... Luigi ...»

«Und vielseitig.»

«Wir sollten nicht rumstehen», fand ich, «sondern ihm helfen.»

«Und wie? Hast du vielleicht eine Idee?», fragte Hilde.

«Ähem ... nicht wirklich ...», antwortete ich, hatte ich doch keine Ahnung, wie man ein so schwer verwundetes Wesen heilen oder auch nur dessen Schmerz lindern konnte.

«Aber ich hab eine Idee!», meinte Radieschen.

«DU?», fragten Hilde und ich im Chor.

«Warum denkt alle Welt immer, ich hätte keine guten Ideen?», fragte Radieschen beleidigt.

Hilde hob zu einer Antwort an, doch bevor sie «Weil du eben nun mal du bist, Süße» antworten konnte, jammerte der Kater weiter: «Arrivederci, Bello, du schöne Dackel ...»

«Er ist noch vielseitiger als gedacht», staunte Hilde.

«Und dem Tode nahe! Wir müssen was tun», insistierte ich. «Also, was ist deine Idee, Radieschen?»

«Wisst ihr, was meine Oma Hamm-Hamm immer gesagt hat?», fragte Radieschen. Oma Hamm-Hamm war der Spitzname ihrer leicht schrulligen Großmutter, bei der Radieschen aufgewachsen war, da sich ihre eigene Mutter nicht sonderlich für sie interessiert hatte.

«Nein, wissen wir nicht. Was hat Oma Hamm-Hamm gesagt?», fragte ich.

«Bei einer offenen Wunde ist es gut, wenn man draufpinkelt.»

Da riss der Kater entsetzt seine Augen wieder auf und rief: «Das iste nicht deine Ernst!»

Was Radieschen da vorschlug, klang wirklich etwas verrückt, doch es war zumindest eine Idee. Und eine Idee war besser, als den Kater einfach im Schlamm verenden zu lassen. Daher fragte ich ihn: «Hast du denn eine Alternative? Ich meine: außer zu sterben?»

Der Kater erkannte, dass er keine andere Wahl hatte, und murmelte: «Manchemal iste das Lebe nicht nur beschissene, sondern auch bepinkelte.»

Radieschen verrichtete ihr Werk, während der Kater fremdartig vor sich hin fluchte: «Stronzo, Certino, Berlusconi …»

Danach erzählte Radieschen, dass ihre Tante auch geraten hatte, eine schwere Wunde mit Ringelblumen-Brei einzureiben. Wir drei Kühe gingen daher los, mampften Ringelblumen, verarbeiteten sie in unserer Schnauze zu einem Brei und spuckten ihn dann auf das Bein des Katers. Dort verrieb ich ihn sanft auf der Wunde mit meiner Schnauze. Der Kater kommentierte dies seufzend: «Diese Brei wäre die ekeligste Sache, die ich in meine Lebe erlebte hätte, wenn es nicht hätte eben gegebe die Angepinkele.»

Radieschen betrachtete sich das gelb eingeschmierte Bein des Katers und meinte: «Entweder hilft das …»

«Oder?», wollte ich wissen.

«Es ist mal wieder ein Beispiel für den albernen Humor meiner Oma.»

Der Kater hörte das nicht mehr, er jaulte nur noch herzzerreißend: «Es tute mir leide, dass ich dich habe in Stich gelasse …»

Dann wurde er ohnmächtig.

«Wen hat er wohl im Stich gelassen?», fragte Radieschen neugierig.

«Keine Ahnung», antwortete ich. «Und das ist jetzt auch nicht wichtig. Wir können ihn hier draußen nicht liegenlassen über Nacht.»

Ich packte den Kater erneut mit meiner Schnauze am Fellkragen und trug ihn, während die Sonne hinter den Wolken unterging, in Richtung Stall. Mit jedem Schritt musste ich mehr an Champion und Susi denken, und der heiße, stechende Schmerz in meinem Herzen wurde wieder größer. Am liebsten hätte ich mich umgedreht und wäre nie wieder in den Stall gegangen, aber hier ging es um Leben und Tod. In seinem Zustand durfte er einfach nicht die Nacht im nassen Gras verbringen. Als wir vor die Tür traten, war mein Liebesschmerz so groß, dass ich mich fast schon nach Old Dog zurücksehnte, damit ich ihn verdrängen konnte.

Aus dem Stall heraus kam uns der Bauer entgegen, er nahm keine Notiz von uns, ganz offensichtlich hatte er mal wieder diesen Scheißkorn getrunken, und murmelte nur: «Bald ist hier alles vorbei, bald ist hier alles vorbei.»

Was genau vorbei sein sollte, war mir natürlich nicht klar, und es war mir in diesem Moment auch völlig einerlei, denn als wir durch die Tür traten, sah ich auch schon Champion. Beinahe hätte ich den Kater aus meinem Maul fallen lassen, weil mir richtiggehend schlecht wurde. Doch Champion ging mir aus dem Weg, fragte nicht nach dem Tier in meiner Schnauze, sondern respektierte meinen Wunsch, mir nicht mehr zu nahe zu kommen. Hilde merkte natürlich, wie es mir ging, und raunte mir zu: «Wenn du willst, mach ich ihn mit einem Tritt zum Ochsen.»

Doch das wollte ich nicht. Ich wollte gar nichts mehr. Nur mich in meine Ecke des Stalles verziehen und in Ruhe weinen. In der Box legte ich den Kater auf das Stroh vor mir und beneidete ihn: Ich wäre jetzt auch gerne bewusstlos gewesen.

Als es endgültig dunkel wurde, schliefen die anderen

Kühe friedlich ein, und ihr Schnarchen wurde nur ab und an unterbrochen von Pups-Onkels Blähen. Für mich war es jedoch völlig unmöglich, ein Auge zuzumachen. Zum einem steckte mir die Begegnung mit Old Dog in den Knochen, zum anderen schwirrten mir die Bilder von Champions Susi-Besteigung durch den Kopf. Ich starrte durch das Stallfenster auf den Mond, der hoch und voll am Himmel prangte und den die Gotteskuh Naia einst, so wie es in den heiligen Liedern von uns Kühen besungen wurde, aus ihrem Käse geformt hatte:

Wie Naia den Mond erschuf

Naia sah alles an, was sie gemacht hatte, und siehe, es hätte viel besser sein können. Gewiss, sie hatte viel Schönes erschaffen: die Schmetterlinge, die Blumen und das Gras. Anderes jedoch war ihr nicht so gut gelungen: das Unkraut, die Schweine, die Zecken. Da die Gotteskuh jedoch nicht übermäßig zur Traurigkeit neigte, freute sie sich über das, was sie geschafft hatte. Was wollte man schon groß erwarten nach nur sechs Tagen Arbeit?

Mit einem Male brach jedoch die Nacht herein. Die Gotteskuh blickte in die Schwärze des Himmels und sah, dass sie nichts sah. Sterne und Mond hatte sie noch nicht erschaffen. Die Wesen, die Naias neue Erde bevölkerten, beschwerten sich bitterlich über die Dunkelheit. Schmetterlinge so sehr wie die Schweine, Singvögel so sehr wie die Otter. Nur die Fledermäuse waren froh, konnten sie doch mit den anderen Tieren im Dunkeln fröhlich Schabernack treiben.

Um die Dunkelheit zu vertreiben, molk Naia sich selber

und formte aus ihrer Milch einen unendlich großen Käse. Den schleuderte sie mit aller Macht in den Himmel und fortan prangte der Mond am Firmament und beschien leuchtend hell die Erde. Alle Wesen jubilierten, dass man nun in der Nacht sehen konnte, alle bis auf die Fledermäuse.

Um ihren Geschöpfen noch mehr Freude zu bereiten, schleuderte die Gotteskuh Tropfen ihres Pipis in den Himmel, und fortan funkelten neben dem Mond jetzt auch die schönsten Sterne.

Naia sah erwartungsvoll zu ihren Geschöpfen, gewiss würden sie sich über die Sterne genauso freuen wie über den Mond. Doch ihre Geschöpfe starrten die Gotteskuh nur an. Schließlich räusperte sich ein Regenwurm: «Das mit dem Pipi war jetzt schon ein bisschen widerlich.» Und alle Tiere stimmten ihm eifrig zu. Da ahnte Naia das erste Mal, dass sie es mit ihren Geschöpfen nicht so einfach haben würde.

Ja, so dachte ich bei mir, wenn man nicht allein auf der Welt war, konnte man von anderen verletzt werden. So wie ich von Champion. Vor die Wahl gestellt, hätte ich lieber einsam in der unendlichen Milch gebadet, als mich diesem Schmerz auszusetzen.

Ich starrte weiter auf den Mond und fragte mich, warum er nicht schimmelte, wenn er aus Käse war. Da hörte ich mit einem Mal, wie der Kater leise lachte. Ich ließ Käsemond Käsemond sein und blickte zu ihm: Er fieberte vor sich hin. Und er begann, im Schlaf zu reden, über fremdartige Dinge, von denen ich noch nie zuvor gehört hatte: «Calamari ... Sushi ... Ménage à trois ...»

Was das wohl für Sachen waren?

Er redete immer weiter, selig lächelnd: «Ménage à quatre … Ménage à neuf …»

Das klang alles seltsam. Woher der Kater wohl stammte? Er hatte ja was von bella Italia gemurmelt. So, wie er lächelte, musste es ein sehr, sehr schöner Ort sein. Ich sehnte mich auch nach einem schönen Ort. Einem, an dem ich glücklich werden konnte, ohne Champion, ohne Susi, ohne gebrochenes Herz.

Nach langer Zeit, es dämmerte schon, hörte der Kater auf zu reden und schlief ganz ruhig. Ich fühlte wieder vorsichtig mit meiner Schnauze an seiner Stirn: Das Fieber schien zurückzugehen. Naia sei Dank!

Als unser alter Hahn im Morgengrauen krähte, riss der Kater seine Katzenaugen weit auf: «Ich habe eine schreckliche Traume gehabt! Ich habe geträumte, eine Kuh habe auf mich gepinkelte.»

Ich verriet ihm lieber nicht, dass dies kein «Traume» gewesen war. Stattdessen stellte ich mich vor: «Ich heiße Lolle.»

«Was für eine bezaubernde Name …»

Und ich dachte mir, was ich schon immer über meinen Namen gedacht habe: «Geht so.»

«Ich heiße Giacomo!», strahlte er.

Selbst sein Name klang fremdländisch, als ob er von einem aufregenden Orte stammte, einem, an dem ich womöglich glücklicher sein konnte als hier. Daher konnte ich nicht mehr an mich halten: Ich wollte nicht wissen, wie der Kater sich fühlt, ob sein Bein noch schmerzt oder ob ich ihm etwas zu trinken bringen soll. Stattdessen fragte ich das, was mich so brennend interessierte: «Erzählst du mir von bella Italia, Giacomo?»

Kapitel 6

Mit klopfendem Herzen wartete ich auf die Antwort, doch bevor der Kater etwas sagen konnte, betrat der Bauer den Stall und brüllte: «So, ihr blöden Viecher, jetzt wird gemolken!»

Dies war nicht gerade ein Vorgang, der zu den Höhepunkten des Tages zählte.

Die Kühe trotteten aus dem Stall in Richtung Melkanlage. Auch die Stiere machten sich auf den Weg, sie durften schon auf die Weide. Ja, die Männer hatten es einfach in allem besser als wir.

Champion schlich an meiner Box vorbei und sah mich mit einem «Können wir nicht vielleicht doch miteinander reden»-Blick an. Ich starrte verletzt mit einem «Nicht ohne dass ich dabei sofort losheule und daher lieber nicht»-Blick zurück. Champion respektierte meinen Wunsch erneut, so sensibel war er dann doch, und zuckelte geknickt aus dem Stall.

«Iste er deine Manne?», unterbrach Giacomo meine Gedanken.

Und ich antwortete im gleichen Tonfall: «Er iste meine Deppe.»

«Wir Männer oft seie Deppe», grinste Giacomo.

«Sieh an», lachte Hilde, die an die Box getreten war, «ein männliches Wesen mit Selbsterkenntnis. Ich dachte, die sind so häufig wie fliegende Schweine.»

Sie betrachtete sich Giacomos Wunde, die schon viel besser aussah, und staunte: «Wahnsinn, Radieschen hat tatsächlich recht gehabt.»

«Natürlich hab ich das», strahlte Radieschen, die hinzukam, «was hast du denn erwartet?»

«Ehrlich gesagt, einen Kadaver», antwortete Hilde.

Radieschen muhte auf: «Du bist so fies!», und stapfte eingeschnappt davon.

Hilde folgte ihr und sagte: «Hey, Süße, sei doch nicht gleich eingeschnappt! Immerhin habe ich nicht das gesagt, was ich wirklich gedacht habe.»

«Was war das denn?»

«Bepinkelter Kadaver!»

«Du bist fieser als fies!», motzte Radieschen und ging aus dem Stall, gefolgt von der lachenden Hilde. Als Letztes trabte Susi an mir vorbei und grinste mich dabei triumphierend an: «Ach übrigens, ich bin gleich nach dem Melken mit Champion verabredet!»

Ja, wenn jemand in einer offenen Wunde bohren konnte, dann war es Susi.

«Die Kuh iste eine Slampe, ja?», fragte Giacomo, als sie den Stall verlassen hatte.

«Iste eine sehr große Slampe», nickte ich.

«Slampen seien eine blöde Erfindung.»

Dem konnte man nur zustimmen.

«Italia», beantwortete Giacomo nun meine Frage, «iste die schönste Ort von die Welt. Wir habe da Sonne, Amore und Canzone ...»

«Canzone?»

«Gesange», übersetzte Giacomo, und sehr zu meinem Leidwesen tat er dies auch gleich, und zwar sehr schräg: «Azzurro, il pomeriggio è troppo azzurro e lungo per me ...»

Bei dem Katzengejaule wurde die Milch in meinem Euter fast zu Käse.

Hastig unterbrach ich ihn: «Ist es denn da für Kühe auch schön?»

Vielleicht, so hoffte ich, konnte es ein Ort sein, an dem ich glücklich werden konnte. Dafür sprach schon mal, dass es dort keinen Champion und vor allem keine Susi gab.

«Italia iste für alle Wese schön ...», strahlte der Kater.

Meine Augen leuchteten auf.

«... nur nicht für die Kühe.»

«Warum das denn nicht?»

«Die werden da zu die Bolognese.»

«Zu was?»

«Hackefleische.»

«Was ist Hackefleische?», wollte ich wissen.

«Etwas, wozu die Mensche euch Kühe mache.»

«Ich versteh kein Wort.»

Giacomo sah mich völlig erstaunt an, dann schluckte er: «Meine Güte, du habe wirklich keine Ahnung.»

«Keine Ahnung wovon?» Sein Verhalten irritierte mich nicht nur, es beunruhigte mich.

«Iste besser, wenn du habe keine Ahnung, wovon du habe keine Ahnung», antwortete der Kater und schlug etwas überdreht vor: «Lasse uns die Thema wechsele. Solle ich noch mal mache Gesange?»

«Nein, sollst du nicht!»

«Ich aber kenne gute Stimmungslieder!», erwiderte er und begann sofort zu singen: «Hier fliege gleich die Löcher aus die Käse ...!»

«Giacomo!», unterbrach ich ihn.

«Ich kenne noch eine andere Stimmungsliede: Alles hat eine Ende, nur die Wurste hat zwei ...»

Diesmal unterbrach er sich selbst und sagte: «Oh, das iste wohl nicht so eine passende Liede ...»

«Sag es mir endlich!», drängelte ich und stupste ihn dabei sogar leicht fordernd mit meiner Schnauze an.

Der Kater schwieg jetzt, überlegte, ob er es mir wirklich sagen sollte, was immer «es» auch sein mochte. Aber ich spürte genau: Hier ging es um etwas Wichtiges. Etwas, das mein Leben betraf und von dem ich einfach erfahren musste. Daher drohte ich: «Sag es, oder ich mache einen Fladen auf deinen Kopf!»

«Das du nicht würdest tun!», schrak er auf.

«Die Frage ist doch», bluffte ich, «würdest du es darauf ankommen lassen?»

Giacomo wog ab, schließlich sagte er: «Du haste es so gewollte. Also, wovon du keine Ahnung habe, iste die Tatsache ... die Mensche esse die Kühe.»

«Die Menschen tun was?», fragte ich völlig fassungslos.

«Sie esse die Kühe.»

«Die Menschen tun was???»

«Sie esse die Kühe.»

«DIE MENSCHEN TUN WAAS???»

«Ich habe das Gefühle, unsere Gespräch iste ein bisschen redundante ...»

Mir wurde schwindelig, meine Beine sackten fast weg. Ich wollte Giacomo das einfach nicht glauben, es war viel zu ungeheuerlich. Doch mit einem Mal ergab alles auf eine perverse Art und Weise Sinn: warum so wenig alte Kühe auf dem Hof lebten, und auch, warum ich noch nie in meinem ganzen Leben einen toten Kuhkörper gesehen hatte. Oh nein, wir waren genauso naiv wie die Hühner, denen man die Eier wegnahm!

Ich reagierte auf diese Erkenntnis, wie wohl jede normale Kuh reagiert hätte:

«Oh no!», rief Giacomo entsetzt. «Du auf mich kotze!»

Er schaffte es gerade noch, zur Seite zu springen.

Als ich mit Spucken fertig war, war ich eine andere Kuh:

Eben noch hatte ich von einem Fleckchen Erde geträumt, an dem ich glücklich leben konnte, weit weg von Champion und Susi. Jetzt wusste ich, dass ich auf unserem Bauernhof an einem Ort lebte, an dem mein Liebeskummer, so schlimm er mir auch schien, nicht das Fürchterlichste war. Ich konnte hier getötet und anschließend von den schrecklichen Menschen aufgefuttert werden. Ich musste also hier weg. Das war mir sofort klar. Doch wohin? Verzweifelt fragte ich: «Gibt es denn einen Ort, an dem Kühe nicht gefressen werden?»

«Auf meine Reise durch die Welte habe ich viele Orte gesehe, an dene die Schweine nicht gegesse werde, aber nur eine, an dem Kühe lebe könne ... diese Orte heiße Indien!»

Kapitel 7

«Naia sei Dank!», muhte ich voller Freude und begehrte gleich darauf, mehr über dieses ferne Land zu erfahren: «Erzähl mir alles, was du weißt!»

«In Indien die Mensche gebe die Kühe das beste Futter ...»

Das klang wunderbar.

«Sie verehre die Kühe ...»

Das klang unglaublich.

«Sie bete sie sogar an!»

Das klang jetzt sogar zu unglaublich. Daher antwortete ich: «Das denkst du dir jetzt aus.»

«No, Signorina. Und es komme noch besser!»

«Noch besser?»

«Sie verehre da die weibliche Kühe, die Stiere seie da nicht mehr wert ...»

«Jetzt weiß ich es, du denkst dir das wirklich nur aus!», stellte ich fest.

«Ich schwöre auf meine Mama! Auf meine Papa! Ich schwöre sogar auf meine Schwanze!»

Wenn er auf den schwörte, so schätzte ich Giacomo mittlerweile ein, dann musste es ihm wirklich ernst sein. So unglaublich es auch klang: Es gab nicht nur eine Rettung vor den Menschen, es gab sogar auch ein Paradies für Kühe. Jetzt muhte ich wieder vor Freude, lauter als zuvor! Danach fragte ich: «Wie kann ich nach Indien kommen?»

«Nun, dies iste eine weite Reise ...», antwortete der Kater zögerlich.

«Na und?» Es war mir völlig einerlei, welche Mühe ich auf mich nehmen musste, um in dieses Paradies zu gelangen. Ich würde einen ganzen Tag marschieren, zwei und, wenn es denn sein musste, sogar unglaubliche drei Tage.

«Signorina, Kühe seie nicht für so eine weite Reise gemacht.»

«Wir sind auch nicht dafür gemacht, von Menschen gegessen zu werden!»

«Nun ja, ehrlich gesagte ... doch.»

Das war kein Gedanke, mit dem ich mich abfinden konnte. Und auch kein Schicksal, dem ich mich willenlos fügen mochte.

«Die Reise iste nicht nur zu weite für die Kühe», redete der Kater auf mich ein, «sondern auch gefährlich! Es gibte viele Gefahre, noch viel größere als Old Dog ... du sie vielleicht nicht überlebe!»

Es gab noch größere Gefahren als Old Dog? Das war kaum vorstellbar. Eigentlich gar nicht. Wenn dies allerdings stimmte, dann war es vielleicht doch keine so gute Idee wegzugehen.

Ich war völlig durcheinander und kurz darauf gleich noch verwirrter, denn mit einem Mal betrat Champion den Stall. Entschlossen stapfte er auf mich zu und erklärte aufgewühlt: «Ich weiß, dass ich mich von dir fernhalten soll, aber ich kann nicht anders, ich muss mit dir reden. Es tut mir so, so leid, was passiert ist ...»

So verzweifelt, wie er sprach und dreinblickte, konnte man ihm das sogar glauben.

«Aber Lolle, ich verspreche dir: Das mit Susi wird nie wieder vorkommen. Ich hab ihr das eben klargemacht ... ich liebe nur dich, und ich möchte mit dir alt werden. Dir gehört mein Herz, meine Seele, meine Potenz!»

Zwischen unseren Beinen stehend, kommentierte Giacomo das von unten mit: «Von die Gesülze ich möchte jetzt auch gerne kotze.»

Ich hingegen war erst mal sprachlos. Einerseits waren das genau die Worte, die ich so gerne von Champion hören wollte – von der Potenz mal abgesehen –, andererseits wusste ich nicht, ob ich jemals das Bild von ihm und Susi aus meinem Kopf bekommen konnte. Und dann gab es ja auch noch die nicht ganz unbedeutende Tatsache, dass wir hier auf dem Hof gar nicht die Chance hatten, wie die beiden Eintagsfliegen Summ und Herum gemeinsam alt zu werden.

Aber war ein kurzes Leben mit Champion nicht besser als der wohl sichere Tod da draußen? Zumal es ja gar nicht klar war, wann der Bauer uns töten würde, um uns zu essen. Womöglich würden wir beide hier auf dem Hof noch ganz lange leben, und ich könnte diese Zeit glücklich mit Champion verbringen und mit ihm Kälber bekommen. So stammelte ich: «Das ... klingt gut ...»

Bevor Champion mir jedoch antworten konnte, brüllte

der Bauer in den Stall: «Raus auf die Weide, ihr Viecher!» Und dann ergänzte er: «Mein Gott, bin ich froh, wenn morgen der Hof verkauft ist und ihr alle Schnitzel werdet!»

Kapitel 8

Champion tat, wie ihm geheißen, und trollte sich hinaus – die Stiere auf unserem Hof ordneten sich dem Bauern immer unter. Mein Liebling nahm auch keine Notiz davon, was der torkelnde Mensch da soeben gesagt hatte, wir waren es ja alle gewohnt, dass er merkwürdiges Zeug redete. Doch ich hatte die Worte genau gehört, und mir wurde innerlich ganz kalt. Leise fragte ich den Kater: «Ist Schnitzel etwas Ähnliches wie dieses Hackefleische?»

Giacomo sah mich nur traurig an.

Das war auch eine Antwort.

Ich übergab mich erneut.

Und Giacomo jaulte auf: «Mamma mia, dieses Mal du mich haste getroffe!»

Während der Kater trotz seines verletzten Beines in unseren Wassertrog hüpfte, um sich zu waschen, richtete ich mich wieder auf, ging zu dem Trog und fragte ihn erneut: «Kannst du mich nach Indien bringen?»

Er zögerte: «Es iste gefährlich!»

«Gefährlicher als hier? Wo ich morgen ein Schnitzel werde? Was immer das auch ist.»

«Das iste eine …»

«DAS WILL ICH GAR NICHT SO GENAU WISSEN!»

Giacomo überlegte kurz, dann antwortete er: «Ich in tiefe Schuld bei dir stehe. Du habe gerettete meine Lebe.

Und die indianische Katzen sage: ‹Wenn du habe meine Lebe gerettete, dann meine Lebe gehöre dir, bis Schuld ist abgetrage.›»

«Indianische Katzen? Sind das die, die in Indien leben?»

Giacomo seufzte: «Ich dir werde auf der Reise alles erkläre.»

Eine Reise. Ich würde wirklich auf eine Reise gehen. Eine ohne Wiederkehr.

Ich blickte mich im Stall um. Als ich die leeren Boxen sah, wurde mir klar: Nicht nur ich musste gerettet werden, sondern auch Hilde und Radieschen. Ich durfte doch meine besten Freundinnen nicht einfach ihrem Schicksal überlassen!

Ja, eigentlich mussten alle Kühe vor diesem schrecklichen Tode gerettet und nach Indien gebracht werden. Auch Champion. Und Pups-Onkel. Und selbst – ob es mir gefiel oder nicht – Susi.

Obwohl: Man konnte es mit dem Retten auch übertreiben.

Kapitel 9

«Lolle, niemand wird mit dir kommen, weil dir niemand glauben wird», erklärte Hilde, nachdem die Kühe abends endlich von der Weide in den Stall gekommen waren und ich vor meiner Box meinen beiden besten Freundinnen berichtet hatte, dass die Menschen uns aufessen.

«Glaubst du mir denn?», wollte ich von Hilde wissen, während Radieschen neben uns noch fleißig damit beschäftigt war, sich zu übergeben.

«Es ist doch egal, was ich denke», antwortete Hilde ausweichend. «Niemand wird hier sein Leben aufgeben und den Hof verlassen, nur weil du ihnen so eine Geschichte erzählst.»

«Sie müssen es aber!», insistierte ich und ging, ohne weiter zu diskutieren, in die Mitte des Stalles, wo mich alle Kühe von ihren Boxen aus sehen konnten.

«Hört alle her!», rief ich ihnen zu.

Aber niemand hörte her, alle knabberten stumpf weiter an ihrem Stroh.

«Ich habe euch etwas Wichtiges zu sagen!»

Sie knabberten weiter, ohne auch nur aufzublicken.

«HÖRT MIR VERDAMMTE KACKE DOCH MAL ENDLICH ZU, IHR BLÖDEN KÜHE!»

Die Kühe hörten jetzt auf zu mümmeln, hoben ihre Köpfe und sahen mich sauer an.

Hilde grinste: «Mensch, du kannst ja echt charmant die Leute für dich gewinnen!»

Die bösen Blicke aus der Herde schüchterten mich ein bisschen ein, doch ich riss mich zusammen. Hier ging es nicht darum, gemocht zu werden. Hier ging es um Leben und Tod. Tapfer verkündete ich die Wahrheit, die da lautete: «Wir sollen morgen alle sterben. Der Bauer wird uns umbringen und dann alle verspeisen.»

Die Herde schaute mich an, als wäre ich ein paarmal zu oft gegen das Gatter gerannt.

«Aber es gibt eine Rettung», redete ich weiter. «Da draußen gibt es ein Land, in das wir fliehen können. Ein Land, in dem wir alle glücklich leben können. Dieses Land heißt Indien, und dort werden die Kühe von den Menschen wie eine Gottheit verehrt.»

Dass die Stiere dort nicht so viel zählten wie hier, behielt ich lieber für mich, damit die Männer nicht gleich frustriert waren, wenn die Frauen auf diese Nachricht hin allzu sehr jubelten.

«Es wird eine harte beschwerliche Reise ...»

Dass sie womöglich drei Tage dauern würde und das Land namens Indien sich vielleicht sogar in der Nähe der Bäume am Ende der Welt befinden könnte, behielt ich auch lieber für mich. Und dass man die Reise möglicherweise nicht überleben würde, weil so viele Gefahren drohten, natürlich erst recht.

«... aber etwas Besseres als den Tod finden wir überall!»

Als ich zum Schluss meiner kleinen Rede gekommen war, starrten mich alle erst mal einfach nur an. Mit einem Mal fühlte ich eine Riesenverantwortung auf mir lasten: Ich würde die ganze Herde von diesem Hof führen, in ein besseres Leben. Oder ins Verderben. Eins von beidem. Mir stockte der Atem, und ich spürte einen unglaublichen Druck auf meiner Brust, als ob etwas sehr Schweres auf ihr läge: Würde ich den Kühen eine gute Anführerin sein können?

In diesem Augenblick begannen alle Kühe, laut zu lachen ... und die Frage nach meiner Führungsstärke stellte sich nicht mehr.

Selbst Champion musste schmunzeln, was mich mehr als alles andere traf. Ich rannte direkt zu seiner Box: «Du musst mir glauben!»

«Lolle, hast du etwa von den Pilzen an der Außenweide genascht?»

«Natürlich nicht!»

«Von welcher Weide denn dann?»

«Ich habe gar keine Pilze genascht!»

«Oh nein!», fragte er entsetzt, «du hast doch nicht deine Nase in den Treckertank gehalten?»

«Ich bin völlig klar!»

«Du machst aber nicht den Eindruck.»

Ich baute mich direkt vor ihm auf, Schnauze an Schnauze sah ich ihm in die Augen und flehte: «Champion, es geht um unser Leben!»

«Du … du machst mir Angst …», stammelte er. Verunsichert drehte er sich in seiner eigenen Box um, und ich starrte nun auf sein Hinterteil.

«Champion!», flehte ich seinen Hintern an. «Bitte … du wolltest doch dein Leben mit mir verbringen …»

Er antwortete nicht, knabberte nur verängstigt weiter an seinem Stroh.

Stattdessen sagte Pups-Onkel, der in der Box neben uns stand: «Mädel, sei froh, dass du nicht mit meinem Hintern redest.»

Ich ging nicht auf ihn ein, ich war einfach zu verzweifelt. Champion glaubte mir nicht. Was sollte ich jetzt tun? Bei ihm bleiben? Ihn der Liebe wegen in den Tod begleiten? Tags zuvor hätte ich das noch getan, da hätte ich ohne Zögern gesagt: Lieber einen Tag mit meinem Champion, oder auch nur eine Stunde, meinetwegen auch nur eine Minute, als ein ganzes elend langes Leben ohne ihn. Doch was mit Susi geschehen war, hatte etwas tief in mir drin zerbrochen.

Mit Tränen in den Augen trat ich von ihm weg und rief den anderen zu: «Bitte, bitte, so glaubt mir doch!»

Aus der einen Ecke hörte ich: «Hör auf mit dem Schwachsinn, ich will endlich schlafen!»

Aus der zweiten: «Du hast wohl nicht mehr alle Zitzen am Euter!»

Und aus der dritten Ecke: «Au Mann, Pups-Onkel hat wieder gefurzt!»

In der vierten standen meine Freundinnen. Hilde sah

mich nur mitfühlend an. Radieschen konnte meinen Blick nicht aushalten, blickte zu Boden und trat unentschlossen von einem Huf auf den anderen.

Es schien alles vergeblich, aber aufgeben wollte ich nicht, konnte ich nicht, vor allen Dingen, ich durfte es nicht, und so muhte ich aus voller Kehle: «Wer nicht sterben will, der soll mir folgen!»

Nach diesem Aufruf verließ ich den Stall, in dem ich einst geboren wurde. Für immer.

Giacomo folgte mir humpelnd und sah beim Herausgehen noch mal auf die Kühe: «Mamma mia, das werde aber gebe viele Schnitzele!»

Kapitel 10

Vor dem Stall blickte ich auf zum Mond aus Käse, der gerade am Himmel aufgegangen war, und betete: «Bitte, liebe Naia, lass mich nicht alleine gehen. Ich werde sie alle in dieses Indien führen. Das verspreche ich dir, hoch und heilig. Wenn es sein muss, bin ich auch bereit, dafür zu sterben. Ehrlich! Gut, es wäre natürlich schön, wenn das mit dem Sterben nicht unbedingt sein muss ...»

In diesem Augenblick wurde die Stalltür aufgestoßen, und Radieschen trat heraus!

«Du glaubst mir!», freute ich mich.

«Natürlich, so etwas Verrücktes kann man sich ja gar nicht ausdenken», antwortete meine Freundin. «Es sei denn, du hast ...»

«Nein, ich hab nicht von den Pilzen genascht!», unterbrach ich sie. «Und auch nicht am Tank des Treckers geschnüffelt.»

«Schon gut, schon gut ...», wiegelte Radieschen ab und trat einen Schritt zurück, ganz geheuer war ihr mein Verhalten nicht. Zusammen warteten wir schweigend auf weitere Kühe. Unerträglich lange. Aber niemand kam.

«Ich es sage nur ungern», unterbrach Giacomo die Stille, «aber je weniger ihr seid, desto einfacher werde die Reise.»

Kaum hatte er es ausgesprochen, wurde die Tür erneut aufgestoßen. Mein Herz klopfte bis zum Hals: War es Hilde? Oder Champion? Oder gar beide? Durfte ich wagen, so etwas Großartiges zu hoffen?

Eine Kuh trat heraus, und es war ... Susi???

«Die Slampe», stellte Giacomo fest.

«Sseisse», flüsterte ich enttäuscht.

«Champion liebt mich nicht ...», erklärte Susi ihr Kommen, «das hat er mir heute Morgen gesagt, deswegen hatte er sich mit mir verabredet. Ich kann es nicht ertragen, bei ihm zu bleiben. Egal, ob du recht hast oder nicht, ich muss weg von hier, weg von ihm.»

Das konnte ich gut verstehen. Und sosehr ich Susi auch hasste, jedes Kuhleben war es wert, gerettet zu werden. Selbst ihrs. Gerade mal so.

Jetzt warteten wir zu dritt.

Nach einer Weile drängelte Susi: «Geht's denn auch noch mal los?»

Ich war unentschlossen, hatte ich doch noch nicht ganz die Hoffnung aufgegeben, dass weitere Kühe aus dieser vermaledeiten Stalltür heraustreten und sich uns anschließen würden. Leise sagte Radieschen: «Es wird niemand mehr kommen, Lolle.»

«Champion ... Hilde ...», sagte ich verzweifelt.

Radieschen schlabberte mir tröstend über die Schnauze, was schön gewesen wäre, wenn sie sich vorhin nicht übergeben hätte.

«Wir müsse uns mache auf die Weg, nur in der Nacht man kann gut fliehe», drängelte nun auch Giacomo und sprang auf meinen Rücken. Dabei wäre er beinahe zu Boden gestürzt, war sein Bein doch immer noch verletzt und dadurch nicht belastbar. Im letzten Augenblick krallte er sich in meinem Fell fest und zog sich hoch. Den Schmerz seiner Krallen spürte ich jedoch kaum, zu sehr wurde er von meinem inneren Schmerz überlagert: «Wir sind nur drei Kühe … alle anderen werden sterben.»

Diese Feststellung zerriss mir fast das Herz.

«Vier», hörte ich plötzlich eine Stimme hinter mir sagen. «Wir sind vier Kühe!»

«Hilde!», riefen Radieschen und ich erfreut aus, als unsere Freundin aus dem Stall trat, während Susi nölte: «Die Hilde … mein Herz hüpft vor Freude.»

Ich jubelte: «Du glaubst mir auch!»

«Nein», antwortete Hilde, «ehrlich gesagt: kein bisschen.»

Da war ich dann doch erstaunt.

«Aber ohne dich und Radieschen mag ich hier nicht auf dem Hof bleiben.»

«Das ist ja so süß von dir!», jauchzte Radieschen und ging auf sie zu.

«Wenn du mich jetzt mit deiner Kotzezunge abschlabberst, gehe ich sofort wieder rein!», wehrte Hilde ab. Vergeblich. Radieschen ließ sich nicht davon abhalten, sie abzuschlecken, und säuselte dabei: «Hilde, du bist sooo, sooo süß!»

Hilde ging natürlich nicht wieder rein und ließ die Liebkosungen über sich ergehen. Als Radieschen endlich fertig war, wandte sich Hilde wieder an mich: «Ich hoffe, du hast einen guten Plan, wie wir hier wegkommen.»

«Plan …?», fragte ich irritiert.

«Klar. Wir brauchen einen Plan. Ich sage nur ein Wort: Elektrozaun!»

Oh nein, an den hatte ich gar nicht gedacht. Ich dusselige Kuh.

Und Radieschen seufzte: «Och, Hilde, hättest du nicht ein anderes Wort sagen können?»

Kapitel 11

«Mir fallen auch noch ganz andere Worte ein», erklärte Hilde.

«Die musst du uns aber nicht notwendigerweise sagen», fand ich, was meine Freundin allerdings kein bisschen daran hinderte weiterzureden: «Ein Wort ist zum Beispiel Bauer.»

Dieses Wort jagte mir nicht ganz so viel Angst ein, schließlich würde der Bauer ja, falls er uns überhaupt verfolgen würde, dank seines komischen Korn-Gesöffs eh nur über seine eigenen Füße stolpern.

«Mir fällt auch noch Knallstab ein», meinte Hilde.

Dieses Wort fand ich dann doch unangenehmer, sogar noch mehr als Elektrozaun. Einmal wurde ich Zeuge, wie der Bauer diesen Knallstab benutzt hatte, als unser Hahn Koko mal meinte, es wäre doch lustig, bereits zwei Stunden vor Sonnenaufgang zu krähen. Der Bauer wachte auf, schnappte sich den Knallstab und legte ihn auf den Hahn an. Es krachte ohrenbetäubend. Koko fiel mit einem Male zu Boden und blutete aus dem Schädel. Der Hahn überlebte nur knapp und war fortan blind. Die Bäuerin, die etwas mehr Mitgefühl mit uns Tieren besaß als ihr Mann, schimpfte den Bauern deswegen aus. Doch der lachte nur hässlich und sagte: «Reg dich ab, auch ein blindes Huhn trinkt mal einen Korn.»

«Mir fällt noch ein Wort ein», redete Hilde weiter, und Susi murmelte leise vor sich hin: «Die Alte beginnt zu nerven.»

Auch wenn ich eine andere Wortwahl benutzt hätte als Susi und es hasste, ihr recht zu geben, musste ich ihr zustimmen. Ich hatte doch schon keinen Plan für den Elektrozaun, den Bauern und den Knallstab, da brauchte ich nicht zwingend noch ein weiteres Problem.

«Die Bulldoggen», sagte Hilde.

Auweia, an die hatte ich auch nicht gedacht. Nachdem der Bauer einst Old Dog vom Hof vertrieben hatte, hatte er sich drei Bulldoggen als Wachhunde angeschafft. Die Biester waren nicht gerade schlau und daher auch einzeln nicht so gefährlich wie der Schäferhund aus dem Reich der Toten, aber dafür waren sie zu dritt. Der Bauer hatte den gleich aussehenden Bulldoggen die Namen Schasch, Lick und Spiess gegeben. (Dieser Mann verlieh den Tieren auf dem Hof gerne mal komische Namen, so hießen drei besonders traurig dreinschauende Kühe: Tristessa, Suizida und Zugunglücka.)

Die Bulldoggen ließen uns die meiste Zeit in Frieden und sabberten lediglich in der Sonne auf eine Weise vor sich hin, dass uns Kühen bei ihrem Anblick die Lust aufs Grasen verging. Wenn eine von uns sich allerdings den äußersten Grenzen der Weide näherte, knurrten die Biester so brutal, dass man sich lieber wieder freiwillig zur Herde gesellte.

«Die Bulldoggen», ätzte Susi, «das sind zwei Worte.»

Hilde funkelte sie darauf wütend an: «Erstaunlich, dass du so weit zählen kannst.»

Susi starrte nicht minder wütend zurück: «Ich kann dich auch super treten.»

«Hoffentlich kannst du dann auch gut ohne Zähne grasen.»

Giacomo seufzte: «Ich fürchte, zwische die beide, das iste nicht die Beginne einer wunderbare Freundschaft.»

Damit hatte er leider recht, am liebsten wären die beiden Streitkühe direkt übereinander hergefallen. Wie sollten wir nur gemeinsam überleben, wenn wir uns gegenseitig auf die Hörner nehmen wollten? Wenn ich uns je nach Indien führen sollte, musste ich uns als Gemeinschaft zusammenschweißen, so viel war klar. Dies dürfte allerdings wohl noch wesentlich schwieriger werden, als Knallstäbe, Elektrozaun und Bulldoggen zu überwinden.

Mit einem Male hörte ich hinter uns wieder die Stalltür knarzen.

Oh mein Gott, sollte Champion etwa doch mitkommen?

Das wäre wunderbar! Mein geliebter Stier würde überleben, wir hätten eine gemeinsame Zukunft, und – was auch ganz schön wäre – ich könnte ihm die Führung unserer Ausreißertruppe überlassen.

Ich drehte mich um. Die Stalltür ging erneut auf. Mein Herz stockte, und ... Pups-Onkel kam heraus.

Mein Herz schlug wieder regelmäßig.

Pups-Onkel schnauzte uns an: «Könnt ihr vielleicht etwas leiser sein, es gibt Kühe, die wollen hier schlafen!»

Dann ging er wieder rein, um das letzte Mal einzuschlafen, bevor er seinen letzten Pups entweichen lassen würde.

In unseren heiligen Liedern heißt es ja, dass wir Kühe nach dem Tode auf Naias saftiger Weide aufwachen würden, wir dort unsere Liebsten wiedersehen und mit ihnen das grünste Gras, das man sich nur vorstellen kann, fressen dürften. Ich würde nach dem Tode also wieder mit meiner Mama und meinem Papa Schnauze an Schnauze reiben dürfen. Hoffentlich würden meine Eltern sich auf Naias Weide auch nicht mehr so streiten wie früher, weil Papa jede Kuh bestieg, die nicht bei drei auf den Bäumen war – und da keine Kuh überhaupt in der Lage ist, auf einen Baum zu steigen, egal, ob bei drei oder bei tausend, war das so ziemlich jede Kuh.

Doch leider hegte ich einen Restzweifel an den heiligen Liedern. Wenn sie die Wahrheit besangen, warum kam dieses Hackefleische nie in ihren Versen vor? In etwa so: «Wenn du bist Hackefleische, kommst du in Naias Reiche ...»

Hach, um wie vieles einfacher wäre das Leben doch, wenn ich rückhaltlos an die Heiligen Lieder glauben könnte. Oder wäre dann nur das Sterben einfacher?

Ich versuchte, diesen trüben Gedanken und auch die Hackefleische-Lieder aus dem Kopf zu bekommen. Dann schüttelte ich mich zweimal und erklärte bestimmt: «Wir gehen jetzt zum Zaun!»

«Hast du denn endlich einen Plan?», fragte Hilde.

«Na, klar!», antwortete ich.

Das war zwar so was von gelogen, dennoch setzte ich mich entschlossen, mit Giacomo auf dem Rücken, in Bewegung. Dabei durchströmte mich eine Welle der Energie. Auch wenn ich keine Ahnung hatte, was zu tun war, tat es unglaublich gut, dass es endlich losging!

Kapitel 12

Also, was wusste ich über den Elektrozaun? Wenn eine von uns Kühen dagegen lief, zischte es. Danach roch die Luft nach verbranntem Fleisch, und die Augen der betreffenden Kuh brauchten ein paar Stunden, bis sie wieder aufhörten zu rollen. Man durfte also den Zaun nicht berühren, vor allem nicht mit der Zunge, das wurde schon den kleinen Kälbern eingebläut.

Unter dem Zaun hindurch konnte von uns aber nur Giacomo krabbeln, und darüberzuspringen vermochte selbst er wegen seines kaputten Beines nicht. Man musste also dafür sorgen, dass der Zaun flach auf der Erde läge, sodass wir ohne Probleme darüberhüpfen konnten. Nur, wie sollte das gelingen?

«Also, dann erklär mal, was du vorhast», forderte Susi mich auf, als wir alle vor dem Zaun standen.

«Psst», zischelte ich, auch weil ich immer noch keine Ahnung hatte, was zu tun war, und das nicht zugeben mochte, jedoch in erster Linie, weil wir keine Aufmerksamkeit erregen durften. Die Bulldoggen durften uns nicht hören. Sie würden uns wieder in den Stall zurückscheuchen, und höchstwahrscheinlich würden sie vorher noch die Gunst der Stunde nutzen und zubeißen.

«Was?», fragte Susi empört, dass ich ihr so das Wort abschnitt.

«Lolle meint: Halt's Maul!», erklärte Hilde und hatte sichtlich Spaß am Übersetzen.

«Ich lass mir von der doch nicht den Mund verbieten!»

«Wenn wir hier weiter so laut rumkrakeelen», warnte ich, «kommen die Bulldoggen. Und die machen mit deinem Mund noch was ganz anderes.»

«Nein», widersprach Radieschen, «die Bulldoggen kommen nicht ...»

«Warum das denn nicht?», wollte ich irritiert wissen.

«Weil sie schon da sind!»

Wir drehten uns um, und tatsächlich, da standen Schasch, Lick und Spiess und sabberten bedrohlich vor sich hin.

«Diese Fluchte verlaufe nicht ganz so optimale», murmelte Giacomo.

Schasch fletschte die Zähne: «Was macht ihr Kühe hier?»

«Wir ... wir gehen spazieren», antwortete ich.

«Mitten in der Nacht?», fragte Lick.

Die Bulldoggen waren zwar blöd, aber so blöd, uns das zu glauben, waren sie leider nicht.

«Wir leiden unter Schlafmangel», versuchte ich, uns rauszureden.

«Schlafmangel?», staunte Spiess.

«Wir ... wir ... haben unsere Tage.»

«Alle gleichzeitig?», knurrte Schasch skeptisch.

Wir nickten alle.

Inklusive Giacomo.

Letzteres machte meine Ausrede nicht unbedingt glaubwürdiger.

«Verarschen können wir uns alleine», knurrte Lick.

Giacomo grinste: «Das ich glaube gerne. Ihr verarsche euch ja schon selber, wenn ihr schaue in die Spiegel.»

Ich raunte dem Kater, der ganz offensichtlich so seine Probleme mit Hunden hatte, zu: «Das ist nicht hilfreich.»

«Halt's Maul, du stinkende Katze!», grollte Lick.

Doch Giacomo hielt ganz und gar nicht sein Maul und erwiderte: «Ihr selber stinke wie Latrine voll.»

«Ganz und gar nicht hilfreich», fand ich jetzt.

Aber Giacomo setzte nach: «Und ihr sehe auch aus wie Latrine voll.»

«Ja», seufzte Hilde, «hilfreich ist was anderes.»

«Keine Sorge, Signorina», raunte Giacomo mir zu, «mir nichts passiere. Wenn diese hässliche Biester mich attackiere, ich einfach klettere auf die Baume.»

«Aber dann zerfetzen sie uns!», erwiderte ich.

«Oh», schluckte er. «Das hätte ich wohl solle bedenke.»

«Ja, das hättest du wohl solle», antwortete ich genervt, während Schasch schäumte: «Ich werde dich killen, Kater!»

«Nein», rief Lick, «das mach ich!»

Und sein Bruder Spiess widersprach: «Das mach ich, ihr Flaschen!»

Die drei stritten sich, wie Brüder es nun mal gerne tun. Und während ich das beobachtete, dachte ich mit einem Mal: Vielleicht waren Giacomos Provokationen doch ganz hilfreich gewesen. In meinem Kopf formte sich ein Plan, der erste in dieser Nacht: Ich musste die drei Bulldoggen gegeneinander aufbringen, dann würden sie von uns ablassen. Das war zwar risikoreich, und die Chance war groß, dass dies zugleich der letzte Plan in meinem Leben sein würde, aber ich musste es versuchen.

«Ist ja echt nett», lächelte ich, «dass Spiess euch beide nur Flaschen nennt. Wenn ihr nicht da seid, hat er noch ganz andere Worte für euch.»

«Ach ja …?», fragte Schasch erstaunt.

«Wie nennt er uns denn?», wollte Lick wissen.

«Schwuldoggen.»

«WAS!!!», schrien beide gleichzeitig, während meine Kühe – trotz der Gefahr – kichern mussten.

Die Hunde drehten sich nun langsam, aber wütend ihrem Bruder zu.

Der fragte eingeschüchtert: «Ihr ... werdet der Kuh doch nicht glauben?»

Bevor er seine Brüder jedoch überzeugen konnte, dass ich log, legte ich nach: «Er sagt auch, dass er nicht weiß, was er widerlicher findet: eure Männerliebe oder euren Inzest.»

Spiess sah mich entsetzt an. Seine beiden Brüder stürzten sich nun rasend vor Wut auf ihn. Und Giacomo lächelte: «Hunde, Irrwege von die Evoluzione.»

Ich begriff zwar nicht, was der Kater mit Evoluzione sagen wollte, dafür war mir aber sehr viel klarer, was Hilde meinte, als sie mir zuflüsterte: «Ich möchte ja nicht die Spielverderberin sein, aber wenn die fertig sind, sind immer noch zwei Bulldoggen übrig.»

Tatsächlich, kaum war Spiess von seinen Brüdern k.o. geschlagen, sahen diese zu uns, und der Sabberspeichel um ihren Mund hatte sich in Schaum verwandelt. Wütend befahl Schasch: «Ab in den Stall!»

Obwohl alle meine Mitflüchtlinge zitterten, wollte in den sicheren Tod keiner von uns zurück.

«Sonst», ergänzte Lick seinen Bruder, «reißen wir euch Kühen eure Hintern auf!»

«Weißt du», fragte ich ihn nun, «wie dein Bruder dich nennt?»

Lick stutzte.

«Lick mit F am Anfang.»

«Flick?»

«Nicht ganz.»

Es dauerte etwas, bis er begriff, was ich meinte, doch dann stürzte er sich umso wütender auf seinen Bruder.

«Hunde zu überliste», kommentierte Giacomo, «iste einfacher als nehme Futter von Maulwurf, der habe die Alzheimer.»

«Der Kater redet echt wirres Zeug», meinte Susi, während die Hunde miteinander rauften, «im Vergleich zu dem wirkt Lolle echt normal.»

«Sag mal, Susi», verteidigte Hilde mich, «hast du nicht einen Elektrozaun, in den du laufen musst?»

«Hast du nicht einen Trecker, vor den du laufen kannst?», kam es zurück.

«Hast du nicht eine Zunge, die du in den Melksauger halten solltest?»

«Mamma mia», seufzte Giacomo auf meinem Rücken, «ich verstehe nicht, warum es heisse ‹stutenbissig›, es müsse heisse ‹kuhebissig›.»

Eigentlich hätte ich die beiden auseinanderbringen müssen, aber da gab es noch ein dringlicheres Problem: Lick hatte seinen zweiten Bruder bewusstlos geprügelt und kam auf uns zu. Wie sollte ich den jetzt loswerden? Ich konnte ihn ja kaum auf sich selber hetzen, indem ich zu ihm etwas sagte wie: «Weißt du, wie du dich selber nennst? Janus ohne J.»

Es gab nur eine Chance. Auch wenn die der helle Wahnsinn war. Ich musste die verbliebene Bulldogge gegen mich aufbringen!

«Weißt du», fragte ich, «was mich an deiner Stelle ärgern würde, Lick?»

«Was?», grollte er undeutlich, weil der Schaum, der aus seinem Mund quoll, schon sein halbes Gesicht bedeckte.

«Dass du mir das alles geglaubt hast und deine Brüder niedergeprügelt hast.»

Aus Licks Gesicht entwich alle Farbe.

«Ich nehm alles zurück», schluckte Susi, «Lolle ist doch irrer als der Kater.»

Hilde antwortete ihr: «Scheiße, ich würde dir jetzt so gerne widersprechen ...»

Aber sie konnte es nicht. Kein Wunder, es war auch zu verrückt, was ich da tat. Lick war kurz davor, zum Berserker zu werden und mich zu reißen. Dennoch brachte ich ihn immer weiter gegen mich auf: «Da würde ich mir an deiner Stelle wirklich ganz schön blöd vorkommen.»

Giacomo hielt den Zeitpunkt für gekommen, von meinem Rücken runter in Sicherheit zu hüpfen, und landete auf einem der Pfosten, an die die Drähte des Elektrozauns gebunden waren.

Radieschen jammerte: «Lolle, er wird dich nicht verschonen wie gestern Old Dog.»

Damit hatte sie recht: Lick, dessen Schaum vor dem Mund nach unten hin schon vom Kinn tropfte und nach oben hin bereits bis über die Nase quoll, besaß keinerlei Kontrolle mehr über sich.

Ich stellte mich nun genau vor den Elektrozaun, betete kurz, dass ich schnell genug sein würde für das, was ich nun vorhatte, und stichelte weiter: «Als du geboren wurdest, hat deine Mutter bestimmt gesagt: ‹Hoppla, da kommt die Nachgeburt.›»

«Wruaahh!!!», schrie Lick und setzte zum Sprung an.

Jetzt galt es: Ich musste, während er auf mich zuflog, schnell beiseitehasten. (Wir Kühe können ja, wenn es darauf ankommt, unfassbar schnell rennen, jedenfalls wenn wir in der Masse panisch werden. So gab es einmal auf unserem Hof eine beeindruckende Stampede, als die Bäuerin auf die Idee gekommen war, uns mit etwas zu beschallen, das sie «Die besten Hits von Wolfgang Petry» nannte.)

Lick flog auf mich zu. Gleich würde er mich packen und seine Riesenzähne in mein Fleisch jagen. Doch im Gegensatz zu der Begegnung mit Old Dog zeigten meine Beine diesmal keine Lähmungserscheinungen. Zum einen, weil diese Bulldogge nicht so furchterregend wie der Höllenhund war, und zum anderen, weil es diesmal nicht nur um mein Leben ging. Hier ging es auch um das Leben meiner Freundinnen und um das von Susi Schlampe.

Dieser Umstand verlieh mir die Kraft, die ich brauchte: Ich lief im Stampeden-Tempo zur Seite, und Lick flog und flog und flog ... direkt in den Elektrozaun.

Es knisterte. Funken sprühten in alle Richtungen, es roch unangenehm nach angesengtem Fleisch, Lick landete auf dem Boden, zitterte am ganzen Körper und verlor das Bewusstsein. Alle drei Bulldoggen waren somit außer Gefecht gesetzt, und Radieschen gab mir das größte Lob, das eine Kuh einer anderen überhaupt nur verleihen kann: «Voll kuhl!»

Hilde stupste Susi mit der Schnauze an: «Das musst selbst du zugeben, oder?»

Susi zögerte etwas, dann nickte sie schließlich doch: «Anscheinend ist es manchmal hilfreich, wenn man etwas irre ist.»

Nur Giacomo wollte mir nicht gratulieren und warnte mich: «Du nicht werde übermütig, nicht alle, die wir auf unsere Reise treffe, sind so stupido wie diese Hunde.»

Mir musste er das nicht sagen. Ich wusste, dass ich gegen jemanden wie Old Dog nie im Leben bestehen würde, sollte ich ihm noch mal begegnen.

Aber es machte keinen Sinn, darüber nachzudenken; bis die Bulldoggen wieder zu sich kommen würden, hatten wir nur wenig Zeit. Wir mussten den Zaun überwinden!

Es ist ja schon erstaunlich, wie so ein Hirn mit einem Mal arbeiten kann, wenn der Körper gerade eine Nahtoderfahrung hinter sich hat und eine unfassbare Energie durch den Körper strömt. Ich sah die Welt deutlicher, farbiger – das sogar, obwohl es dunkel war und wir nur vom Mond und den Sternen beschienen wurden – und erkannte, dass die Zaundrähte alle an die Pflöcke gebunden waren. Wir könnten also den Zaun flach legen, wenn wir diese Pflöcke einfach umtreten würden.

«Macht es mir nach!», rief ich und begann, mit meinen Hinterhufen unten gegen den Pflock zu treten, auf dem Giacomo saß, ohne dabei den Draht zu berühren. Der Kater sprang sofort wieder auf meinen Rücken und krallte sich dort fest. Ansonsten reagierte Hilde von allen am schnellsten. Sie nahm sich einen anderen Pfosten vor, und je mehr wir beide traten, desto mehr neigten sich die Dinger, bis sie endlich gemeinsam mit dem Zaun auf die Erde fielen. Jetzt war es kein Problem mehr, über den auf dem Boden liegenden Draht in die Freiheit zu hüpfen.

In diesem Moment hörten wir den Bauern schreien: «Scheiß-Kühe! Euch mach ich jetzt zu Schaschlik!»

Radieschen fragte irritiert: «Er macht uns zu zwei von den Bulldoggen? Wie geht denn das?»

Doch Hilde erwiderte: «Das ist mir völlig egal, der Kerl hat seinen Knallstab in der Hand!»

Kapitel 13

«Springt!», rief ich. «Springt!»

«Eine Idee exzellente», rief Giacomo und hüpfte von meinem Rücken über den auf dem Boden liegenden Zaun und humpelte, so schnell ihn seine drei Beine trugen, in die Nacht davon. Hilde sprang ihm hinterher und rannte ebenfalls los, genauso wie Radieschen. Susi aber zögerte eine Sekunde: «Vielleicht ist es ganz gut, auf den Bauern zu warten.»

«Ich mach euch Kühe kalt!», schrie der, und Susi stellte fest: «Vielleicht ist es aber auch nicht so gut.»

Endlich hüpfte auch sie über den Zaun, und jetzt, da ich niemanden mehr zurücklassen musste, konnte ich ebenfalls fliehen. Doch da hörte ich einen lauten Knall. Ich sah zu dem Bauern. Er hielt seinen Knallstab in die Luft, und aus dessen Spitze trat Rauch heraus.

Neben mir fiel eine Krähe zu Boden.

Schwer verletzt lag der schwarze Vogel da und krächzte: «Warum ich? Ich habe doch niemandem was getan … Gut, ich habe vielen Tieren im Flug absichtlich auf den Kopf gekackt … aber welche Krähe macht das nicht gerne? … Und ich hätte der anderen Krähe namens Jakob nicht das Auge aushacken sollen, das ist ja eindeutig gegen unser Krähengesetz …»

Die Stimme des armen Vogels wurde schwächer, sein Krächzen mit jedem Wort leiser, er flehte: «Bitte, Große Krähe, lass mich dennoch in den ewigen Krähenhimmel …»

Das war mir neu: Krähen hatten eine eigene Gotteskuh beziehungsweise Gotteskrähe? Dafür aber keine ewige Weide für das Leben nach dem Tode, sondern einen Himmel? Auf eine gewisse Weise war das logisch, was sollten die auch groß grasen? Außerdem war es auch ganz praktisch, wenn wir Tiere getrennt wurden, denn dann konnten einem auf Naias ewiger Weide keine Krähen lästig auf den Kopf machen.

«... und lass mich nicht wegen meiner Taten in den ewigen Schneesturm ...»

Krähen hatten anscheinend auch einen Ort, wo sie landeten, wenn sie böse waren, und dieser Ort klang schrecklich eisig. Da hatten wir Kühe es besser, die nicht so netten Kühe kamen auf Naias Weide in ein eigenes Gehege und konnten sich gegenseitig auf den Geist gehen. Gut, dass ich als Kuh geboren wurde. Wer so etwas wohl entschied? Redeten Naia und diese Große Krähe miteinander darüber, vielleicht noch mit anderen Tiergottheiten, womöglich sogar mit der Menschen-Gottheit?

Die Krähe vor mir schloss ihre Augen, und bevor sie endgültig aufhörte zu atmen, flüsterte sie noch: «Wenigstens muss ich keine Angst mehr vor dem Alter haben.»

Mein Instinkt begann sich wieder zu melden: «Also, ich würde jetzt gerne mal wieder mit dir über das Weglaufen sprechen.»

Diesmal teilte ich voll und ganz seine Meinung. Meine Hufe wollten gerade zum Sprung über den Zaun ansetzen, da hielt der Bauer den Knallstab in meine Richtung und drohte: «Bleib stehen!»

Er trat auf mich zu und drückte mir das Ende von dem Stab an die Stirn. Das Metall war noch warm, und es roch streng nach Rauch, vermutlich hatte das etwas mit dem lauten Knall eben zu tun.

«Am besten», sagte er zu mir, «ich knall dich gleich hier ab!»

Also, ich fand das gar nicht am besten.

Der Bauer sah mir in die Augen und wurde mit einem Male milder: «Weißt du, ich hatte nie vor, euch alle abzuschlachten, aber ich habe keine andere Wahl. Das will der Insolvenzverwalter und … Ach, was rede ich, du kannst mich eh nicht verstehen.»

Seine Bäuerin und er dachten immer, dass wir die menschliche Sprache nicht verstehen können, nur weil sie uns selber nicht verstanden, wenn wir Dinge muhten wie: «Hey, der Melksauger ist viel zu doll eingestellt» oder «Meine Zitzen sind doch keine Gummibänder» oder «Wann begreift ihr endlich, dass wir Kühe es nicht mögen, wenn ihr uns beim Liebemachen zuschaut? Und dabei den Stier auch noch anfeuert.»

Der Bauer presste den Knallstab noch stärker gegen meine Stirn. Dabei wirkte er allerdings unsicher. Er wollte nicht abdrücken, so viel war gewiss. Diese Unsicherheit musste ich ausnutzen, ihm irgendwie ausreden, mich zu töten, selbst wenn er mich nicht verstand. So muhte ich: «Halt!»

Er war kurz irritiert.

«Tu es nicht!», muhte ich noch mal.

«Scheiße, du scheinst zu begreifen, was ich vorhabe», seine Finger begannen zu zittern, und ich befürchtete, dass seine wackeligen Hände irgendwie diesen Knallstab auslösen würden.

«Du willst mich umbringen», muhte ich, «was gibt es da schon groß zu begreifen?»

«Es tut mir so leid», schluckte er. Dann senkte er den Knallstab, was mich unendlich erleichterte, und berichtete mit stockender Stimme: «Vor zehn Jahren hat der Banker gesagt: Klaasen, gehen Sie in die Massentierhaltung, das ist Ihre einzige Chance … aber ich wollte keine Tiere quälen, hab's nicht gemacht ... und jetzt ...», er flüsterte nur noch, «... muss ich euch alle töten.»

«Och, müssen muss man gar nichts, außer müssen», muhte ich.

«Doch», antwortete er, als ob er mich plötzlich auch verstand. Er drückte sein Gesicht an meine Schnauze und weinte, weil er uns nicht umbringen wollte. Er hatte tatsächlich Gefühle. Wie wir.

Ja, vielleicht waren Menschen auch nur Kühe.

Am liebsten hätte ich ihm jetzt tröstend mit meiner Zunge über sein Gesicht geschlabbert. Aber irgendwie hatte ich die dunkle Ahnung, dass er das gar nicht als so tröstend empfinden würde.

Der Bauer riss sich wieder zusammen und schnäuzte seinen Rotz in den Ärmel, was bei seinem dreckigen Hemd auch nicht mehr weiter auffiel. Dann blickte er mich leer an, und ich wusste: Egal, wie sehr er auch litt, es blieb dabei: Er würde uns alle töten. Da hielt sich mein Mitleid mit ihm mit einem Mal in Grenzen. Er hob den Knallstab wieder, um ihn auf mich zu richten. Darauf drehte ich mich blitzschnell um, aber nicht, um meinem Instinkt folgend wegzurennen, sondern um zuzutreten. Voller Kraft trat ich mit meinen Hinterbeinen in den Schoß des Bauern. Der ließ den Knallstab fallen, krümmte sich und rief: «Eijeijei ... du hast meine Nüsse zerquetscht!»

Viele Fragen schossen durch mein Hirn: Warum hatte der Bauer Nüsse dabei? Er war doch kein Eichhörnchen. Und was war so schlimm daran, wenn sie zerquetscht waren? Und vor allen Dingen: Sollte ich nicht aufhören, mir solche Fragen zu stellen, ob der Tatsache, dass er sich jederzeit den Stab wieder schnappen konnte, und stattdessen einfach losrennen?

Letztere Frage beantwortete ich mir selbst mit «Aber hallo!», sprang und lief um mein Leben.

«Lolle! Wir sind hier!», rief Radieschen mir zu. Sie hatte sich mit den anderen in einem Feld von riesigen Pflanzen versteckt, an denen Maiskolben hingen. Bis zu diesem Augenblick hatte ich mir nie Gedanken gemacht, woher der Mais stammte, den wir manchmal in unserem Futter hatten. Und ich hätte diese Pflanzen jetzt bestimmt sehr interessiert betrachtet, wenn ich nicht gerade dringlichere Probleme gehabt hätte.

Susi schnauzte Radieschen an: «Bist du verrückt? Wenn Lolle zu uns kommt, geraten auch wir in Gefahr!»

Ja, die Susi – man musste sie einfach gernhaben.

Ich galoppierte auf die anderen zu, während diese blöde Kuh rief: «Renn woandershin! Renn woandershin!»

Für einen kurzen Augenblick wollte ich dies sogar tun, um meine Freundinnen zu schützen. Da knallte der Stab, und ich fühlte einen unfassbar scharfen Wind neben meinem Fell vorbeisausen, und so rannte ich panisch zu den anderen in das Feld.

«Na, super!», stöhnte Susi auf.

Sie drehte sich um und hastete einen Weg, der zwischen den Pflanzen hindurchführte, entlang. Hilde und Radieschen ihr hinterher, gefolgt von mir. Hinter uns hörten wir den Bauern mit hoher Stimme fluchen: «Ihr könnt mir nicht entwischen!»

«Warum fiept der Bauer denn so?», fragte Radieschen.

«Seine Nüsse sind kaputt», erklärte ich keuchend.

Radieschen blickte mich kurz irritiert an, dann seufzte sie: «Es gibt Zusammenhänge, die ich einfach nicht verstehe.»

Wir vier Kühe rannten um unser Leben. Zwischen unseren Füßen flitzte, so schnell es ihm mit seinem verletzten Bein möglich war, Giacomo und fluchte: «Diese Bauer iste mir eindeutig zu unausgegliche.»

«Bleibt stehen!», fiepte der Bauer.

«So sehen wir aus!», schnaufte Hilde und rannte noch schneller.

Wir hörten einen weiteren Knall, diesmal weiter entfernt. Anscheinend hatten wir schon etwas Entfernung zwischen ihn und uns gebracht.

«Ich krieg euch!», schrie der Bauer kieksend.

Aber ich bekam erste Zweifel, ob dies auch wirklich stimmte, schienen wir ihn doch langsam, aber sicher hinter uns zu lassen.

«Ich krieg euch ... Ich krieg euch ... Ich krieg euch ... nicht ...» Und dann hörten wir ihn verzweifelt weinen: «Ich hab so ein beschissenes Leben.»

«Frag mich mal!», motzte Susi.

Wir Kühe liefen nun etwas langsamer, das Jammern des Bauern wurde immer leiser, und schließlich gingen wir im Schritttempo durch das Maisfeld. Überraschenderweise hatte ich jetzt wieder Mitleid mit dem Bauern, und ich hoffte für ihn, dass es auch für Menschen so etwas wie ein Indien gibt.

Als wir unseren Verfolger nicht mehr hören konnten, schnauften wir durch. Bis auf Susi, die schnaufte nicht durch, sie drehte.

Kapitel 14

«Ich will nach Hause!», schrie Susi hysterisch. «Ich will nach Hause, ich will nach Hau...»

«Wir können nicht nach Hause», erklärte ich so ruhig wie möglich, was nicht sonderlich ruhig war, wollte ich mich doch auch am liebsten wieder in meine kuschelige Stallbox verkriechen.

«Ich will aber nach Hause!»

«Das geht nicht.»

«Ich will, ich will, ich will!»

Mit meinen Worten bekam ich Susi nicht beruhigt, so musste ich wohl oder übel meine Hufe einsetzen: Ich trat ihr volle Kanne gegen das Schienbein. Etwas, das mir, wie ich beschämenderweise feststellen musste, sogar Freude bereitete.

Susi schrie auf: «Auuuu!!!»

Ich wünschte mir in diesem Augenblick fieserweise, dass sie weiter rumschreien würde, denn dann hätte ich eine Ausrede, noch mal zuzutreten. Doch Susi tat mir diesen Gefallen nicht, sie legte sich nur auf den Boden des Maisfeldes, rollte sich zusammen und wimmerte wie ein kleines, verlorenes Kalb.

Radieschen sah mich streng an: «Musste das jetzt sein?»

«Eigentlich schon», antwortete ich, wollte ich mir doch kein schlechtes Gewissen einreden lassen.

«Nein, musste es nicht!», befand Radieschen, für ihre Verhältnisse ungewöhnlich streng, und legte sich zu Susi. Sie schlabberte ihr sanft über das Maul, sodass Susis Wimmern leiser wurde.

Hilde kommentierte dies mit: «Whao, Radieschen ekelt sich ja auch vor nix.»

Das war gemein, dennoch musste ich grinsen. Dann sah ich mir Hilde genauer an: Auch sie war mitgenommen. Wir alle waren fertig. Daher schlug ich vor: «Lasst uns hier pausieren. Wir sollten ein bisschen die Augen zumachen, bevor wir weiterziehen.»

«Ich brauche etwas die Schönheitsschlafe», stimmte Giacomo mir zu.

Hilde schmunzelte: «So viel, wie du davon brauchst, kannst du gar nicht schlafen.»

«Signorina, Sie habe keine Haare auf die Zähne, sondern Stacheldrahte.»

«Das ist halt mein Charme», kam es zurück.

«Sie habe eine interessante Definitione von Charme.»

«Das sagen alle Männer», grinste Hilde. Und ich fragte mich, ob sie mit ihrer harschen Art wohl jemals einen Stier finden oder ob sie ihr ganzes Leben ungeschnäuzelt bleiben würde.

Auch Hilde legte sich nun auf den Boden des Maisfeldes. Ich gesellte mich dazu. Der Boden war zwar vom Regen des Vortags noch ein bisschen feucht, aber wir waren viel zu müde, als dass uns das stören könnte. Nur Giacomo wollte sich nicht auf den nassen Boden legen, sondern lieber auf meinem Rücken schlafen: «Verzeihe Sie, Signorina, aber ich habe keine Lust auf Entzündunge von die Blase.»

«Lasst uns jetzt endlich einschlummern», bat ich.

Alle nickten zustimmend und machten die Augen zu. Schon nach wenigen Sekunden schnarchte Giacomo allerdings so laut, dass keine von uns schlafen konnte. Wir lauschten seinem Geschnarche und hingen unseren Gedanken nach. Meine waren bei den anderen Kühen, die wir zurückgelassen hatten. Ich würde sie alle nie wiedersehen und vermisste sie jetzt schon: Kuno, Tristessa, Suizida, Zugunglücka, Pups-Onkel ... Gut, zugegeben, bei Letzterem hielt sich das in Grenzen.

Aber Champion … Champion vermisste ich jetzt schon. So, so sehr!

Am liebsten hätte ich bei dem Gedanken daran, dass er sterben würde, sofort losgeheult. Doch wie konnte ich den anderen Mut spenden, wenn ich selber weinte? In dem Falle würde Susi endgültig durchdrehen, und meine Freundinnen würden womöglich ebenfalls verzweifeln. Um nicht zu heulen, schlug ich, über Giacomos Schnarchen hinweg, vor: «Es wäre schön, wenn wir uns ein bisschen unterhalten.»

«Worüber?», fragte Susi.

«Zum Beispiel», schlug Hilde vor, «darüber, wie wir dem Kater so viel Maiskolben in den Mund stopfen, bis er aufhört zu schnarchen.»

«Darüber unterhalte ich mich gerne», grinste Susi das erste Mal in dieser Nacht.

Es gab also eine Sache, bei der diese beiden Streithennen sich einig waren. Das war gut. Weniger gut war es, dass es sich bei dieser Sache um leichte Gewaltanwendung handelte.

«Ich weiß», erklärte Radieschen, «worüber ich mich unterhalten will.»

«Und über was?», fragte ich.

«Was wünscht ihr euch für das Leben in Indien?», wollte meine Freundin von uns allen wissen.

«Die Menschen dort bringen uns nicht um, sondern verehren uns», antwortete ich.

«Schon klar. Aber nur zu überleben reicht doch nicht. Was wünscht ihr euch darüber hinaus?»

Da war sie wieder, die Frage nach dem Glück. Die, die sich schon einst Naia gestellt hatte.

Warum Naia die Kühe in die Welt setzte

Naia sah alles an, was sie gemacht hatte, und siehe, sie war einsam. Singvögel sangen miteinander, Schweine oinkten im Chor, und Stinktiere besprühten sich gegenseitig. Selbst der Regenwurm konnte sich, wollte er nicht länger allein sein, einfach von einer Krähe in mehrere Teile picken lassen, und schon hatte er Gefährten. Nur Naia besaß keine Gesellschaft. Niemand war so wie sie.

Gewiss, die Tiere redeten mit ihr, aber oft nur, um sich zu beschweren: «Warum hast du die Stinktiere erfunden?» «Was sollen eigentlich diese Brennnesseln?» «Was hast du dir nur bei der Verdauung gedacht?»

Eines besonders schönen Sommertages betrachtete sich die Gotteskuh den Regenwurm, wie er sich so mit seinen Gefährten fröhlich durch das Erdreich schlängelte. Da kam Naia auf den Gedanken, es so zu machen wie der Wurm: Sie teilte sich, und aus ihren Teilen wuchsen die Kühe. Von dem Moment an, in dem die erste Herde das Gras betrat, musste Naia nicht mehr alleine sein. Tagein, tagaus tollte sie mit den Kühen herum, graste und schnäuzelte. Und sie war glücklich. Nur nicht für lang. Denn schon nach einigen Monden vermisste sie etwas, was die anderen Tiere – bis auf den Regenwurm – hatten, jemanden, mit dem sie sich körperlich vereinen konnte. So entschloss sich Naia zu ihrer merkwürdigsten Schöpfung: dem Männchen.

Mit dem Stier brachte sie lauter Dinge in die Herde, die noch unangenehmer waren als Brennnesseln oder Parasiten: die Begierde, die Eifersucht, die unfreiwillig komische Kopulation. Und natürlich auch das, wonach sich alle Kühe sehnen, was so viel Freude und doch so viele Schmerzen bringt und daher das Absurdeste von allem ist: die Liebe.

«Ich will in Indien ganz viele Stiere», verkündete Susi ihre Vorstellung vom Glück. «So wie die Stiere sich immer mehrere Kühe nehmen, will ich mir mehrere Stiere schnappen.»

Das war kein Traum vom Glück, das war der Traum von Rache an dem anderen Geschlecht und damit verbunden die Hoffnung, nicht mehr von einem Stier verletzt zu werden. Wenn Susi so bitter war, musste ihr das mit Champion ganz schön zugesetzt haben. Womöglich sogar mehr als mir. Auch wenn dies kaum vorstellbar schien.

«Ich habe auch einen Traum», erklärte nun Hilde.

Ich erwartete, dass jetzt ein Spruch von ihr kam. Hilde war eigentlich keine Kuh, die an Träume glaubte oder an eine Gotteskuh oder an das Gute im Stier. Dennoch klang sie in diesem Augenblick ganz ernst. Und tatsächlich, hier, in diesem feuchten Maisfeld, unter freiem Sternenhimmel, eröffnete meine Freundin uns ihren Herzenswunsch: «Ich möchte auf Kühe treffen, die so ein Fell haben wie ich.»

Bei Naia, Hilde fühlte sich mit ihrer braunen Fleckenfarbe einsamer, als ich gedacht hatte!

Nachdem sie uns dies gestanden hatte, schwiegen wir wieder, und ich hoffte für meine Freundin, dass wir in Indien ganz viele Kühe mit braunen Flecken treffen würden. Und hoffentlich auch einen braun gefleckten Stier.

Radieschen unterbrach nach einer Weile das Schweigen und begann, ihren Herzenswunsch vorzutragen: «Ich wünsche mir ...»

Doch dann traute sie sich nicht, weiterzureden.

«Was wünschst du dir?», fragte ich neugierig.

Sie rang mit sich, offensichtlich wollte sie etwas Wichtiges sagen, ja, sie wirkte wie eine Frau, die etwas gestehen wollte, sich es aber nicht ganz traute. Nach schier endlosem inneren Kampf flüsterte sie: «Ist auch egal.»

Und Susi ätzte: «Find ich auch.»

Radieschen traf dieses abfällige Desinteresse sichtlich, aber sie war nicht der Typ Kuh, die gemeine Widerworte geben konnte. So schnaubte sie nur traurig durch und machte die Augen zu. Aber eins war klar, was immer sie uns auch hatte sagen wollen, es gab etwas, wonach sie sich aus tiefstem Herzen sehnte. Einen Traum von Glück. Und den hatte sie uns gestehen wollen, sonst hätte sie das Gespräch gar nicht auf das Thema gebracht.

Traurig schloss auch ich die Augen. Beim Einschlafen war ich ein wenig neidisch auf Radieschen, Hilde und Susi: Sie hatten wenigstens Träume. Ich nur ein Ziel: Indien.

Kapitel 15

«Ich werde dich töten», lachte Old Dog.

Wir standen tief im Schnee auf einem engen Pfad, der verschlungen in den Himmel zu führen schien. Der Pfad bestand aus Geröll, und im Schnee konnte ich eine einzige eingefrorene Blume erkennen. Rechts neben mir war eine Felswand, die hoch in die dunklen Wolken ragte. Links neben mir blickte ich in einen Abgrund. Wie tief es runterging, konnte ich nicht erkennen, weil ein Schneesturm mir so stark ins Gesicht wirbelte.

Ich hatte keine Ahnung, wo wir uns befanden, aber die Luft war – wie soll ich es beschreiben? – irgendwie dünn. Es fiel mir schwer, zu atmen, und die Kälte setzte mir zu. Aber noch schlimmer als die äußere Kälte war das innere Frösteln, das mir Old Dog bereitete.

Wo waren Radieschen, Hilde, Giacomo ... oder auch nur Susi? Warum waren sie nicht bei mir in der Kälte?

Es gab nur eins, was ich ganz genau wusste. Dies sagte ich denn auch zu Old Dog: «Ich würde unglaublich gerne aus diesem Traum aufwachen.»

«Tu dir keinen Zwang an», lächelte der Schäferhund und bleckte dabei seine Reißzähne. «Wir sehen uns eh bald wieder.»

Dann lachte er wieder laut, gemein, markerschütternd. Und ich ...

... riss panisch die Augen auf: Ich lag neben den anderen im Maisfeld. Die Sonne schien bereits. Begierig saugte ich jeden Sonnenstrahl auf, denn es fröstelte mich so sehr von diesem Albtraum.

Mit wackligen Beinen stand ich auf, hatte dabei allerdings nicht bedacht, dass Giacomo auf meinem Rücken lag. Er plumpste zu Boden, jaulte erst und fluchte dann mal wieder fremdländisch: «Mafia, Cosa Nostra, Spaghetti, die nicht sein al dente ...»

Von seinem Gezeter wachten die anderen auch auf.

Susi meckerte: «Kann eine Kuh nicht in Ruhe ihren Depressionsschlaf halten?», während Radieschen sich räkelte: «Schaut mal, die Sonne scheint», und Hilde das weniger begeistert aufnahm: «Na toll, dann latschen wir in der Hitze nach Indien.» Als sie sich aufgerappelt hatte, fragte sie mich: «Also, große Anführerin, wo geht es lang?»

Obwohl sie dies leicht ironisch aussprach, war es nun endgültig klar: Ich war die Anführerin unserer kleinen Herde – wohl oder übel, dazu befähigt oder nicht. Und während ich hoffte, dass ich befähigt dazu war, befürchtete ich, dass eher «oder nicht» zutraf.

Bevor ich etwas antworten konnte, hörten wir ein knatterndes Geräusch. Es war das eines Treckers.

«Scheiße, der Bauer!», fluchte Hilde.

Susi sprang auf und kreischte: «Ich hätte nie auf euren Rinderwahnsinn hören dürfen!»

«Das ist nicht der Trecker des Bauern», unterbrach Radieschen das Geschrei, während sie sich seelenruhig aufrichtete.

Wir blickten sie alle erstaunt an.

«Der Trecker des Bauern», erklärte sie, «macht ‹Brumm-bram-brum›, dieses Geräusch hier ist eine ‹Bram-brum-brumm›-Melodie.»

Hilde fragte erstaunt: «Du hörst im Lärm des Treckers eine Melodie?»

«Alles hat eine Melodie. Selbst Drescher und Häcksler. Wenn du wüsstest, wie schön die Drähte der Strommasten im Sturm singen ...»

«Sag ich doch», stöhnte Susi, «Rinderwahnsinn.»

Ich war unsicher, ob ich Radieschens Gehör Vertrauen schenken sollte. Jemand musste herausfinden, ob der Bauer uns noch mit seinem Knallstab verfolgte oder nicht. Und als Anführerin durfte ich die anderen nicht in Lebensgefahr bringen, sondern musste selbst dieser Jemand sein.

Au Mann, Anführen ist eine echte Scheißaufgabe!

Leise sagte ich: «Ich schaue mal unauffällig nach, wer das ist.»

«Du biste eine Kuh», erwiderte Giacomo, «du kannste gar nicht seie unauffällig.»

Ich seufzte, weil der Kater recht hatte, setzte mich aber dennoch in Bewegung und ging den Maisfeld-Weg in die Richtung, aus der das Traktoren-Geräusch kam. Dabei versuchte ich, lautlos zu schleichen, was bei meinem Lebendgewicht nicht gerade von Erfolg gekrönt war. Ich war aber wenigstens leise genug, um kein Aufsehen zu erregen.

Als ich an den Rand des Maisfeldes trat, sah ich durch die Pflanzen hindurch einen Acker, über den ein Trecker fuhr. Und auf dem saß ... ein anderer Bauer? Unglaublich, es gab noch andere Bauern?!?

Gut, wir Kühe hatten gewusst, dass noch ein paar mehr Menschen auf der Welt herumliefen, wie zum Beispiel der Mann, der immer mit so einem riesigen Gefährt unsere Milch abholte. Dieser Kerl bohrte ständig in seiner Nase und aß dann, was er darin fand. Ein Vorgang, über den Pups-Onkel einmal sagte: «Boah, das möchte ich auch mal mit meinen Hufen können!»

Dieser Bauer hier schien jünger, fröhlicher und, vor allen Dingen, liebenswerter zu sein als unserer, was allerdings auch kein Problem war, erschien doch jeder von den wenigen Menschen, die wir bisher in unserem Leben gesehen hatten, freundlicher zu sein als er. Wobei es nicht immer schön war, wenn sie gut gelaunt waren, besonders nicht bei diesem Mann namens Tierarzt, der uns immer lachend Nadeln in den Bauch jagte und dabei Dinge sagte wie: «Das tut euch mehr weh als mir.»

Der Bauer machte den Trecker aus, und ich bekam panische Angst: Hatte er mich etwa entdeckt? Sollte ich weglaufen? Aber falls er mich nicht gesehen hatte, würde er es gewiss tun, wenn ich jetzt lostrampelte. Also blieb ich still und sah zu, wie er einen kleinen Kasten in die Hand nahm und merkwürdigerweise in den auch reinsprach: «Hast du gehört? Klaasen sind ein paar seiner Kühe abhandengekommen, aber er hat schon eine super Idee, wie er die wieder einfängt ...»

Der Bauer hatte noch nicht aufgegeben, uns zu jagen?!?

«Klaasen muss die Kühe auch kriegen, der Insolvenzverwalter wird ihm sonst einen ganz schönen Einlauf verpassen, wenn weniger Tiere geschlachtet werden als gedacht.»

Mir drehte sich der Magen um, als er vom Schlachten redete. Aber ich blieb stehen und lauschte, wollte ich doch erfahren, auf welche Weise genau der Bauer uns wieder einfangen wollte.

«Was er vorhat, wollte Klaasen nicht verraten ...»

Mist!

«... aber er ist sich sicher, die Problemkühe werden ihm auf den Leim gehen.»

Ich war mir sicher, wenn mich dieser Mann entdeckte, würde er mich und die anderen Kühe an unseren Bauern ausliefern.

So leise wie möglich hastete ich zu den anderen zurück. Wir durften keine Zeit vergeuden und mussten sofort weg aus diesem Feld, weit weg von allen Bauern dieser Welt und auf nach Indien!

Ich bedeutete meinen Kühen stumm, mir zu folgen. Es machte keinen Sinn, ihnen zu erklären, dass unser Bauer uns noch jagte: Susi würde durchdrehen, und wir würden erst recht gefunden.

Ich nahm eine Abzweigung, die uns weder zu dem einen Bauern noch zu unseren alten Feldern führen sollte. Die anderen schlichen hinter mir her, ohne Fragen zu stellen, sie spürten, dass die Lage ernst war. Nach einem kleinen Fußmarsch traten wir aus dem Maisfeld heraus und standen direkt vor Bäumen.

«Ach du Scheiße ...», stöhnte Susi auf.

Und Hilde vollendete: «... das sind die Bäume am Ende der Welt.»

Kapitel 16

Es war erstaunlich, die Bäume standen keine fünf Kuhlängen von uns entfernt. Von unserer Weide aus schienen sie doch immer so weit entfernt. Und nun hatten wir nach so kurzer Reise die Bäume schon erreicht.

«… wo ist dann Indien?», fragte ich den Kater entsetzt.

«Weite, weite weg», antwortete er.

«Aber … aber … hinter den Bäumen gibt es doch nur die unendliche Milch der Verdammnis!», protestierte ich.

«Signorina, du seie wie die Mensche.»

«Wie die Menschen?»

Also das war ein Vergleich, der gar nicht schmeichelhaft war.

«Die kenne die Welte auch nicht. Weil sie nur sehe, was sie sehe und nicht, was es alles gebe. Wie wunderbare die Welte sein kann, wie magico, magisch.»

Waren wir etwa wirklich so ignorant wie die Menschen, die ja noch nicht mal wussten, dass wir Kühe uns unterhalten konnten?

«Glaube mir», grinste der Kater, «auf unsere Reise wird sich deine Horizonte sehr, sehr erweitern.» Er begann mit seiner schrägen Stimme zu singen: «Hinter die Horizonte, es gehe weiter, gemeinsam sind wir starke …»

«So, wie der singt», stöhnte Hilde, «kann man die Hunde sehr gut verstehen, dass sie was gegen Katzen haben.»

«Jeder iste eine Kritiker!», sagte Giacomo und ging beleidigt auf die Bäume zu. Als er merkte, dass keine von uns ihm folgte, drehte er sich um und fragte: «Komme Sie, Signorinas, worauf Sie noch warte?»

«Ich gehe da nicht rein!» Radieschen zitterte am ganzen Leib. «Da lebt die Kuh des Wahnsinns!»

«Das ist doch nur eine Märchenfigur», versuchte ich, sie zu beruhigen, «von der die Alten erzählen. Genau wie das bunte Wesen mit den roten Haaren und der roten Nase, das Kühe aufs Feuer wirft und sie danach zwischen zwei Brötchen steckt.»

«Ah», grinste Giacomo, «du meinste die Ronald McDonalde.»

Radieschen wandte sich an mich: «Du glaubst doch an die unendliche Milch der Verdammnis, warum nicht an die Kuh des Wahnsinns?»

«Vermutlich», stichelte Susi, «weil es keine Kuh geben kann, die noch wahnsinniger ist als Lolle.»

Ich ignorierte sie und antwortete meiner Freundin: «Die Milch wird in unseren heiligen Liedern erwähnt, nicht in einem albernen Märchen. Das ist der Unterschied.»

Für einen kurzen Moment überlegte ich, was es bedeuten würde, wenn es, wie von Giacomo angedeutet, die unendliche Milch gar nicht gab. Dann wären die heiligen Lieder ja auch nichts anderes als alberne Märchen. Das wäre dann ... ja, was wäre das eigentlich? Erschreckend? Erleichternd? Aufregend?

«Glaube mir, Radieschen», redete ich weiter auf meine Freundin ein, «es gibt keine Kuh des Wahnsinns. Und wenn wir hinter den Bäumen sehen, dass die Welt tatsächlich zu Ende ist, dann gehen wir einfach keinen Schritt weiter und drehen um. Was hältst du davon?»

«Ich weiß nicht», antwortete Radieschen.

«Das klingt eigentlich ganz vernünftig», meinte Hilde, nur halbwegs überzeugt. Sie war zwar die Ungläubigste von uns allen, dennoch war auch ihr sichtlich mulmig zumute.

«Also», fragte ich in die Runde, «wollen wir nun reingehen oder hier dumm rumstehen?»

«Dumm rumstehen», antwortete Radieschen.

«Dumm rumstehen finde ich super!», stimmte Susi zu.

«Könnte ich den ganzen Tag machen», fand Radieschen.

«Wenn man etwas gut kann, sollte man es auch tun», ergänzte Susi.

«Lang und oft», fand auch Radieschen.

Ich sah zu Hilde, die blickte verunsichert zurück und erklärte: «Ich bin gegen Dumm-Rumstehen.»

Wenigstens eine besaß Mumm.

«Aber», so ergänzte sie, «mit intelligent rumstehen könnte ich mich anfreunden.»

«Mamma mia, was für eine Truppe», lachte Giacomo.

Wir durften hier nicht bleiben. Der Bauer würde uns garantiert finden. Also musste eine von uns vorangehen. Und es war klar, wer das mal wieder sein würde. Ich atmete tief durch und machte mich auf den Weg, ohne mich umzudrehen.

Als ich den Wald betrat, bekam ich Angst vor meiner eigenen Courage. Unter den Bäumen war es kühler. Dunkler. Das hier war keine natürliche Umgebung für eine Kuh. Hätte ich in der Nacht hier durchgehen müssen, wäre ich vor Angst tot umgefallen.

«Wenn wir Lolle alleine gehen lassen», hörte ich Hilde hinter mir sagen, «stehen wir noch dümmer da.»

Ich blickte mich um und sah, dass sie sich auf den Weg machte. Auch bei Radieschen und selbst bei Susi siegte der Stolz über die Angst. Das war gut, alleine wäre ich sicherlich umgedreht, wäre ins Feld zurückgerannt und hätte versucht, mich bis zum Ende meines Lebens zwischen den Maiskolben zu verstecken.

Zu viert stapften wir hintereinander durch den dichten Wald. Eingeschüchtert von den hohen Bäumen, die eng aneinanderstanden, von dem feuchten bemoosten Boden, der sich ungewohnt unter unseren Hufen anfühlte, und dem Geraschel, das die Blätter machten, wenn der frische Wind durch sie wehte.

Giacomo hingegen flitzte ohne Angst kreuz und quer – seinem kaputten Bein schien es von Minute zu Minute besser zu gehen. Ab und zu sahen wir Eichhörnchen, die Bäume hochkletterten, aber ansonsten blieben wir ungestört, was uns ein klein wenig entspannte.

Schließlich kamen wir an einen kleinen, sich schlängelnden Bach mit kristallklarem Wasser. Der kam wie gerufen, hatte ich doch seit gestern Abend nichts mehr getrunken und von der ganzen Anspannung eine trockene Kehle.

Radieschen schluckte verängstigt: «An diesem Bach lebte der Bär Praxx, der gefährliche Hüter des Waldes. Und der ist nicht aus einem Märchen wie die Kuh des Wahnsinns, sondern wird auch in den heiligen Liedern besungen.»

Hilde erwiderte: «Selbst wenn die heiligen Lieder wahr sind, was ich nicht glaube, dann ist der Bär nicht mehr hier. Laut den Liedern hat er doch den Wald verlassen.»

«Bleibt immer noch die Kuh des Wahnsinns», antwortete Radieschen.

«Sieh dich um, gibt es hier eine Kuh des Wahnsinns?», fragte ich, schon leicht gereizt vor lauter Durst, und trank von dem klaren Wasser. Es schmeckte so viel besser als alles, was ich auf dem Bauernhof je getrunken hatte. Kühl. Erfrischend. Ob dies der Geschmack der Freiheit war?

Die anderen taten es mir nach, sogar Radieschen, deren Durst etwas größer war als ihre Angst, und alle tranken so gierig und ausgiebig, als wollten sie den Bach austrinken.

Erfüllt von neuer Lebensenergie, fragte ich in die Runde: «Ist das nicht das Beste, das ihr je getrunken habt?»

Giacomo lachte: «Signorina, Sie kenne wohl noch nicht die ‹Sexe on die Beach›!»

«Nein», antwortete ich wahrheitsgemäß.

«Aber ich!», hörten wir mit einem Male eine alte, röhrende, weibliche Stimme. «Ich hab das schon mal getrunken!»

Wir schauten uns erschrocken um: Niemand war zu sehen. Es war, als ob der Wind zu uns gesprochen hätte. Meine Beine begannen zu zittern, und ich hörte, wie neben mir Radieschen vor Angst mit den Zähnen klapperte.

«Hier oben», lachte die Krächzstimme.

Wir blickten hoch, und in einer Eiche, direkt neben dem Bach, hockte auf einem extrem starken Ast eine alte Kuh.

«Scheiße, die Kuh sitzt ja auf dem Baum!», sagte Susi das Erste, was auch mir in den Sinn kam.

«Oh nein, das ist die Kuh des Wahnsinns!», flüsterte Radieschen das Zweite, was mir in den Sinn kam.

«Die Alte muffelt ganz schön», raunte Hilde das Dritte, was mir in den Sinn kam.

Ja, die Kuh stank schon von weitem, ihre Haut war faltig, und ihr Euter baumelte tief – sie musste unglaublich alt sein. Bestimmt schon an die zwanzig Sommer.

Behände sprang sie von ihrem Ast herunter und fragte: «Was macht ihr hier in meinem Wald?»

«Wir sind auf dem Weg nach Indien», antwortete ich schüchtern. Vor der Kuh des Wahnsinns zu stehen, versetzte mich in Angst und Schrecken.

«Ihr seid Kühe, die die Welt sehen wollen?», fragte sie erstaunt und lachte dann los. Laut. Unangenehm. Irre. Es war das drittfurchterregendste Geräusch, das ich je gehört hatte – nach dem Knallstab des Bauern und der Stimme von Old Dog.

Schlagartig hörte die Alte wieder auf zu lachen. Dann sagte sie: «Es gibt ein Lied über eine Kuh, die die Welt gesehen hat. Wollt ihr es mal hören?»

Niemand traute sich zu antworten.

«Dieses Lied handelt von einer Zirkuskuh ...»

Zirkus? Was sollte das denn nun schon wieder sein?

«... und ihr Schicksal sollte euch eine Warnung sein!»

Wir schluckten alle. Das klang verdammt unheimlich. So, wie sie es sagte, war es sogar noch unheimlicher als die Kuh des Wahnsinns selber.

«Das Lied heißt Kuh-Pa Cabana», verkündete die Alte. Dann rief sie hoch in die Bäume: «Hey, Musiker!»

Aus allen Wipfeln kamen Eichhörnchen, Spatzen und Spechte herbei. Die Alte erklärte uns grinsend: «Denen habe ich hier im Wald das Musizieren beigebracht.» Dann forderte sie die Tiere auf: «Ich brauche ein paar lateinamerikanische Rhythmen!»

Die Spatzen begannen prompt zu pfeifen, die Spechte klopften fröhlich mit ihren Schnäbeln gegen die Baumstämme, und die Eichhörnchen hauten lustvoll Nüsse gegeneinander. Die alte Kuh fing an zu singen, und ihre Stimme klang überraschenderweise umwerfend gut:

Ja, sie hieß Lola,
sie war 'ne Showkuh,
mit gelben Federn in dem Haar
und einem Euter, so wunderbar.
Sie tanzte Merengue
und auch den Cha-Cha ...

Während sie so sang, machte die Alte Tanzbewegungen, bei denen ich dachte: Andere in ihrem Alter hätten sich dabei schon längst die Hüfte ausgerenkt.

Sie wollte sein so wie ein Star
und fand Bruno wunderbar,
er war ein Stier
und hatte nach ihr Gier.
Sie waren jung und hatten sich ...
Wer brauchte da meeehr?

An der Kuh-Pa, Kuhpa Cabana,
das Leben war einfach der Hamma
an der Kuh-Pa, Kuhpa Cabana.
Musik und Liebe
war'n die großen Triebe.
An der Kuh-Pa ...
verlor sie ihr Herz ...

Die Kuh tanzte jetzt wild zu den «lateinamerikanischen Rhythmen», die die Spatzen zwitscherten, die Eichhörnchen mit ihren Nüssen klackerten und die Spechte in die Bäume klopften.

Susi fand: «Bis jetzt klingt es noch nicht wie eine Warnung.»

«Ich finde es toll!», stimmte Radieschen zu und wippte ungelenk mit. Ihre Angst verflog mit jedem Takt ein bisschen mehr.

«Ich möchte mache die Mitsinge!», rief Giacomo.

Wir alle warfen ihm einen entsprechenden warnenden Blick zu, der besagte: Nein, das möchtest du bitte schön nicht!

Er verstand sofort und murmelte: «Vielleicht, ich lasse es doch lieber bleibe.»

«Gute Idee», fand Hilde, und wir anderen nickten alle zustimmend.

Die Alte drehte sich indessen elegant um die eigene Achse – eine Bewegung, bei der ich mit Sicherheit auf meinem Hintern gelandet wäre – und sang dann weiter:

Ja, er hieß Nico,
er hatte Eier
und zwei Hörner – elfenbeinweiß.
So langsam wurde er ganz heiß,
er sah sie tänzeln,
die Augen glänzten.
Ganz sacht schlich er an sie heran
und zog sie fest in seinen Bann.

«Ich glaube», mutmaßte Hilde, «hier nimmt die Geschichte eine üble Wendung.»

«Bei so fröhlicher Musik?» Radieschen wollte es nicht glauben.

«Nun ja, Lola ist doch mit Bruno zusammen. Und wenn jetzt der Nico kommt …»

«Ihr redet fast so», stöhnte Susi, «als ob es diese Lola wirklich gäbe.»

Ein Gefühl, so dachte ich, das man wirklich bekommen konnte, so intensiv war die Darbietung, die mich ganz und gar gefangen nahm.

Der Nico ging zu weit,
und Bruno war schon breit,
die Hufe traten aus,

es war ein Graus.
Und Bruno war nun tot!

An der Kuh-Pa, Kuhpa Cabana,
das Leben war hart wie 'n Hamma
an der Kuh-Pa, Kuhpa Cabana.
Musik und Liebe,
dafür gab es Hiebe.
An der Kuh-Pa ...
verlor sie den Stier ...

«Das ist ja traurig», schluckte Radieschen.

«Ja», sagte Susi, «so ein Hängeeuter wie diese Alte möchte ich auch nicht haben.»

«Wie einfühlsam du doch bist», lächelte Hilde ironisch.

«Das ist meine starke Seite.»

«Dann möchte ich nicht die schwache sehen.»

Die Spatzen und die Spechte flogen von den Bäumen und kreisten fröhlich zwitschernd um die alte Kuh. Die Eichhörnchen wiederum sprangen auf den Boden und tanzten die gleiche wilde Schrittfolge wie die alte Kuhdame, während sie ihre Nüsse gegeneinanderschlugen.

Ja, sie hieß Lola.
Sie war 'ne Showkuh.
Aber das ist lange, lange her.
Ihren Zirkus gibt es nicht mehr.
Jetzt ist sie im Wald
und fühlt sich richtig alt.
Sie verlor ihr Herz, sie verlor Bruno,
sie verlor den Verstand!

«Bei Naia ...», schluckte Radieschen.

«Sie ist selber Lola», fühlte ich nun mit der Alten. «Und ihr Bruno ist gestorben.»

«Kaum zu glauben», fühlte Susi wieder nicht ganz so sehr mit, «dass sich um so eine mal Stiere geprügelt haben.»

An der Kuh-Pa, Kuhpa Cabana
traf sie der Vorschlaghamma,
an der Kuh-Pa, Kuhpa Cabana.
Musik und Liebe war'n tödliche Triebe.
An der Kuh-Pa ...
verlieb dich nicht ...

Lola wiederholte «Verlieb dich nicht» noch einige Male. Aber mit jedem Ton wurde sie leiser. Spatzen, Spechte und Eichhörnchen hörten auf zu musizieren und zu tanzen. Sie alle flogen, beziehungsweise hüpften, fröhlich in den Wald hinein. Egal, wie traurig Lola war, ihren Mitbewohnern im Wald spendete sie mit ihrer Musik große Freude.

«Okay, jetzt ist es eindeutig», stellte Susi fest, «sie ist die Kuh des Wahnsinns!»

«Aber Angst habe ich nicht mehr vor ihr», erklärte Radieschen voller Mitgefühl.

«Ich schon», ätzte Susi, «die kann ihr Hängeeuter bestimmt gefährlich weit schleudern!»

Ich jedoch sagte gar nichts, ging zu Lola und schlabberte ihr tröstend mit der Zunge über die Schnauze. Dabei machte es mir nichts aus, dass sie so stank.

Auch wenn mir durch ihr Lied noch mal klarer wurde, dass die Welt da draußen für uns Kühe gefährlich war, gab es doch etwas Großartiges, was ich durch ihren Gesang erfahren hatte: Lola hatte die Welt gesehen. Dies bedeutete: Es gab hinter den Bäumen keine unendliche Milch der Verdammnis!

«Es ist lieb, dass du uns warnen wolltest», bedankte ich mich bei Lola, die sichtlich mit ihren Gefühlen rang. «Aber uns muss es nicht so ergehen wie dir.»

«Nein, es könne komme noch schlimmer», sagte Giacomo vorlaut.

Lola fragte den Kater traurig: «Glaubst du wirklich, es kann einem etwas Schlimmeres passieren?»

Er blickte in ihre leeren Augen, die ein Fenster in ihre zerstörte Seele waren. Dann schüttelte er leise den Kopf: «Verzeih mir.»

«Lola», fragte ich sie, «kannst du uns den Weg aus dem Wald zeigen?»

«Bist du denn sicher, dass du nach Indien willst?», kam es als Antwort.

Ich nickte.

«Wie heißt du?», wollte sie nun wissen.

«Ich heiße Lolle, Lola.»

Da mussten wir beide lachen. Die alte Dame rieb sanft ihre Schnauze an meiner, und ich erwiderte ihr Schnäuzeln.

Danach führte sie uns durch den Wald, der uns allen keine Furcht mehr einflößte, war er doch ein Ort voller Musik und Tanz. Mit jedem Schritt wurde ich aufgeregter, was würde wohl hinter ihm liegen?

Als wir die letzten Bäume erreicht hatten, sahen wir weite Felder. Keine unendliche Milch der Verdammnis.

Die heiligen Lieder hatten also wirklich gelogen.

Das bedeutete: Man musste ihnen keinen Glauben mehr schenken.

Jetzt wusste ich, was das für ein Gefühl war, wenn man

den alten Weisen nicht glauben konnte. Es war beängstigend, erleichternd und aufregend zugleich. Denn damit war unser altes Leben endgültig vorbei. Und ein neues begann!

Kapitel 17

Lola schnäuzelte mich noch mal zum Abschied und flüsterte mir zu: «Ich war auch mal in Indien. Es ist wirklich schön dort. Ich hoffe, du schaffst es.»

«Warum bist du nicht dortgeblieben?», fragte ich. Ich verstand einfach nicht, wie man so ein Paradies wieder verlassen konnte.

«Nirgendwo ist es schön, wenn es in einem selbst innen drin nicht schön ist», antwortete Lola. In ihre Augen stiegen Tränen, doch bevor sie weinen musste, drehte sie sich um, ging in den Wald zurück und rief den anderen Tieren zu: «Wir singen jetzt ‹No Milk Today›!»

Wir hörten noch den Jubel der Waldbewohner, dann machten wir uns auf den Weg über die Äcker. Dabei waren wir alle so überwältigt von der Tatsache, dass wir nicht in eine unendliche Milch plumpsten, dass wir gar nicht wussten, was wir sagen sollten.

Nach ein paar Minuten schweigenden Fußmarsches betraten wir einen Querweg, dessen Boden unnatürlich grau und fest war. Die Sonne stand hoch am Himmel, und der Boden fühlte sich dank der Sonneneinstrahlung unter meinen Hufen wohlig warm an. Mir wäre sicherlich weniger wohlig zumute gewesen, wenn ich da schon gewusst hätte, dass ich auf der Erfindung stand, der die Menschen den nicht allzu poetischen Namen Landstraße verliehen hatten.

«Und», fragte Susi nölend, «in welche Richtung geht es jetzt nach Indien? Nach links oder nach rechts?»

Hilfesuchend sah ich zu Giacomo. Der sprang auf dem grauen Untergrund hinüber zu einem gelben Schild, das ein paar Kuhlängen entfernt stand und auf das für uns nicht begreifbare Menschenzeichen gemalt waren. Der Kater betrachtete es sich kurz, schien die merkwürdigen Zeichen tatsächlich entziffern zu können, lief wieder zurück und erklärte uns: «Also, wir müsse fünfzehne Kilometer laufe, bis wir sind in die Orte namens Cuxhave. Dann wir halte Ausschau nach eine Schiff, das fahre nach die Indien. Dann ich euch auf die Schiff schmuggele ... und je mehr ich darüber rede, desto mehr erscheine mir diese Plan selber total bekloppte ...»

Bevor wir Fragen zu seinem bekloppten Plan stellen konnten wie «Was ist ein Schiff?», «Was ist schmuggele?» oder «Was ist eine Cuxhave?», hörten wir wieder ein Brummen.

«Das hat eine andere Melodie als ein Trecker», stellte Radieschen fest. «Die hier ist mehr eine ‹Brumm-brumm-brrrrrrrrrum›-Melodie. Viel energischer. Viel schneller.»

«Attenzione!», schrie Giacomo.

Wir reagierten nicht.

Das Brummen wurde lauter.

«Attenzione!!!», schrie der Kater noch mal.

Wir reagierten wieder nicht.

«Ich habe gerufe: Attenzione! Habt ihr nicht gehört, ihr blöde Kühe?»

«Ja, schon ...», begann Radieschen.

«... aber wir haben keine Ahnung, was ‹Attenzione› heißen soll», vollendete Hilde.

«Außerdem», so erklärte Susi über den immer lauter

werdenden Lärm pikiert, «sind wir keine blöde Kühe … jedenfalls ich nicht … die anderen schon ein bisschen … und Lolle ganz besonders …»

«Die Audoo!», rief Giacomo.

Vor uns sahen wir jetzt etwas, das Ähnlichkeit besaß mit einem Trecker und mit einer unfassbaren Geschwindigkeit auf uns zuraste. In diesem Gefährt saß eine Menschin, die bei unserem Anblick mindestens genauso viel Angst bekam.

«Dahineine!», schrie Giacomo und sprang in einen Graben am Rande der Straße.

Angesichts dieses robust wirkenden Audoos schien mir so ein Sprung eine recht gute Idee zu sein.

Hilde war sowohl gedanklich als auch mit den Hufen schon einen Schritt weiter als ich und sprang in den Graben.

Giacomo schrie: «Du biste auffe mich geplumpst … mit die Po in meine Gesichte!»

Bevor Hilde reagieren konnte, sprang Radieschen hinterher, und jetzt war es Hilde, die rief: «Autsch, das bin ich!»

Giacomo stöhnte: «Und ich liege immer noch unter dir. Noch eine Kuh, und ich binne platt wie meine alte Freundin Katze Moss.»

Eigentlich wollte ich jetzt auch auf die anderen Kühe springen, aber Susi bewegte sich nicht, stand einfach weiter auf der Straße und starrte verängstigt auf das näher kommende Audoo.

«Susi!», schrie ich.

Die doofe Kuh reagierte nicht, war vor lauter Furcht wie auf dem Boden festgefroren. Gleich würde das Ding gegen sie rasen, und Susi würde dies gewiss nicht überleben.

Ich senkte meinen Kopf, rannte los und rammte meine Hörner volle Milchkanne in ihren Hintern.

«Ahh!!!», jaulte sie auf und rannte direkt in den Graben, wo sie auf Radieschen fiel, die noch auf Hilde hockte, die wiederum auf Giacomo saß, der ächzte: «Na, perfetto.»

Zu guter Letzt sprang ich hinterher und knallte auf Susi. Die jaulte auf, darunter stöhnte Radieschen, darunter wiederum Hilde, und ganz unten schimpfte Giacomo: «Das nächste Mal ich reise mit Karnickele.»

Das Audoo brauste vorbei, und unser kleiner Haufen purzelte in sich zusammen. Ich rappelte mich auf und lugte vorsichtig mit dem Kopf aus dem Graben heraus. Die anderen taten es mir nach. Es rasten sehr viele von diesen Audoos auf der Straße. Zum Teil waren sie größer als das erste, und an einigen waren sogar noch kleine Häuschen drangehängt.

«Das seie die Holländer», erklärte Giacomo, ohne dass das Ganze dadurch für uns irgendwie verständlicher wurde.

Radieschen und Susi jagten die Audoos sichtlich Angst ein, jedes Mal, wenn eins vorbeikam, zuckten sie zusammen. Die mutigere Hilde betrachtete sich die schnellen Dinger hingegen angewidert: «Gegen deren Gestank hat Pups-Onkel den Duft einer süßen Wildrose.»

Da auch ich etwas eingeschüchtert war, fragte ich: «Wer ist noch dafür, dass wir uns einen anderen Weg suchen?»

Das erste Mal auf dieser Reise waren sich alle Kühe einig.

Doch Giacomo wandte ein: «Es gebe keine Alternative. Durch die Zivilisatione iste die einzige Weg. Tute mir leid.»

«Mir tutet das auch leid», seufzte Radieschen.

«Bei mir tutet es mit», schnaubte Susi.

«Was auch immer Zivilisatione ist», seufzte Hilde, «ich hasse sie jetzt schon!»

Das war das zweite Mal, dass wir Kühe uns auf dieser Reise alle einig waren.

Widerwillig murrend machten wir uns auf in diese blöde Zivilisatione. Dabei gingen wir nicht auf dem, was Giacomo Landstraße nannte, sondern auf dem Gras, das daneben wuchs. Da dieser Streifen zwischen der Straße zur Linken und den Feldern zur Rechten sehr schmal war, mussten wir hintereinander marschieren, was Susi nicht sonderlich gefiel: «Na, toll, jetzt glotze ich auch noch die ganze Zeit auf Lolles fetten Hintern.»

Ich hatte mir noch nie so sehr Blähungen gewünscht wie in diesem Moment.

Damit aber die Stimmung in unserer Truppe nicht noch schlechter wurde, beschloss ich, auf Susis Frechheiten nicht einzugehen. Dafür tat es Hilde, die am Ende der Schlange hinter Radieschen ging: «Ich würde deinen Hintern gerne sehen, Susi.»

«Ach ja?», staunte die.

«In einem Brennnessel-Beet», grinste Hilde.

«Und ich deinen in einem Wespennest», konterte Susi.

«Und ich deinen in Honig ...»

«Das ist doch gar nicht schlimm», sagte Susi irritiert.

«... auf einem Ameisenhaufen», vollendete Hilde.

Während die beiden sich anzickten (Zicken sind wirklich fies zueinander, was die sich den ganzen Tag so an den Kopf blökten, mochte man als Kuh kaum glauben), beobachtete ich die Menschen in den Audoos, die uns allesamt erstaunt angafften. Die einzigen von ihnen, die sich freuten, uns zu sehen, waren die kleinen Menschenkälber. Sie fuchtelten mit den Ärmchen, zeigten mit den Fingern auf uns und lachten dabei fröhlich. Wenn man die Kleinen so sah, war es gar nicht vorstellbar, dass sie uns aßen. Sie machten ja auch keinerlei Anstalten, dies zu tun. Diese jungen Menschenwesen konnten doch keine Kühe futternden Monster sein, oder?

«Die wollen uns ja gar nicht verspeisen», sagte ich zu Giacomo, der auf meinem Kopf zwischen meinen Hörnern saß. Sein Bein war schon so gut wie verheilt, aber er wollte nicht laufen. Ich hatte den Eindruck, ihm gefiel es ziemlich gut, so von mir getragen zu werden.

«Die meiste Mensche töte Kühe nicht selber. Sie nie sehe eine tote Kuh. Sie esse nur Teile von euch, so sie werde nicht daran erinnert, dass das, was sie verschlinge, einst gewese Lebewese.»

Dieses Verhalten klang nicht nur absurd, sondern auch pervers.

«Ich glaube, die meiste Mensche euch nicht esse würde, wenn sie sehe könnte, wie ihr werde getötet.»

Machte dies das Verhalten der Menschen besser? Wohl kaum! Und dass die Menschen ihren Kindern beibrachten, andere Lebewesen zu essen, war geradezu unfassbar. Wenn ich ein Kalb bekommen würde, brächte ich ihm bei, jedes Lebewesen zu achten. Bis auf Susi.

«Ihr Kühe müsse nur Angst habe vor wenige Mensche», erklärte Giacomo, «vor die Bauern, vor die Schlachter, vor die Sodomisti …»

«Sodomisti?»

«Nun, das seie Menschen, die mache die Liebe mit die Tiere …»

«Ich habe nicht gefragt!», unterbrach ich ihn und wunderte mich kein bisschen, dass in diesem Begriff das Wort «Mist» drinsteckte.

Die Menschen wurden mir von Minute zu Minute unheimlicher. Was musste ich noch über sie wissen, was ich nicht ahnte, aber für das Überleben wichtig wäre? Wie viele waren sie überhaupt? Es waren ja schon unfassbar viele in diesen Audoos.

Während ich darüber nachgrübelte, fragte Susi hinter mir: «Sind wir bald da?»

«Nein», antwortete Giacomo.

Nach einer Weile fragte Susi erneut: «Sind wir bald da?»

«Nein», sagte der Kater, diesmal gereizt.

Keine Minute später fragte sie erneut: «Jetzt?»

«NEIN!»

«Aber gleich sind wir doch da?»

«Wenn du weiter so frage, dann du seie gleich nicht mehr da!»

«Wie willst du denn eine Kuh fertigmachen, kleine Katze?», fragte Susi provozierend.

Giacomo krabbelte von meinem Kopf aus zu meinem Hinterteil – ich drehte meinen Kopf, um zusehen zu können –, und er fuhr direkt vor Susis Schnauze seine Krallen aus: «Damite.»

Susi erschauderte und schluckte: «Gut, die möchte man nicht im Auge haben.»

Giacomo lächelte kalt: «Nein, Signorina, das möchte man nicht.»

Er drehte sich um und balancierte lächelnd wieder über meinem Rücken zu meinem Kopf, wo er sich zwischen meine Hörner setzte. Sein Lächeln ließ mich erschaudern. Bis jetzt hatte ich geglaubt gehabt, dass er ein liebenswerter Kater war, aber nun spürte ich, dass er auch gefährlich sein konnte, ein echter Kämpfer. Einer, der nicht zögern würde, andere zu verletzen. Kaum hatte ich das gedacht, musste ich an Old Dog und meinen Traum denken: Wenn der Schäferhund einen Kater mit solchen Krallen fast getötet hatte, wie sollte ich dann je gegen ihn bestehen? Es war zwar nur ein Traum gewesen, in dem Old Dog mich hatte töten wollen, aber was war, wenn in diesem Traum eine hellseherische Wahrheit stecken würde? Wenn ich dem monströsen Hund wirklich noch einmal begegnen müsste? Bei dieser Vorstellung zog es in meinem Becken. Ein bisschen so, wie wenn man die Regel bekommt, nur eben doch anders.

Susi riss mich aus meinen Gedanken: «Kater, eine Frage habe ich dann aber doch noch.»

«Wehe, du frage, ob wir seie schon da», drohte Giacomo.

«Nein.»

«Gut, was du wolle wisse?»

«Ist es noch weit?»

Giacomo stöhnte laut auf. Dann rollte er sich zwischen meinen Hörnern zusammen und seufzte: «Bis Indien werde ich abhängig von die Alkohole.»

Aus einem Audoo heraus warf ein Menschenkalb mit voller Wucht einen Apfelrest auf meinen Rücken – die Kleinen waren anscheinend doch nicht alle liebenswert. Ich sah dem Audoo nach und fragte mich, wie groß die Welt wohl tatsächlich war, wenn die Menschen diese Audoos anstatt ihrer eigenen Beine benutzen mussten, um sie zu durchqueren? Vermutlich war die Erde noch größer, als ich es mir ausmalen konnte. Sehr viel größer. Nur, wie groß genau? Ich bekam einen schrecklichen Verdacht. Den, dass es noch ganz schön dauern könnte, bis wir «da sind».

«Sag mal», fragte ich nun den Kater leise, damit die anderen mich nicht hören konnten, «ist Indien vielleicht weiter weg als drei Tage?»

«Iste der Papst katholisch?»

«Ich habe keine Ahnung, was diese Antwort bedeuten soll.»

«Naturalmente, Indien iste weiter weg.»

«Vier Tage?», fragte ich, hoffend, dass «weiter» nicht allzu viel weiter bedeute.

«Noch weiter.»

Ich schluckte, wie viel Tage würden wir Kühe wohl so eine Reise durchhalten? Acht? Neun? Höchstens zehn.

«Mehr als zehn?», fragte ich vorsichtig.

«Ich schätze, etwas mehr.»

«Wie viel ist etwas?», fragte ich vorsichtig.

«Och, vielleichte so drei Vollmonde.»

«DREI VOLLMONDE?!?», rief ich entsetzt.

Die anderen schauten mich überrascht an.

«Was ist drei Vollmonde?», wollte Hilde wissen.

«Ähem», flunkerte ich hastig, «Giacomo meinte, in Indien kann man drei Vollmonde sehen.» Das war zwar eine ziemlich blöde Ausrede, aber etwas anderes fiel mir auf die Schnelle nicht ein. Ich durfte den anderen einfach nicht sagen, dass es so lange dauern würde bis nach Indien. Würde ich es tun, würden sie all ihre Hoffnung verlieren, so wie ich es gerade tat.

«Drei Monde», wollte Hilde von mir wissen, «wie geht denn das?»

«Naia hat da noch viel mehr von ihrem Käse in den Himmel geworfen», flunkerte ich weiter und führte dabei die Gotteskuh ins Felde, von der ich mir gar nicht mehr so sicher war, ob sie überhaupt existierte.

Radieschen sagte anerkennend: «Deren Euter waren echt produktiv.»

Die anderen hatten meine Ausrede geschluckt, immerhin. Doch während Susi in kurzen Abständen «Wie lange noch?», «Wann sind wir denn genau da?» und «Was macht man eigentlich gegen qualmende Hufe?» nölte, fragte ich mich, wie wir es wohl drei Vollmonde miteinander aushalten sollten, geschweige denn so lange in der Welt der Menschen zu überleben. Während meine Hoffnung endgültig verflog, zog es wieder heftig in meinem Beckenbereich. Es sollte nicht das letzte Ziehen für heute bleiben. Oder in meinem Leben.

Kapitel 18

Susi wurde mit jedem Schritt leiser und langsamer. Hilde murrte vor sich hin, weil wir wegen Susi nicht schnell genug vorankamen. Die Einzige, die bei unserer Wanderung regelrecht aufblühte, war Radieschen. Die Audoos flößten ihr keinerlei Angst mehr ein, und sie befragte Giacomo über all die neuen, faszinierenden Dinge, die uns begegneten. Er erläuterte ihr, was Windräder waren (doof für Vögel), was Windschutzscheiben waren (doof für Insekten) und was Atomkraftwerke (doof für alle Beteiligten). Er erklärte ihr, was Rocker sind (unter den Haaren sind das Menschen) und was Motorräder (Dinge, die man nicht freihändig benutzen soll. Und, nein, eine Kuh sollte damit auch nicht fahren). Da erblickte der Kater wieder eines jener gelben Schilder und verkündete: «Nur noch funf Kilometer bis die Cuxhave!»

«Wo hast du eigentlich gelernt», wollte ich nun von ihm wissen, «diese Zeichen der Menschen zu entziffern?»

«Bei meine Frauche», antwortete Giacomo wehmütig. «Sie hatte immer laut aus die Bücher vorgelese, und ich lag dabei auf ihre Schulter und habe mir die Buchstabe angesehe ...»

«Was ist ein Frauchen?», unterbrach ich, froh, dass ich mich etwas ablenken konnte von der Tatsache, dass Indien unerreichbar schien.

«Der Mensch, dem ich gehörte.»

Der Kater war also auch wie wir im Besitz eines Menschen gewesen. Wenn das allen Tieren so erging und das die natürliche Ordnung der Welt darstellte, war die Natur ganz schön unnatürlich.

«Futterte dein Frauchen auch Kühe?», wollte ich wissen.

«Nein, sie aß keine Fleische.»

«Etwa nur Gras?»

«Nein, mit Gras sie machte etwas anderes.»

«Und was?»

«Rauche.»

Das erstaunte mich dann doch.

«Und meine Frauche liebte die psychedelische Pilze. Sie hatte sie mit mir geteilte, und wir kicherte dann immer die ganze Nachte hindurch und sahe wunderschöne Farbe ...»

Das klang wie die Pilze auf unserer Außenweide.

«Ich habe mein Frauche verlore, und das war einzige und alleine meine Schuld», der Kater begann zu schluchzen, und ich spürte, wie seine Tränen auf mein Fell tropften. Es schien mir unhöflich, ihn zu fragen, was er genau getan hatte, um sein Frauchen zu verlieren. So ging ich schweigend weiter. Selbst, als er laut und feucht in mein Fell schnäuzte, sagte ich nichts und ließ ihn einfach gewähren. Die Einzige von uns, die jetzt noch glücklich und zufrieden erschien, war Radieschen.

«Dir geht es gut?», fragte ich und wünschte mir, dass ich mich auch so fühlen könnte.

«Wir sind zusammen, wir leben und die Sonne scheint … was will man mehr?»

«Sicherheit … Liebe … Glück …», antwortete ich sehnsüchtig.

«Weißt du, was meine Oma Hamm-Hamm immer gesagt hat?»

Susi ätzte von hinten: «Nennt mich nicht immer Hamm-Hamm?» Für Gemeinheiten reichte ihre Kraft noch.

«Das ist ein schöner Name!», widersprach Radieschen vehement.

«Klingt wie Oma Plem-Plem», erwiderte Susi.

«Mich kannst du beleidigen, aber nicht meine Oma!», zürnte Radieschen. Ihre Augen funkelten wütend. Susi zuckte daraufhin zurück. Für Radieschen war ihre Oma der wichtigste Mensch auf der Welt gewesen. Als sie starb, hatte Radieschen tagelang bitterlich geweint. Doch eines Morgens lächelte sie wieder: Oma Hamm-Hamm war ihr im Traum erschienen und hatte ihr gesagt, sie solle nicht ihr Leben mit Trauer vergeuden, sondern es aus vollen Zügen genießen. Von da an war Radieschen wieder froh und hatte stets das Gefühl, dass ein Teil von Oma Hamm-Hamm bei ihr war. Das verlieh meiner Freundin eine innere Kraft, um die ich sie oft beneidete. Und nie beneidete ich sie so sehr darum wie jetzt.

«Was», wollte ich von ihr wissen, «hat Oma Hamm-Hamm gesagt?»

«Sicherheit, Glück und Liebe, … das ist alles in dir.»

Ich schaute in mir nach. Außer dem Ziehen in der Beckengegend fand ich da leider nicht allzu viel – und bestimmt kein Glück.

«Lolle, du musst lernen, den Augenblick zu genießen. Sonst ist er vorbei.»

«Das hatte meine Frauche auch immer gesagt», jaulte der Kater traurig auf, «und dann sie aß die Pilze.»

Den Augenblick genießen, trotz allem, war dies der Schlüssel zu einem glücklichen Leben?

Ich konnte es ja versuchen, obwohl unser Weg so weit war und mich das so sehr bedrückte: Also, die Sonne schien, das war ja schon mal wirklich schön. Es wehte ein angenehmer Wind, auch das war wunderbar. Die Audoos stanken, das konnte man zwar nicht genießen, jedoch ignorieren. Leider gab es etwas, was ich hingegen ganz und gar nicht ignorieren konnte, um ehrlich zu sein, ich wollte es noch nicht einmal: Unsere Herde war tot und Champion auch. Ein Augenblick war eben nicht nur ein Augenblick, der für sich alleine stand. Der Schmerz der Vergangenheit konnte ihn überlagern. Genauso wie die Sorge über die Zukunft.

Radieschen konnte beides ausblenden, Vergangenheit und Zukunft. Es mochte sein, dass auch andere Kühe diese beneidenswerte Fähigkeit besaßen, aber mir war sie nicht gegeben. Vielleicht hätte ich dazu von Oma Hamm-Hamm aufgezogen werden müssen anstatt von einer Kuh, deren Stier sie immerzu betrog.

Ich konnte die Vergangenheit nur überwinden, indem ich die Zukunft gestaltete. Das bedeutete: Ich musste uns nach Indien führen, auch wenn es drei Vollmonde dauerte. Davon durfte ich mich nicht unterkriegen lassen. Denn nur, wenn ich die Zukunft gestalten würde, könnte ich in der auch den Augenblick genießen!

Entweder so oder indem ich auch Pilze aß.

Kapitel 19

Nach einer Weile erreichten wir etwas, das Giacomo Autorastplatz nannte. Überall lag merkwürdiger Müll herum, den der Kater als Folien, Verpackungen und Kondome bezeichnete, während er sich mit seinen Pfoten die Tränen in den Augen abwischte.

Wir blieben stehen, sahen uns genauer um, und Hilde fand: «Ich glaube, es gibt keinen ekligeren Ort.»

«Signorina, dann sie ware noch nie auf die Toilette von die Fußballstadion.» Giacomo rang sich ein Lächeln ab, er versuchte ganz offensichtlich die Erinnerung an sein Frauchen zu verdrängen.

Wir Kühe verschnauften und grasten ein bisschen auf der am Parkplatz angrenzenden Wiese. Hilde und Susi kauten lustlos an ihrem Gras, Radieschen schlug sich fröhlich den Pansen voll, ich jedoch bekam kaum ein Büschel herunter. Ich überlegte mir, ob ich den anderen nicht die Wahrheit sagen sollte, dass wir nämlich eine Reise begonnen hatten, die so viel länger dauern würde als gedacht. Doch ich kam zu dem Schluss, manchmal war es besser, wenn die Anführerin ihre Herde anlog, um das Erreichen des Zieles nicht zu gefährden. Es war gemein und hinterhältig, aber notwendig. Anführen war ein noch größerer Mist, als ich gedacht hatte.

Radieschen hörte auf, Gras zu mümmeln, erkannte, wie bedrückt wir alle wirkten, und wollte uns aufmuntern. Sie wandte sich an Hilde: «Ich bin sicher, dass wir in Indien Kühe treffen werden, die braune Flecken haben.»

Hildes Augen leuchteten bei diesem Gedanken, aber sie schwieg. Sie wollte ihrer Hoffnung nicht noch mehr Nahrung geben, für den Fall, dass es auf dieser Welt gar keine braun gefleckten Kühe gab und ihr Lebenstraum endgültig ausgelöscht würde.

Zu Susi sagte Radieschen: «Und für dich wünsche ich mir, dass du dort ganz viele Stiere triffst.»

«Aber für dich wünschst du dir keinen Kerl, oder was?», blaffte Susi, die zu erschöpft war, um Nettigkeiten anzunehmen. Oder einfach nur einen viel zu schlechten Charakter dafür besaß.

Radieschen zögerte einen Moment mit der Antwort.

«Was?», hakte Susi nach. «Willst du etwa keinen Stier?»

Radieschen trat nun unsicher von einem Fuß auf den anderen, rang mit einem Male sehr mit sich und erklärte schließlich: «Ich muss euch ein Geständnis machen.»

Wir alle hörten erstaunt auf zu grasen.

«Ich hatte euch ja gestern Nacht nicht von meinem Traum erzählt ...»

«Och», unterbrach Susi kiebig, «das macht rein gar nichts.»

Radieschen traf dies, aber im Gegensatz zu gestern ließ sie sich diesmal nicht beirren und redete weiter: «Ich will euch sagen, was mein Traum ist, aber ...»

Jetzt zögerte sie, und ich fragte nach: «Aber?»

«Ich kann es nicht sagen.»

«Das macht auch nichts», fand Susi.

«Aber ich kann was anderes machen!», erklärte Radieschen.

«Die Klappe halten?», fragte Susi hoffnungsfroh.

«Eine Fähigkeit», stichelte Hilde, «die dir leider nicht gegeben ist.»

Susi verzog das Gesicht.

«Ich kann», verkündete Radieschen, «singen, was mir auf dem Herzen liegt!»

«Ihr Kühe», lachte der Kater, «seide wirklich alle muhsikalisch.»

Und Radieschen begann zu singen:

I wanna be loved by Kuh,
just Kuh, nobody else but Kuh

Dabei bewegte sie sich sehr kokett. Jedenfalls so kokett, wie es einer Kuh von Natur aus gegeben ist:

I wanna be loved by Kuh, alone.
Puh, puh, bi duh

«Ach du meine Güte!», begriff Susi als Erste, was da gesungen wurde, und rückte von Radieschen ab. «Du bist eine Kuhliebhaberin!»

«Da man dann doch müsse staune», fand Giacomo.

Ich staunte mit, auf eine entgeisterte Art: Mein Radieschen, die ich seit der Kindheit kannte, stand nicht auf Stiere, sondern auf Kühe?

Während wir so staunten, tanzte Radieschen süße kleine Schrittfolgen mit ihren Vorderfüßen und sang dabei niedlich weiter:

I wanna be loved by Kuh,
just Kuh, nobody else but Kuh.
I wanna be loved by Kuh, alone.
Paah didel-dideli-dideli-dam, puh, puh, bi duh!

Nach dem «puh, puh, bi duh» hauchte Radieschen uns noch mit ihrer großen schwarzen Schnauze einen koketten Kuss zu. Danach sah sie uns erwartungsvoll an: Sie hatte ihr größtes Geheimnis preisgegeben und war dadurch ganz elektrisiert. Aber auch ein bisschen ängstlich, wie wir es wohl verdauen würden.

Wir verdauten es erst mal gar nicht und schwiegen.

Je länger das Schweigen anhielt, desto nervöser wurde Radieschen. Sie mahlte mit ihrem Kiefer, bis sie es einfach nicht mehr aushalten konnte: «Kommt schon, sagt was!»

Hilde antwortete konsterniert: «Paah didel-dideli-dideli-dam.»

Ich ergänzte, nicht minder durcheinander: «Ich möchte dem noch ein Puh, puh, bi duh hinzufügen.»

Radieschen musste mit einem Male lachen: «Ihr müsst keine Angst haben, ich steh nicht auf euch.»

«Warum das denn nicht?», erwiderte Hilde gespielt empört. Nach der ersten Verblüffung musste sie jetzt auch grinsen. Radieschens Lachen hatte die Anspannung, die in der Luft lag, etwas gebrochen. Und Hilde kam mit der Eröffnung jetzt am besten klar. Als Außenseiterin hatte sie nicht so ein Problem damit, wenn jemand anderes anders war.

Ganz im Gegensatz zu Susi, die schnaubte: «Jetzt ist es endgültig klar: Ich bin nur mit Irren unterwegs.»

Darauf ging sie ein paar Schritte von uns weg, sie wollte Abstand zu Radieschen bekommen. Susi gehörte offensichtlich zu den vielen Kühen, die was gegen Kuhliebhaberinnen hatten. Wer als Weibchen eine Kuh begehrte, hatte in einer Herde fast so einen schweren Stand wie Stiere, die Stiere lieben, oder Stiere, die auf Hühner standen.

Ich hingegen ärgerte mich über mich selber: Eigentlich hätte ich doch genauso locker mit Radieschens Sehnsucht umgehen müssen wie Hilde, hatte ich doch nichts gegen

Kuhliebhaberinnen. Ich hatte nie an den Spruch geglaubt, den die Alten oft sagten: «Kuh auf Kuh, das gibt Schmuh!»

Dennoch war ich von Radieschens Eröffnung schwer durcheinander, oder besser gesagt: Ich war verletzt. Verletzt, weil sie mir erst jetzt, auf der Flucht, am Rande eines Parkplatzes, gestanden hatte, wonach sie sich sehnte. Dabei kannten wir uns doch schon, seitdem wir kleine Kälber waren. Wie lange hätte sie gewartet, damit herauszurücken, wenn wir auf dem Hof geblieben wären? Hätte sie es mir überhaupt je erzählt? Warum hatte Radieschen mir nicht vertraut?

In meinem Beckenbereich spürte ich prompt wieder das Ziehen.

Radieschen ging auf mich zu: «Das ist eigentlich der Augenblick, in dem du als Freundin mir wünschen solltest, dass ich eine Kuh finde, die ich lieben kann.»

«Ich wünsch dir das auch», antwortete ich, eher pflichtbewusst und kein bisschen lieb.

«Das kam ja vom Herzen», stellte sie fest und lachte etwas unsicher dabei. «Hast du was gegen Kuhliebe?»

«Nein, nein ...», wiegelte ich ab und versuchte mich rauszureden, mochte ich doch nicht sagen, dass ich beleidigt war, «es ist nur so, ich hab so ein komisches Ziehen im Unterleib.»

«Du hast ein Ziehen im Unterleib?», fragte Radieschen. Es war beeindruckend: Eben noch ging es um ihr eigenes großes Geheimnis, um etwas, das für sie ungeheuer wichtig war, aber wenn sie sich um einen sorgte, dann vergaß sie sich selbst und war voll und ganz bei ihrem Gegenüber.

Mit einem Mal schämte ich mich über mein Verhalten und vor allem darüber, dass ich nicht so viel kuhliche Größe besaß wie sie. Und weil ich mich so schämte, antwortete ich, viel kiebiger, als ich es eigentlich wollte: «Das hab ich mit ‹Ich hab ein Ziehen im Unterleib› ausdrücken wollen.»

«Ehrlich», fragte sie, «du hast wirklich ein Ziehen?»

«Ehrlich!»

Da grinste Radieschen mit einem Male breit, wissend.

«Was?», wollte ich wissen, warum sie so grinste.

Sie grinste noch breiter. Noch wissender.

«Was?»

«Du bist schwanger!»

«WAAAS?!?»

Kapitel 20

«Also, Lolle», erläuterte Radieschen geduldig, «schwanger bedeutet, wenn man ein Kalb erwartet ...»

«Ich weiß, was schwanger bedeutet!», rief ich.

«Warum fragst du dann?» Wenn jemand erstaunte Kuhaugen machen konnte, dann war das Radieschen.

«Du bist schwanger?!?», rief Susi und lief wieder zu uns. Ihre Stimme klang eifersüchtig und wütend. Denn wenn ich schwanger war, dann von Champion.

«Ich bin nicht schwanger», stammelte ich.

«Bist du doch», grinste Radieschen.

«Ich hab nur ein Ziehen im Unterleib», wollte ich abwiegeln.

Jetzt grinste auch Hilde breit.

«Was?», fragte ich gereizt.

«Du bist schwanger», stellte Hilde fest.

«Blödsinn!», protestierte ich nun vehement. Es konnte nicht sein, was nicht sein durfte!

«Zugunglücka», sagte Hilde, «hatte doch im letzten Herbst auch so ein Ziehen ...»

Bei Naia, das stimmte!

«... und dann bekam sie ein Kalb ...»

Das stimmte leider auch.

«... das der Bauer ‹Psychopharmaka› nannte.»

«Mein Ziehen ist aber ganz anders», erwiderte ich, allerdings schwer verunsichert, da ich ja keine Ahnung hatte, ob es wirklich ganz anders war als bei Zugunglücka, sondern es lediglich hoffte.

«Lolle», fragte Hilde, «wann hattest du denn das letzte Mal deine Regel?»

«Äh ...», begann ich zu stammeln.

«Diese Antwort hab ich erwartet.»

«Oh nein ...», schluckte ich. Es war tatsächlich etwas her, um genauer zu sein, es war vor zwei Vollkäsemonden gewesen.

Susi sagte böse und zutiefst verletzt: «Du bekommst also wirklich ein Kalb von Champion.»

Und Giacomo jubelte: «Ich werde Patenonkele!»

Dabei tanzte er auf meinem Kopf herum, was ich allerdings kaum wahrnahm, denn ich wusste nicht mehr, wo mir der Kopf stand: Ich konnte doch nicht schwanger sein! Ich durfte es nicht!

«Man kann ganz einfach feststellen», erklärte Radieschen, «ob jemand schwanger ist.»

«Man wartet, bis das Kalb da ist», schnaubte Susi.

«Meine Oma Hamm-Hamm hat mir einen Trick verraten, wie man eine Schwangerschaft rausfindet.»

«Jetzt kommt Oma Dumm-Dumm wieder», schnaubte Susi und unterdrückte mit ihrer Aggression ihre aufkommenden Tränen.

«Iste das die gleiche Oma, die vorgeschlage habe, auf meine Wunde zu pinkele?», fragte Giacomo skeptisch.

«Und war es verkehrt?», lächelte Radieschen.

«Nein», lenkte Giacomo ein, dessen Bein ja durch die Heilkenntnis der alten Hamm-Hamm gerettet worden war, «deine Oma iste eine weise Frau gewese. Merkwürdig, aber weise.»

«Also», drängelte Susi, «wie findet man das mit dem Schwangersein jetzt raus?» Sie wollte es viel mehr wissen als ich. Um ehrlich zu sein, ich wusste nicht mal, ob ich es überhaupt wissen wollte.

«Wir brauchen einen Frosch!», antwortete Radieschen.

«Einen Frosch …?», wiederholte ich irritiert.

«Der sagt einem dann, ob man schwanger ist?», zweifelte auch Susi.

«Wenn das Wortspiel nicht so dämlich wäre», meinte Hilde, «würde ich sagen: Das ist doch Quak.»

«Der Frosch sagt es nicht», erläuterte Radieschen, «er zeigt es anhand seiner Farbe.»

«Wird er rot, wenn man mit ihm über Fortpflanzung spricht?», fragte Hilde frotzelnd.

«Nein, blau, wenn eine Schwangere auf ihn pinkelt, und wenn man nicht schwanger ist, bleibt er grün.»

«Deine Oma», stellte Hilde fest, «stand echt aufs Pinkeln.»

«Da sind irgendwelche Sachen im Pipi, wenn man schwanger ist …», erklärte Radieschen.

«Die Ormone», seufzte Giacomo.

«Der Frosch», gab ich zu bedenken, «wird echt begeistert sein, wenn ich auf ihn Pipi mache. Außerdem müssen wir erst mal einen finden.»

Ich hoffte, dass sich mit diesen Einwänden das Thema

erledigt hatte. Wenigstens bis ich mir eine Meinung darüber gebildet hätte, ob ich das wirklich erfahren wollte.

«Dahinten ist ein Tümpel», deutete Susi auf ein kleines Gewässer, das vielleicht hundert Kuhlängen entfernt war, «da gibt es bestimmt Frösche!»

Sie machte sich schnurstracks auf den Weg vom Parkplatz über eine Wiese, vorbei an ein paar Büschen, hin zum Tümpel. Im Gegensatz zu mir wusste sie genau, dass sie es sofort wissen wollte.

«Worauf wartest du noch, Lolle?», stupste mich Radieschen mit der Schnauze liebevoll an.

Darauf, dass dieser Albtraum aufhörte. Ich wollte nicht mal ansatzweise darüber nachdenken, was es bedeuten würde, wenn ein Kalb in mir heranwächst. Eins, dessen Papa Champion war. Stattdessen hoffte ich, dass Susi dahinten gar keinen Frosch finden würde. Die hatte inzwischen schon den Tümpel erreicht und rief: «Hier wimmelt es nur so von den Biestern!»

So viel also zu dieser Hoffnung.

«Komm!», lachte Radieschen und trieb mich in Richtung des Gewässers, indem sie mir mit ihren Hörnern immer leicht und liebevoll ins Hinterteil pikte. Ich trottete widerwillig durch das hohe Gras und hörte das immer lauter werdende Quaken der Frösche. Mit jedem Schritt wurde mir mulmiger zumute.

Als wir am Tümpel ankamen, stand Susi vor einem besonders hässlichen Frosch und fragte mich herausfordernd: «Wie wär's mit dem?»

Sie wollte es wirklich wissen!

«Verzeihen Sie», beugte sich Radieschen zu dem Frosch runter, «haben Sie was dagegen, wenn meine Freundin mal eben auf Sie raufpinkelt?»

«Wie bitte?», fragte der Frosch und blickte mich pikiert an.

Ich wäre am liebsten vor Scham in den Boden versunken.

«Es dauert auch nicht lange», säuselte Radieschen nett.

«Aber sonst geht's noch?», kam es als Antwort.

«Es ist aber wichtig!»

«Meine Güte», begann der Frosch zu zetern, «da lauf ich jetzt seit 300 Jahren verwunschen auf dieser Erde rum, und glaubt ihr, mich will auch nur eine Frau küssen?»

«Ähem, wie bitte, was?», fragte Radieschen.

Giacomo sprang von mir herab, sah sich den Frosch von nahem an und lachte: «Eine verzauberte Prinze! Was ich habe gesagt: Die Welt iste magischer, als Kühe und Mensche denke!»

Der Frosch ging auf uns alle nicht ein und beantwortete stattdessen seine eigene merkwürdige Frage selber: «Nein, keine einzige Frau will mich küssen! Aber dafür will eine Kuh auf mich pinkeln!»

«Von wollen», sagte ich leise, «kann wirklich keine Rede sein ...»

Doch das konnte den Frosch nicht von seinem Redefluss ablenken: «Als ob ich nicht genug am Hals habe. Wo ich auch hinhüpfe, wollen sich hässliche Kröten mit mir paaren und ganz viele tausend Kaulquappen produzieren ...»

Er schüttelte sich.

«... und als ich in Frankreich war, wollten die blöden Franzmänner mich fangen und fressen. Aber wisst ihr, was das Übelste ist?»

«Du wirst es uns sicherlich gleich sagen», antwortete Hilde, die genauso wenig wie wir alle verstand, wovon dieser Frosch da die ganze Zeit quakte.

«Das Schlimmste sind die Fliegen. Es gibt ja nichts Faderes im Geschmack. Aber was anderes fressen wir idiotischen Frösche ja nicht. Mein Gott, was gäbe ich dafür, mal wieder einen saftigen Rinderbraten zu essen.»

Wir Kühe schauten ihn alle böse an.

Der Frosch merkte das gar nicht und greinte: «Ich hätte der Hexe nie sagen dürfen, dass sie mit ihrem Aussehen den ästhetischen Gesamteindruck meines Reiches beeinträchtigt ... Mein Gott, selbst ihre Warzen hatten Warzen ... und vielleicht hätte ich sie deswegen auch nicht auf den Scheiterhaufen werfen lassen ... oder nur geknebelt, denn dann hätte sie mich nicht verfluchen können ...»

Der Frosch hörte gar nicht mehr auf zu quaken. Warum konnte man eine Schwangerschaft nicht feststellen, indem man einfach nur auf einen Stein pinkelt?

Susi fragte: «Wem geht der Kerl noch auf den Geist?»

Noch bevor irgendjemand antworten konnte, haute sie ihm mit dem Huf auf den Kopf. Der Frosch brach zusammen und wurde ohnmächtig. Dann forderte Susi mich auf: «Jetzt bist du dran.»

Irgendwie schien es mir nicht in Ordnung, auf einen Bewusstlosen zu pinkeln. Andererseits war das bestimmt besser für ihn, als dabei wach zu sein.

«Machst du jetzt mal?», drängelte Susi.

«Ich kann nicht auf Befehl», antwortete ich wahrheitsgemäß.

«Dabei dachte ich immer, du bist eine Pissnelke», ätzte sie.

Doch ich war nicht beleidigt. Susi wollte Klarheit, das konnte ich verstehen. Wie sehr musste es ihr wohl weh tun, wenn ich tatsächlich von Champion ein Kind erwarten sollte? Würde sie von ihm ein Kalb bekommen, ich würde das nicht ertragen können und würde vermutlich noch viel, viel böser zu ihr sein als sie jetzt zu mir.

Ich trat zu dem Frosch und stellte mich über ihn, aber ich war völlig verkrampft. Dass die anderen mir zusahen, machte mich auch nicht gerade lockerer. Radieschen fragte mich: «Soll ich dir das Pipi-Lied von Oma Hamm-Hamm singen?»

Bevor ich «bitte nicht» sagen konnte, begann sie zu trällern: «Strull, strull, strull, Strullchen strull herum.»

Meine Blase setzte sich sofort in Bewegung. Das Geheimnis des Liedes war wohl, dass man so schnell machte, damit der furchtbare Gesang aufhörte.

Kaum war ich fertig, jubelte Susi: «Der Frosch verfärbt sich nicht!»

Auch ich schnaubte zutiefst erleichtert durch. Leider freuten wir beide uns zu früh, denn Radieschen erklärte: «Man muss ein bisschen warten, das geht nicht so schnell.»

So warteten wir. Tausende Gedanken schossen mir dabei durch den Kopf: wie Champion mit mir das letzte Mal auf der Weide Liebe gemacht hatte, wie sehr ich ihn vermisste, obwohl er so ein Idiot war, und wie furchtbar es war, dass er in diesem Augenblick nicht bei mir war. Während mich diese Gedanken aufwühlten, rief Susi mit einem Male: «Der Scheiß-Frosch ist blau!»

Und Giacomo grinste: «Und mit blau sie meine nicht betrunke.»

Kapitel 21

Ich blickte runter zu dem bewusstlosen Frosch: Er war nicht ein bisschen blau oder blau-grünlich, er war leuchtend blau. Es gab also keinerlei Zweifel. Dennoch wollte ich es nicht wahrhaben und stammelte: «Vielleicht liegt das am Frosch, vielleicht sollten wir einen anderen nehmen.»

Ich blickte mich hastig um, aber weit und breit war kein Frosch mehr zu sehen oder zu hören.

Hilde stellte fest: «Die sind alle abgehauen, nachdem sie mitbekommen haben, was du mit dem hier angestellt hast.»

«Nachvollziehbare», grinste der Kater.

Ich starrte nun wieder runter auf den blauen Frosch, der noch bewusstlos am Boden lag, und langsam sickerte der Gedanke bei mir im Hirn ein: Bei Naia, ich werde Mama!

Mich überrollte kein Mutterglück, sondern nur eine tiefe Traurigkeit: Mein Kalb würde ohne Vater aufwachsen. Was für ein schreckliches Schicksal für das Kleine! Und auch für mich. Das war nicht mein Traum gewesen: eine Mama zu sein, die ihr Kalb alleine aufziehen musste. Ich hatte doch ein Leben gewollt wie Summ und Herum, die Eintagsfliegen.

Radieschen sah, wie fertig ich war, und rieb sanft mit ihrer Schnauze an der meinen: «Das wird bestimmt ganz toll, Mama zu werden.»

«Ja, ganz toll», grinste Hilde, «du wirst immer dicker und dicker. Du kriegst Wasser in die Beine und hast bei der Geburt unfassbare Schmerzen. Und wenn das Baby da ist, kriegst du kein Auge mehr zu, weil du andauernd Milch geben musst, und wenn du Pech hast ... dann wird es auch noch ein Stier.»

Jetzt war ich nicht nur traurig, sondern auch unangenehm berührt. Hilde verstand es, keine Muttervorfreude aufkommen zu lassen. Susi verstand sich darauf sogar noch mehr: «Und wenn du ganz großes Pech hast, wird er so wie sein Papa!»

Sie sagte dies mit einem unfassbaren Hass in der Stimme, verletzt, dass der Stier, mit dem sie etwas hatte, eine andere geschwängert hatte. Während ihre Augen so funkelten, wallte auch in mir die Wut auf: Wie konnte Champion mir ein Kind machen, wenn er gleichzeitig mit Susi ein Verhältnis hatte? Wie konnte er mir das nur antun? Und dem Kalb? Am liebsten hätte ich ihn vor Zorn sofort mit meinen Hörnern aufgespießt. Doch noch während ich mir vorstellte, dies zu tun, bekam ich auch schon ein schlechtes Gewissen. Womöglich war Champion bereits tot …?

Was war ich doch für eine elende Kuh! Egal, wie übel mein Schicksal auch sein mochte, es war besser als das von Champion.

Wie ich sein Lachen vermisste, seine tiefe Stimme, wenn sie rief: «Lolle, lass uns schnäuzeln!»

Ich hörte seine Stimme laut und deutlich. Als ob er in der Nähe war: «Lolle, lass uns schnäuzeln!»

Nicht nur ich vernahm die Stimme.

«Habt ihr das gehört?», fragte Hilde. «Da hat etwas ‹Lolle, lass uns schnäuzeln› gerufen!»

Hatte ich mir das in meinem Kopf etwa so laut ausgedacht?

Nein, das konnte doch nicht sein.

«Lolle, lass uns schnäuzeln!»

Da, schon wieder.

Ich fragte die anderen: «Habt ihr das jetzt auch wieder gehört?»

Sie gafften mich mit großen Kuhaugen an, außer Giacomo, der mich mit großen Katzenaugen anstarrte. Sie brauchten alle einen kurzen Moment, der mir wie eine Ewigkeit vorkam, bis sie nickten.

Unsicher ging ich ein paar Schritte in die Richtung, aus

der die Stimme kam. Je lauter ich sie hörte, desto schneller wurden meine Schritte und desto heftiger klopfte mein Herz. Schließlich rannte ich los. So schnell wie noch nie zuvor in meinem Leben, sogar noch schneller als gestern Nacht, als ich vor dem Bauern und dessen Knallstab davongelaufen war.

Die anderen folgten mir, am eiligsten hatte es dabei Susi, die schon zu mir aufschloss. Schlagartig blieben wir alle auf der Wiese kurz hinter den Büschen stehen. Durch deren Blätter hindurch konnten wir zum Parkplatz sehen. Und dort hinten ... stand Champion!

Kapitel 22

Er stand auf dem Parkplatz, einfach so!

Dabei starrte er vor sich hin und wirkte so niedergeschlagen, wie ich ihn noch nie zuvor gesehen hatte, selbst damals nicht, als ich ihm erklärt hatte, dass ich eine Kuh mit Prinzipien war und mich nicht gleich bei der ersten Verabredung besteigen lasse.

«Er lebt?», stammelte Radieschen fassungslos.

«Aber nicht mehr lange», erklärte Susi bitter. «Den mach ich fertig!»

Sie hasste ihn so, weil sie ihn so sehr liebte.

Ich hingegen zitterte am ganzen Leib. Mein Champion hatte überlebt. Mein Herz raste vor Freude bei seinem Anblick, ich war so glücklich wie lange nicht mehr, vielleicht sogar wie noch nie zuvor in meinem Leben, hatte ich doch noch nie ein geliebtes Wesen, von dem ich gedacht hatte, es wäre gestorben, wiedergesehen.

Ich war wirklich so, so glücklich, dass ich mir gar keine

anderen Fragen stellte. Zum Beispiel, wie Champion hatte überleben können, wie er hierhergekommen war oder wie er uns hatte finden können. Ich konnte ihm sogar verzeihen, dass er mit Susi fremdgegangen war, ich wollte einfach nur noch zu ihm, ihn schnäuzeln, liebkosen, ihn nie wieder verlassen und ihm erzählen, dass wir Eltern werden, eine Familie ... doch da rief er: «Susi, lass uns schnäuzeln!»

«Diese Stier», sagte Giacomo, «erscheinte mir eine kleine wenig promiske.»

«Wenn ‹promiske› wahllos bedeutet», antwortete Hilde, «stimme ich dem zu. Auch wenn es vertrottelt heißt. Oder nur mit seinem Bing-Bong denkend.»

«Binge-Bonge?», fragte Giacomo.

«Bing-Bong», korrigierte ihn Hilde.

«Sag ich doch, Binge-Bonge.»

Hilde verdrehte die Augen.

«Das iste die Fidel dello Schniedel, nicht wahr?», wollte Giacomo wissen. Da rief Champion erneut: «Susi, lass uns schnäuzeln!»

Ich blickte verunsichert zu Susi, die nur noch Wut und Hass in ihren Augen hatte. Verächtlich zischte sie: «Der Kerl verarscht uns.»

«Das ist noch nett ausgedrückt», kommentierte Hilde.

«Dem werde ich die Meinung sagen!», schnaubte Susi und wollte zu Champion, der uns immer noch nicht gesehen hatte, obwohl wir vielleicht vierzig Kuhlängen entfernt von ihm standen. Das war merkwürdig. Zugegeben, zwischen uns und ihm standen die Büsche, aber dennoch, wenn er genauer hingesehen hätte, hätte er uns entdecken müssen. Es wirkte irgendwie, als ob er uns gar nicht wirklich schnäuzeln wollte. Ja, als ob er uns noch nicht mal richtig suchen mochte. Da steckte doch irgendwas dahinter! Wie war er hierhergekommen? Warum hatte er überlebt? Warum rief er abwechselnd nach Susi und mir? Champion war zwar unsensibel, aber so ...? Er sah traurig aus, schuldbewusst, als ob sein eigener Wille gebrochen war ... Und kaum hatte ich das gedacht, wurde mir schlagartig klar, was hier los war.

«Geh nicht», flüsterte ich Susi leise zu.

«Warum nicht?», fragte sie aggressiv und machte sich auf den Weg. «Der hat alles verdient, was er sich jetzt gleich anhören muss. Und noch mehr. Das musst du doch auch finden, er hat dich geschwängert!»

«Das ist eine Falle!», erwiderte ich eindringlich.

Susi blieb erstaunt stehen, und alle hielten entsetzt die Luft an.

Ebenso hastig wie leise erklärte ich ihnen: «Ich habe heute Morgen einen anderen Bauern belauscht. Der hat gesagt, dass unser Bauer uns mit einem Trick wieder einfangen wird. Das ist der Trick: Champion soll uns locken.»

«Hilde, lass uns schnäuzeln!», rief Champion erneut.

Susi war verblüfft: «Jetzt wird er aber wirklich arg wahllos ...»

Hilde blickte sie sauer an.

«Oder», vollendete Radieschen geschockt, «es stimmt, was Lolle sagt. Er soll uns locken.»

Giacomo atmete tief durch: «Wie sagte schon einst der berühmte Verführer Katzanova: Geilheit stürzt in die Verderben!»

«Aber», fragte Radieschen leise, «wenn das stimmt, warum gibt sich Champion für so etwas her?»

«Ich nehme an, der Bauer hat ihn gezwungen ...», mutmaßte ich.

«Man kann sich dem doch widersetzen!», fand Hilde.

«Nicht, wenn man wolle sich selber rette», merkte Giacomo an.

Hilde schnaubte daraufhin verächtlich: «Er versucht, unser Leben für seins einzutauschen.»

Was für ein entsetzlicher Gedanke! Wenn Champion uns tatsächlich zum Schlachter führen wollte, um sich selbst zu retten, dann war es ein Verrat. Nicht nur an unserer Liebe. Sondern auch an der Kuhlichkeit.

Hinter Champion tauchte jetzt der Bauer auf. Ich hatte also recht gehabt, er benutzte Champion als Lockvogel.

Recht zu haben, war noch nie so schrecklich gewesen!

Wir verzogen uns schnell hinter die Büsche und waren mucksmäuschenstill.

Der Bauer schien sehr frustriert zu sein, und wir hörten, wie er laut vor sich hin fluchte: «Die Idioten im Verkehrsfunk haben doch gesagt, dass Kühe auf der Landstraße frei rumlaufen. Die müssen hier doch irgendwo sein!»

Hinter uns am Tümpel hörten wir noch jemand ganz anderes fluchen, den Frosch: «Ich fass es nicht, die hat tatsächlich auf mich draufgepinkelt! Die blöde Kuh! Wenn ich je wieder Mensch werde, wird in meinem Reich Rinderbraten Nationalgericht!»

Bei dem Wort «Kuh» blickte Champion zu uns. Er entdeckte, wie wir hinter den Büschen standen. Und er sah uns an. Wir alle hielten die Luft an. Gleich würde Champion uns verraten, der Bauer würde seinen Knallstab nehmen, und wir vier Kühe würden sterben. Oder nein, wir fünf Kühe! In mir war ein ungeborenes Kalb, das ebenfalls getötet werden würde. Verraten von dem eigenen Vater.

Champion blickte mir nun direkt in die Augen, und ich erstarrte. Ja, ich hatte vor dem Stier, den ich so liebte, Angst. Todesangst.

Doch Champion muhte nicht laut los, um den Bauern auf uns aufmerksam zu machen. Er schien mit sich selbst zu ringen, was er tun sollte. Dann, mit einem Male, hatte sein inneres Ringen ein Ende, und er schien ganz ruhig und entspannt. Als ob er zu einer Entscheidung gekommen war und mit dieser gut leben konnte. Würde er jetzt laut losbrüllen?

Er tat nichts dergleichen. Er schwieg und lächelte mir zu. Sichtlich froh, dass ich noch am Leben war. Dann nickte er freundlich, so als ob er sich für immer von mir verabschieden wollte, und trottete zu dem Bauern. Ohne uns zu verraten. Ohne sein ungeborenes Kind zu verraten. Er hatte eine Entscheidung getroffen.

Am liebsten hätte ich Champion jetzt zugemuht, dass er Vater wird, aber das hätte uns alle ins Verderben gestürzt. So schwieg ich, und es zeriss mir das Herz, ihn so davongehen zu sehen, ohne mit ihm reden zu können, geschweige denn, ihm einen Kuss auf die Schnauze zu geben.

Der völlig frustrierte Bauer führte ihn zu einem großen Audoo, das im hinteren Teil Platz für viele Kühe bot. Er scheuchte Champion herein und schloss dann die Tür hinter ihm. Er selbst setzte sich vorne in das Gefährt hinein und begann, aus einer Flasche Scheißkorn zu trinken. Champion war in dem Schlund des Audoos verschwunden und würde damit bestimmt zur Schlachtbank gefahren. Aber er hatte uns nicht verraten.

Vermutlich hatte er wirklich vor, uns zu verraten, um sein Leben zu retten. Ein Impuls, der verständlich war und sogar verzeihlich, denn im entscheidenden Augenblick hatte er es doch nicht getan. Das machte ihn zu einem Helden. Zu einem, der freiwillig in den Tod ging. Mit dem Trost, dass wir lebten.

Doch dieser Trost für ihn war für mich kein Trost.

Ich sank hinter den Büschen zu Boden und begann leise zu weinen.

Die anderen legten sich zu mir und schnäuzelten mich. Auch Giacomo, der sich das Schnäuzeln von uns Kühen abgeguckt hatte. Ja, selbst Susi, die keine Wut gegen Champion mehr aufbringen konnte, machte mit. Sie musste genauso weinen wie ich und schnäuzelte mich am dollsten. Und ich schnäuzelte sie am dollsten zurück.

Kapitel 23

Es dauerte lange, bis jemand das Schweigen brach, wie lange genau, konnte ich gar nicht sagen, denn der Schmerz machte aus jeder Sekunde eine Ewigkeit. Und natürlich war es Giacomo, der über das Schluchzen hinweg sagte: «Ähem, ich wolle ja nicht störe ...»

«Dann lass es!», fand Hilde.

«Aber», ließ Giacomo nicht locker, «wir müsse hier mal langsam mache die Biege. Der Bauer iste immer noch da, und er werde euch weiter suche, wenn er zu Ende hat gesoffe.»

Ich blickte zu dem Parkplatz und sah durch meine Tränen, dass das Audoo tatsächlich noch da stand. Der Bauer hockte mittlerweile davor auf dem Boden, lehnte sich an die Tür und trank weiter seinen Scheißkorn. Ich spürte in meinem Unterleib wieder ein Ziehen. Entweder weil ich so aufgewühlt war, oder weil das Kalb, das in mir wuchs, mir zu verstehen geben wollte: «Tu was, Mama!»

Ich versuchte, das Ziehen zu ignorieren, aber es wurde immer heftiger. Wenn es tatsächlich das Kalb war, das da protestierte, dann war es schon jetzt ziemlich dickköpfig, und ich hätte als Mutter bei der Erziehung ganz schön was vor mir. Aber es hatte auch recht: Ich durfte seinen Vater, ich durfte Champion auf keinen Fall aufgeben!

Ich richtete mich vom nassgeheulten Boden auf und sagte zu den anderen: «Wir müssen ihn befreien.»

«Was?», antworteten alle wie aus einem Maul.

«Wir müssen ihn befreien», erklärte ich noch mal energischer.

«Dir ist schon klar», fragte Hilde, «dass der Bauer seinen Knallstab dabeihat?»

«Leider allzu sehr. Dennoch müssen wir es tun!»

«Au Mann», stöhnte Susi, «ich will wieder zu der Kuh des Wahnsinns, die ist im Vergleich zu dir normal.»

«Wie willst du ihn denn befreien?», fragte Radieschen neugierig.

«Wir überrennen den Bauern mit einer Stampede», verkündete ich meinen Plan.

Hilde gab zu bedenken: «Er wird auf uns schießen, wenn wir nicht schnell genug sind.»

«Das kann sein, aber das Risiko geh ich ein. Wer geht mit?»

Alle sahen mich zögerlich an.

«Nicht alle auf einmal.»

«Nur dass ich das recht verstehe», fragte Hilde, «wir sollen unser Leben für einen erwiesenen Volltrottel riskieren?»

«Na ja ...», erwiderte ich, die Formulierung gefiel mir nicht, aber ich konnte ihr auch nicht so viel entgegensetzen.

«... der dich mit der Schlampe betrogen hat», redete sie weiter.

«Hey», protestierte Susi.

«Einer Kuh, die dir nicht das Wasser reichen kann?»

«Ich steh hier neben dir», meckerte Susi, «das weißt du schon, oder?»

«Champion hat uns nicht verraten», erklärte ich und wandte mich direkt an Susi, von der ich mir am ehesten Zustimmung erwartete, besaß sie doch auch Gefühle für Champion. «Er opfert sein Leben für unseres.»

Susi zögerte, doch der Hass in ihr war größer als die Liebe, und so sagte sie zutiefst verletzt: «Ohne mich.»

«Ich denke, du liebst Champion?», fragte ich und sah sie auffordernd an, «dann darfst du ihn nicht seinem Schicksal überlassen.»

«Ich hasse ihn!», kam es zurück, und ihre Augen funkelten dabei.

«Eben weil du ihn so liebst», erwiderte ich sanft.

«Die Fraue», seufzte Giacomo dazu, «sind wahrlich die komplexeste Wese auf die Erdballe.»

Susi erwiderte nichts, mochte nicht zugeben, dass ich recht hatte. Sie konnte einfach nicht über ihren Schatten springen.

Radieschen erklärte tapfer: «Ich helfe dir, Lolle! Dann sind die Chancen größer, dass du überlebst, und nur mit dir als Anführerin schaffen wir es bis nach Indien.»

Hilde überlegte, dann wandte sie sich an Radieschen: «Ich hasse es, wenn etwas, was du sagst, so unzweifelhaft richtig ist.»

Dann wandte sie sich zu mir: «Ich bin dabei ... wegen dir ... und der da ...»

Sie deutete mit ihrer Schnauze auf Radieschen.

«... und dem da ...»

Sie deutete mit der Schnauze auf meinen Bauch.

«… aber gewiss nicht wegen dem Idioten Champion.»

Ich nickte dankbar, dann wandte ich mich an Giacomo: «Was ist mit dir?»

«Ich wäre gerne weite weg, auf Ibiza mit eine Pizza, aber da ich binne hier, ich binne dabei.»

«Bei drei rennen wir los!», kündigte ich an.

Giacomo antwortete zögernd: «Ich fände es optimalere, wenn wir renne bei die 4800 …»

Ich ignorierte ihn und begann zu zählen: «1 … 2 … 3!»

Dann rannten Radieschen, Hilde und ich muhend los. Und Giacomo mit etwas Verzögerung hinterher.

Mein Muhen bedeutete: «Champion, wir kommen!»

Hildes Muhen bedeutete: «Wenn ich wegen dem Idioten sterbe, bin ich echt sauer.»

Und Radieschens Muhen hieß: «Ups, ich glaube, ich bin auf den blauen Frosch getreten.»

Der Bauer wurde von unserem lauten Gemuhe aufgeschreckt, er stellte seinen Scheißkorn beiseite, stand vom Boden auf und fluchte: «Leckt mich doch am Arsch!»

Radieschen staunte: «Der hat aber komische Wünsche.»

In diesem Moment packte der Bauer seinen Knallstab.

Giacomo rief «Ich laufe doch lieber nach die Ibiza» und schlug sich zurück in die Büsche.

Wir aber rannten muhend weiter.

Mein Muhen bedeutete: «Du kannst uns nicht alle töten, bevor wir dich erwischen, Bauer!»

Radieschens Muhen hieß: «Es wäre allerdings schöner, wenn du gar keinen von uns tötest.»

Und Hildes: «Aber wenn du jemanden von uns erschießt, bring ich dich um!»

Radieschen muhte dazu: «Hilde, das kannst du nicht, wenn du es bist, die der Bauer tötet.»

«Radieschen», antwortete Hilde, «das ist nicht der richtige Augenblick für Logik.»

«Hey, ihr beiden, können wir uns mal aufs Wesentliche konzentrieren?», muhte ich, während ich das Tempo noch mal erhöhte.

«Nicht zu sterben?», fragte Radieschen.

«Ihn umzurennen!»

Der Bauer hob seinen Knallstab an.

Wir waren nur noch zehn Meter von ihm entfernt.

Ich wäre gerne zehn näher dran gewesen.

Oder Tausende entfernt.

Der Bauer hielt den Stab in unsere Richtung.

«Scheiße, er schießt!», muhte Hilde.

Radieschen erwiderte: «Umgekehrt wäre mir lieber.»

«Was?» Selbst in allerhöchster Gefahr besaß Radieschen die Fähigkeit, Hilde zu verwirren.

«Umgekehrt», erklärte die, «heißt das dann: Schieße, er scheiß...»

«Schon klar, schon klar!», unterbrach sie Hilde.

Wir hörten ein Klacken von dem Stab. Und wir wussten jetzt alle: Eine von uns würde gleich ins Gras beißen, und das nicht auf die Art, in der wir Kühe es gerne mochten.

Wir waren nur noch fünf Meter entfernt.

Der Bauer fuchtelte mit dem Stab, nicht wissend, auf wen von uns dreien er zielen sollte.

Noch vier Meter.

Jetzt hatte er sich entschieden. Dummerweise für mich.

Ich bekam es mit der Angst zu tun. Um mich, aber vor allem um mein ungeborenes Kalb. Ich blöde Kuh hätte es nicht in Gefahr bringen dürfen! Aber ich hatte ja noch keine Erfahrung mit Mutterinstinkten. Und nun war es zu spät, auf sie zu hören und umzukehren.

Es war jetzt ein verdammt guter Zeitpunkt für eine Idee.

Noch drei Meter.

Der Zeitpunkt für eine Idee wurde immer besser.

Der Bauer schrie: «Euch sechs Kühe mach ich fertig.»

Sechs? Sah er uns etwa doppelt?

Noch zwei Meter.

Der Knallstab machte einen ungeheuren Lärm und rauchte!

Ein scharfer Wind schoss ...

... total an mir vorbei???

Der Bauer hatte danebengezielt.

Und ich riss ihn um.

«AAHH!», schrie er, als er zu Boden plumpste. Der Knallstab fiel ihm dabei aus der Hand. Der Bauer wollte ihn wieder greifen, doch Hilde stand schon über ihm, trat mit ihrem Huf gegen seinen Kopf, und er fiel in Ohnmacht.

Wir schnaubten tief durch, schlotterten vor Angst eine Weile vor uns hin und betrachteten uns dabei den Bauern, wie er reglos am Boden lag.

«Ich glaube, wir haben ihm echt weh getan.» Radieschen war voller Mitgefühl.

«Weißt du, was mir das ist?», fragte Hilde.

«Was?»

«Schnurzpiepegal!»

«Was heißt schnurzpiep?», wollte Radieschen wissen.

«Wie bitte?»

«Das ist eins von den Worten, wo ich nie weiß, was die bedeuten sollen, piept da ein Schnurz, und, falls ja, was ist ein Schnurz? Oder schnurzt ein Piep?»

Hilde verdrehte nur die Augen.

Ich aber betrachtete mir den Bauern. Dieser üble Mensch hatte uns töten wollen. Er hatte Champion gezwungen, uns in eine Falle zu locken, und den Rest unserer Herde wohl schon umgebracht. Am liebsten hätte ich ihn auch mit meinen Hufen getreten, egal, ob er wehrlos dalag oder nicht. Aber hätte ich dies getan, wäre ich nicht besser gewesen als er. Dann wäre ich auch nur ein Mensch gewesen.

Stattdessen ging ich, gefolgt von meinen beiden Freundinnen, an die Audoo-Tür, hinter der Champion verschwunden war, und rief: «Champion!»

«Bist du das, Lolle?», rief er durch die Tür hindurch.

«Nein», antwortete Hilde, «Oma Plem-Plem!»

«Sie heißt Oma Hamm-Hamm!», protestierte Radieschen.

«Ich kenn weder die eine noch die andere», hörten wir Champions irritierte Stimme.

«Ich bin's!», rief ich nun.

«Oma Plem-Plem?» Champion war wirklich irritiert.

Hilde grinste: «Seine Intelligenz ist wirklich beeindruckend.»

«Lolle!», rief ich Champion zu.

«Bei Hurlo, ist das schön, dich zu hören!», kam es von ihm zurück.

Hurlo war der heilige Gott der Stiere. Und seine Liebesgeschichte mit Naia war so überwältigend wie verwickelt.

Naia und die Liebe

Naia sah an, was sie gemacht hatte, und siehe, der Stier war unglaublich. Hurlos Fell war glänzender als die Sonne, seine Fesseln stärker als die Erde und sein Gemächt so groß, dass der Regenwurm zu Naia sprach: «Da ist wohl die Phantasie etwas mit dir durchgegangen.»

Hurlo besaß Augen, bei deren Blau Bergseen neidisch wurden. Er blickte Naia mit diesen wundervollen Augen verliebt an, und endlich schien Naia das Glück gefunden zu haben, nach dem sie sich so sehr gesehnt hatte.

Hurlo und Naia machten auf der Stelle Liebe. Sechs Tage lang ohne Unterlass. Am siebten aber wollte Naia reden, mehr über Hurlos Seele erfahren. Dabei deutete sie auf einen bezaubernden Schmetterling, der in den großartigsten Farben schillerte, die es auf der Welt gab, und fragte: «Ist der nicht wunderschön?»

Hurlo betrachtete sich den Schmetterling und antwortete nach einer Weile: «Geht so …»

Da merkte Naia das erste Mal, dass Männchen womöglich an einem gewissen Mangel an Feingefühl litten. Oder, besser gesagt, nicht die Männchen litten darunter, sondern die Weibchen.

Naia war zu müde, um weiterzureden, und schlief ein. Als sie wieder erwachte, war die Abendsonne am Himmel schon rot, und Hurlo war nirgendwo zu sehen. Sie machte sich sofort auf die Suche nach ihm. Sie fand ihn, als er gerade eine Kuh bestieg. Der Regenwurm sah dies ebenfalls und sprach zu Naia: «Du hättest eben nicht das Gemächt erfinden sollen.»

Naia aber sah nur, dass viele andere Kühe beglückt auf der Weide lagen, auch bei ihnen war Hurlo schon gewesen. Der Anblick der seligen Kühe machte Naia so traurig, dass sie davonlief. Die Gotteskuh rannte und rannte und erreichte die Bäume am Ende der Welt, die sie errichtet hatte, damit niemand in die unendliche Milch fällt. Sie traf auf einen riesigen Bären namens Praxx, befahl ihm, darauf zu achten, dass niemand den Wald betrat, lief durch ebenjenen Wald hindurch, erreichte die unendliche Milch und sprang hinein. Ihre Tränen vermischten sich mit der Milch und verdarben sie. Und so entstand die unendliche Milch der Verdammnis.

«Du bist frei!», rief ich Champion zu.

«Das glaube ich nicht», erwiderte der.

«Warum denn nicht?», fragte ich irritiert zurück.

«Nun, weil die Tür zu ist.»

Ich sah genauer hin, und tatsächlich: Ein Schloss hing dran. Und es war verschlossen.

«Mist!», fluchte Hilde. «Wie sollen wir den Deppen da rauskriegen, bevor der Bauer wach wird?»

«Meint die mit Deppen etwa mich?», fragte Champion beleidigt.

«Vielleicht», schlug ich vor, «geht das Schloss kaputt, wenn wir das Audoo umkippen. Wenn wir uns alle dagegenstemmen, müsste es klappen.»

«Das hier wird ja von Sekunde zu Sekunde besser», schnaubte Hilde genervt, presste aber dennoch gemeinsam mit mir und Radieschen ihre Schnauze gegen das Audoo. Mit aller Macht drückten wir gegen die Seite des Wagens. Das Gefährt wackelte, aber wir drei schafften es einfach nicht, es umzukippen. Dazu brauchten wir noch etwas Hilfe. Und die konnte nur von einer kommen: von Susi, die mittlerweile hinter uns stand und unser Treiben beobachtete.

«Mach mit!», forderte ich sie auf.

«Warum sollte ich?»

«Weil es das Richtige ist.»

«Er hat mich betrogen.»

«Also,eigentlich hat er mich mit dir betrogen», schnaubte ich nun. Ihre Selbstgerechtigkeit machte mich richtig wütend.

«Ich glaub nicht», raunte Radieschen mir leise zu, «dass Susi uns hilft, wenn du dich mit ihr streitest.»

Damit hatte sie natürlich recht. Hier ging es um ein Leben, nicht um meine verletzten Gefühle. Auch wenn es mir nicht gefiel, ich musste meinen Ärger herunterschlucken. Also knirschte ich ein bisschen mit den Zähnen und fragte dann: «Gut, Champion hat dich betrogen, aber hat er deswegen den Tod verdient?»

Man sah Susi an, dass sie am liebsten «Ja» geantwortet hätte, aber immerhin brachte sie das nicht über die Kuhlippen. Stumm stellte sie sich neben uns, und mit vereinten Kräften drückten wir ächzend mit unseren Schnauzen gegen das Audoo, bis es laut scheppernd zur Seite krachte.

Champion schrie dabei laut auf, offensichtlich war er bei dem Fall mit dem Körper – oder vielleicht sogar mit dem Kopf – gegen die Innenwand des großen Audoos geknallt. Ich rannte zur Tür des Wagens: Das Schloss war aufgesprungen, die Tür leicht geöffnet. Ich schob meine Schnauze in den offenen Spalt, drückte gegen die Innenseite der Tür, wobei mir völlig egal war, dass deren scharfe Kante sich in meine Schnauze ritzte und diese leicht zu bluten begann, und bekam schließlich die Tür auf. In dem umgekippten Auto lag Champion auf der Seitenwand. Er war bewusstlos, atmete aber glücklicherweise noch. Er hatte sich bei dem Sturz ganz offensichtlich den Kopf schwer gestoßen. Ich stieg in das Audoo hinein, wankte auf dem schiefen Boden zu ihm hin und schleckte ihm sanft über die Schnauze – bei Naia, dass ich ihm noch mal so nahe sein durfte –, und er wachte auf.

Mit Tränen des Glücks lächelte ich: «Es ist so wunderbar, dich zu sehen!»

Mein Traum vom Leben würde sich doch noch erfüllen: Wir konnten jetzt eine Familie werden! Das wollte ich Champion auch sofort sagen, doch er sah mich so verwirrt an und fragte: «Ähem … kennen wir uns?»

«Das ist jetzt kein wirklich lustiger Scherz», erwiderte ich.

Doch Champion sagte nur, völlig ernst und ganz ohne zu scherzen: «Ich habe keine Ahnung, wer du bist.»

Kapitel 24

Champion erkannte mich nicht.

Bei Naia, er erkannte mich nicht!

«Ich bin's, Lolle!», sagte ich.

«Tut mir leid, bei dem Namen klingelt keine Kuhglocke», antwortete Champion. «Müssten wir uns denn kennen?»

Da musste ich glatt hysterisch aufkieksen. Ich war die Kuh, mit der er ein Jahr, also ein Drittel unseres Lebens, zusammen gewesen war und die er geschwängert hatte, da wäre es doch ganz nett gewesen, wenn er eine flüchtige Ahnung gehabt hätte, wer ich war!

«Hey, ihr beiden Turteltauben», rief Hilde in das Audoo hinein, «wir sollten abhauen, bevor der Bauer wieder aufwacht.»

«Welcher Bauer?», fragte Champion, während er sich aufrappelte.

«Hmm, mal überlegen», antwortete Hilde, «vielleicht der Bauer, der uns umbringen will … ja, ich denke, der könnte es sein.»

«Uns will jemand umbringen?», rief Champion erschrocken.

Hilde warf mir einen erstaunten Blick zu, da Champion so überrascht war.

Vorsichtig fragte ich: «Du kannst dich wirklich an nichts mehr erinnern?»

«Nein», stammelte er.

Und Hilde stellte erstaunt fest: «Er leidet unter Gedächtnisverlust.»

Es war kaum zu fassen, aber eine andere Erklärung gab es nun mal nicht für Champions Verhalten.

«Vielleicht», hoffte ich verzweifelt, «hat Radieschen ein Rezept von Oma Hamm-Hamm dagegen.»

«Falls ja», antwortete Hilde, «hat es bestimmt was mit Draufpinkeln zu tun.»

«Ihr wollt auf mich pinkeln?» Champion wurde von Sekunde zu Sekunde verwirrter. «Was für eine Sorte Kühe seid ihr?»

Am liebsten hätte ich laut gemuht, dass ich zu der Sorte Kühe gehörte, die ein Kalb von ihm in sich trägt, doch Hilde drängelte: «Kommt erst mal aus diesem Audoo raus!»

Wir sprangen aus dem umgekippten Gefährt. Davor wartete schon Susi, ihre Augen funkelten vor Wut, und sie begrüßte Champion mit bitterer Stimme: «Hallo.»

«Hallo», antwortete Champion unsicher, da trat Susi ihm schon mit ihrem Vorderhuf volle Milchkanne gegen das Bein.

«Ah!», schrie Champion auf, «was soll das denn?»

«Das fragst du noch?», motzte Susi und trat ihn noch mal. Diesmal an eine noch schmerzlichere Stelle.

«Direktemente in die Oboe de Amore», sagte Giacomo,

der mittlerweile wieder zu uns gestoßen war, voller Mitgefühl. «Jetzt ist es die Guitar de Unfruchtbar.»

Hilde pflaumte den Kater an: «Das war ja eben sehr mutig, einfach so abzuhauen!»

Giacomo blickte zu Boden und wollte am liebsten darin versinken: «Wenn es werde ernste, ich lasse immer alle in die Stich. So wie meine Frauche.»

Zu jedem anderen Zeitpunkt hätte ich ihn gefragt, wie und wo genau er sein Frauchen im Stich gelassen hatte, doch ich konnte mich auf gar nichts anderes als auf Champion konzentrieren. Während seine Pupillen in den Augen unkontrolliert im Kreise rollten, quiekte er Susi an: «Warum trittst du mich ...?»

«Wahnsinn», staunte Radieschen, «er kann ja so hoch zwitschern wie eine Amsel.»

Susi motzte: «Gleich zwitschert er wie eine tote Amsel!»

Radieschen wollte sie korrigieren: «Eine tote Amsel kann gar nicht zwitschern ...»

«Das ist mir so was von scheißegal, was so eine bescheuerte tote Amsel kann oder nicht!»

Ich versuchte, Susi zu erklären: «Champion hat sich im Audoo den Kopf gestoßen und ...»

«Champion?», unterbrach er mich kieksend, während er versuchte, seine Augen wieder zu fokussieren. «Ist das mein Name?»

«Sì», antwortete Giacomo, «aber manchemale die Nomene iste nicht die Omene.»

«Was für eine Oma?» Champion verstand rein gar nichts mehr.

«Könnt ihr mal alle die Klappe halten?», blaffte Susi zurück. «Ich kann mich gar nicht darauf konzentrieren, zuzutreten.»

Susi wollte Champion wieder eins mit den Hufen verpassen. Im letzten Moment sprang ich dazwischen: «Susi, er kann sich an nichts erinnern!»

Das machte sie für einen Moment sprachlos.

«Er weiß nicht, wer wir sind», erklärte ich traurig.

Susi war völlig perplex und brauchte einen Augenblick, um sich zu sammeln. Dann zischte sie: «Das würde ich an seiner Stelle auch behaupten.»

«Ich habe mal vorgespielte eine Amnesie», erzählte Giacomo, «damals, als meine damalige Braut mich hatte erwischte … mit ihre drei Schwestern.»

Radieschen wandte traurig ihren Kopf zur Seite, und ich ahnte, warum. Es lag nicht an Champion, sie erinnerte sich in diesem Moment an ihre heißgeliebte Oma Hamm-Hamm. Die hatte in den letzten Monaten ihres Lebens sehr abgebaut und auch an Gedächtnisverlust gelitten. Der hatte dazu geführt, dass sie sich kaum noch mit Radieschen unterhalten hatte, dafür aber stets sehr angeregt mit dem Apfelbaum auf unserer Weide.

Hinter uns begann der Bauer zu stöhnen. Wir sahen zu ihm: Er war drauf und dran, wieder zu sich zu kommen. Hilde ging gemessenen Schrittes zu ihm rüber, trat ihn mit den Hufen nieder, und er verlor noch mal das Bewusstsein.

Champion schluckte: «Ihr Kühe seid aber ganz schön rabiat.»

«Wir können noch viel rabiater!», drohte Susi ihm, und er schluckte noch mehr. Selten hatte ich Champion so verunsichert gesehen. Eigentlich nur ein einziges Mal, und da auch auf eine andere Art und Weise. Damals, an jenem warmen Frühlingstag, als er mir auf der Weide seine Liebe gestanden hatte, indem er mir mit seiner Schnauze eine Löwenzahnblume überreicht hatte.

«Wir müsse jetzt endlich mache die Verschwindibus!», drängelte Giacomo. «Die Mensche es nicht möge, wenn Tiere sie angreife. Dann mache sie große Jagd auf sie. Und jetzt werde sie mache große Jagd auf euch Kühe!»

Das klang nicht gut, ganz und gar nicht gut. Daher fragte ich: «Was sollen wir tun?»

«Habe keine Angste», grinste Giacomo. «Ich habe eine super Idee!»

«Warum nur», seufzte Hilde, «beruhigt mich das nicht?»

«Weil die Idee eine Hake habe, vermute ich», antwortete der Kater. «Wollte ihr wisse, welcher Hake das iste?»

Wir alle schüttelten den Kopf.

«Ich erzähle euch dennoch», lächelte der Kater. «Wir müsse erste mal durch die Stadt!»

Kapitel 25

Während wir auf der Landstraße Richtung Sonnenuntergang trotteten, wechselten wir untereinander kaum ein Wort: Susi hatte endlich akzeptiert, dass Champion sich an nichts mehr erinnern konnte, und verzichtete auf weitere Huftritte. Allerdings tat dies ihrem Zorn keinen Abbruch. Sie warf ihm stets wütende Seitenblicke zu, und er war auf Abstand zu ihr bedacht. Untypisch für einen Stier, lief Champion nur mit uns Kühen mit, anstatt sich an die Spitze der Herde zu setzen. Er spürte, dass er in der fremden Umgebung, die er nicht mal ansatzweise begriff, ohne uns verloren war. Leider konnten wir ihm nicht aus seiner Verwirrung heraushelfen. Zum einen fanden wir uns in der neuen Welt selbst kaum besser zurecht, und zum anderen hatte Radieschen kein Rezept gegen Gedächtnisverlust parat. Hätte sie eins besessen, so erklärte sie uns, hätte sie es damals schon bei Oma Hamm-Hamm angewandt und wäre nicht so eifersüchtig auf den Apfelbaum gewesen.

Die ganze Zeit rang ich mit mir selber: Sollte ich Champion beichten, dass ich schwanger war? Doch was sollte das bringen? Er erkannte mich ja nicht einmal, da war die Wahrscheinlichkeit, dass bei ihm Vaterfreuden ausbrechen würden, doch relativ gering. Außerdem hatte er mit der ganzen Situation ohnehin sehr zu kämpfen, da durfte ich ihn doch nicht noch mehr belasten. So beschloss ich, meine Schwangerschaft erst mal für mich zu behalten.

Nach einiger Zeit näherten wir uns Cuxhave. Wir sahen vor uns Häuser, die um so vieles höher waren als das unseres Bauern, dafür aber auf ihre Art mindestens genauso schäbig wirkten. In diesen riesigen, grauen, dreckigen Ställen mussten viele Menschen wohnen, so viel war klar. So, wie diese Häuser aussahen, wäre es nicht verwunderlich, wenn die Menschen hier auch gerne Scheißkorn tränken.

Wir verließen die Landstraße und gingen vorsichtig auf diese Häuser zu, denn laut Giacomo mussten wir durch dieses Gebiet hindurch, ob es uns gefiel oder nicht. Und es gefiel uns ganz und gar nicht.

Aus den Fenstern der Ställe starrten viele Menschen auf uns herab, und auf dem grauen Weg, den wir zögerlich entlanggingen, traten die ersten auf uns zu. Viele von ihnen besaßen eine dunklere Hautfarbe als unser Bauer, einige der Weibchen hatten ihre Köpfe mit Tüchern bedeckt. Die älteren Männchen sahen grau und abgekämpft aus, viele der Jungmännchen hingegen trugen grelle, bunte Kleidung, bei deren Anblick man sich wünschte, farbenblind zu sein.

Immer mehr von ihnen strömten zusammen, bis wir keine andere Wahl mehr hatten, als stehen zu bleiben, wollten wir sie nicht umrennen. Kühe hatten diese Menschen hier, das spürte man genau, noch nie von nahem gesehen. Jedenfalls nicht lebendig und am Stück. Wir hatten auch noch nie solche Menschen gesehen. Und schon gar nicht so viele.

«Die meiste Leute hier seie wie ihr», lachte Giacomo, «die habe auch eine Migrationshintergrunde.»

Egal, was dies auch bedeuten sollte, die vielen Menschen bereiteten mir und den anderen Angst. Jeden Augenblick erwartete ich, dass jemand ein Messer oder einen Knallstab zücken würde. Doch nichts dergleichen passierte. Stattdessen trat ein kleines Mädchen auf mich zu und reichte mir eine Karotte. Als ich deren wunderbaren Duft roch, merkte ich, was für einen unglaublichen Kohldampf ich hatte, schließlich hatten wir den ganzen Tag kaum gegrast. So schnappte ich dankbar nach der Möhre und futterte sie hastig auf. Das Mädchen lachte daraufhin vergnügt. Und als ich die Kleine so fröhlich sah, hatte ich sie für einen Moment gerne, obwohl sie ein Mensch war.

Weitere Menschenkälber kamen zu uns und fütterten uns mit allen möglichen Köstlichkeiten, die sie so bei sich hatten. Radieschen jubelte: «Ihr müsst mal diese Weingummis versuchen!»

«Und die Schokolade», rief Susi, «schmeckt ein bisschen wie Milch, nur sehr viel besser!»

«Das ist gar nichts gegen dieses Ding namens Berliner!», freute sich Champion, der das erste Mal seit seinem Gedächtnisverlust wieder lächelte.

«Mamma mia», lachte Giacomo, «ihr werde sein die erste Kühe mit die Diabetes!»

Einige von den Menschen trauten sich jetzt sogar, uns zu streicheln. Das Ganze hier wirkte nicht mehr ganz so bedrohlich. Vielleicht, so wagte ich zu denken, während ich genussvoll einen Apfel, den mir eine ältere Frau reichte, mit meinem Maul zerkleinerte, waren ja nicht alle Menschen böse.

Während wir von den lieben Leuten gefüttert wurden, amüsierten sich die Jungmännchen in den bunten Kleidern prächtig. Einer, der eine schräge Kappe auf dem Kopf trug, sagte zu einem anderen, in dessen Gesicht ein dünner, unregelmäßiger Haarflaum wuchs: «Hakan, schau mal, die eine Kuh sieht aus wie deine Mutter.»

«Ey, Erkan», konterte der andere darauf, «deine Mutter ist so dick, die ist ganz allein an der Spitze der Nahrungskette.»

Champion wandte sich von den Berlinern ab, als er dies hörte, und das Lächeln verschwand schlagartig aus seinem Gesicht. Traurig seufzte er: «Ich kann mich an meine Mutter noch nicht einmal erinnern.»

Ich hörte auf, meinen Apfel zu kauen, Champion tat mir in diesem Moment unendlich leid. Wie schrecklich musste das für ihn sein? Doch was sollte ich ihm jetzt antworten? Ihm von seiner Mutter Karla erzählen? Dass sie sehr freizügig war und daher in der Herde den Spitznamen Karla Bums trug?

Ja, Champion und ich hatten beide Eltern gehabt, die nicht glücklich miteinander gewesen waren, weil einer der beiden alle naselang untreu war. Bei mir war es der Vater, bei ihm Karla Bums. Wie hatte ich da eigentlich erwarten können, dass wir beide mit so einer Vorgeschichte zusammen glücklich werden konnten? Von wem hätten wir denn lernen sollen, wie man ein zufriedenes Leben führt? Der

Schatten der Vergangenheit lag schon von Anfang an über unserer Liebe, schon bevor wir geboren wurden.

Vielleicht war es doch anders, als ich gedacht hatte: Bevor man die Zukunft gestalten konnte, in der man dann endlich die Gegenwart genießen konnte, musste man wohl erst einmal die Vergangenheit bewältigen.

Während ich so vor mich hin philosophierend meinen Apfel mümmelte, lästerte das eine Jungmännchen: «Deine Mutter ist so doof, die schreibt für Politiker die Doktorarbeiten.»

«Und deine Mutter ist so doof, die hat den Euro erfunden», antwortete das andere und ballte die Faust.

Es ging immer hitziger zwischen den beiden zu. Zwar richtete sich ihre Aggression nicht gegen uns Kühe, aber wer konnte wissen, wann so eine Stimmung umschlagen würde. Mir wurde wieder mulmig zumute. Giacomo bedeutete mir, dass wir endlich weitergehen sollten. Aber es gab kein Durchkommen, der Weg war uns durch die vielen Menschen versperrt. Und die begannen, sich die ersten unangenehmen Fragen zu stellen: «Im Radio haben die von Kühen geredet, die Menschen angreifen.»

«Die haben bestimmt Tollwut oder so.»

«Dann muss man die notschlachten.»

«Erinnert mich an deine Mutter.»

Die Menschen redeten wieder vom Schlachten. Ich bekam es endgültig mit der Angst zu tun. Die anderen fürchteten sich nun auch. Sie hörten auf, die Sachen zu fressen, die ihnen gereicht wurden, und sahen unsicher zu mir. Selbst Champion. Es war das erste Mal in meinem Leben, dass mich ein Stier hilfesuchend ansah. Trotz dieser bedrängten Situation machte mich das auch ein bisschen stolz. Jetzt musste ich nur noch eine Idee haben.

«Ich rufe die Polizei», rief ein Mann.

«Vielleicht haben die Kühe Rinderwahnsinn.»

«Hat deine Mutter auch bekommen, nachdem sie dich bei der Geburt gesehen hat.»

Das war es! Die Menschen würden den Weg frei machen, wenn sie Angst vor uns bekamen, also mussten wir ihnen die wahnsinnigen Kühe vorspielen!

«Wir müssen so tun, als ob wir Kühe irre sind, dann lassen die Menschen uns durch», sagte ich zu den anderen, während die kleinen Menschenkälber enttäuscht waren, dass wir von ihrem Futter abließen.

«Einige von uns», stichelte Susi, «müssen dann einfach nur sie selbst sein.»

«Wisst ihr noch», fragte ich, ohne auf ihre Beleidigung einzugehen, «wie wir dachten, der Bauer sei verrückt geworden?»

Radieschen antwortete: «Das war, nachdem die Bäuerin ihn verlassen hatte. Er heulte nackt den Mond an.»

«Das war kein schöner Anblick», bestätigte Susi. «Gut, dass die Menschen sich sonst immer etwas überziehen, so wie die nackt aussehen.»

Hilde seufzte: «Wenn ich daran zurückdenke, hätte ich auch gerne einen Gedächtnisverlust.»

«Ich auch», stimmte Susi zu, «dann müsste ich auch nicht mehr an Champion denken.»

«Was hab ich dir eigentlich getan?», wollte der jetzt von ihr wissen.

«Ich werde dir sagen, was du getan hast ...», hob Susi an, doch bevor sie ihm verraten konnte, dass er mich geschwängert hatte, unterbrach ich sie hastig: «Lasst uns so jaulen wie damals der Bauer!»

Champion und Susi zögerten, aber Hilde und Radieschen machten gleich mit, und wir muhten laut und wild in den Himmel. Die Menschen wichen zurück, bekamen jetzt sichtlich Angst vor uns, auch die beiden Jungmännchen.

«Was jaulen die Biester denn so übel?»

«Keine Ahnung, vielleicht haben die ein Foto von deiner Mutter gesehen.»

Schnell hatten wir genug Platz, um loszugehen. Unbehelligt eilten wir an der Menge vorbei, allerdings tat ich dies nicht ohne ein schlechtes Gewissen, denn die kleinen Menschenkälber waren verstört, und es tat mir leid, ihnen so einen Schreck eingejagt zu haben.

Als die Sonne am Horizont unterging, ließen wir die grauen hohen Häuser hinter uns und gingen wieder eine einsame Straße entlang, die viel kleiner war als die Landstraße und auf der uns kaum mal ein Audoo entgegenkam. Giacomo erklärte uns, dass es sich dabei um die Straße handelte, die zum «Hafe» von die «Cuxhave» führte, und dass in diesem Gebiet nachts keine Menschen arbeiteten. Beleuchtet wurde uns der Weg von hohen Laternen. Als Kälbchen hatte ich von den Laternen auf unserem Hof gedacht, dass der Bauer Glühwürmchen in ihnen gefangen hielt. Als ich die armen kleinen Wesen befreien wollte, verbrannte ich mir bei dem Versuch, das Glas kaputt zu machen, die Schnauze. Heute wusste ich, dass keine Glühwürmchen in den Laternen herumflogen und dass die Menschen es irgendwie auf zauberhafte Weise schafften, das Sonnenlicht darin einzufangen. Ja, nicht mal dem Licht der Sonne ließen die Menschen die Freiheit.

Es wehte ein frischer Wind, und ich begann langsam zu frösteln. In einiger Entfernung konnte man nebeneinander mehrere monströse Ungetüme sehen. Ich war unsicher, ob ich unsere kleine Herde auf diese zugehen lassen sollte, doch der Kater beruhigte mich, dass wir vor Lastkränen keine Angst zu haben brauchten. Wir marschierten also weiter und Radieschen schloss zu mir auf. Vorsichtig fragte sie mich: «Bist du noch sauer auf mich, Lolle?»

«Bin ich nicht», log ich.

«Bist du doch.»

«Bin ich nicht!»

«Bist du doch», ließ sie absolut nicht locker.

«BIN ICH NICHT, VERDAMMTE KACKE NOCH MAL!»

Darauf sah sie mich nur traurig mit ihren treuen Radieschenaugen an.

«Gut, Radieschen, du hast gewonnen: Ich bin sauer. Warum hast du mir nicht gesagt, dass du ... dass du ...», ich suchte nach dem richtigen Wort für ihre Kuhliebe und fand nur, «paah-didel-dideli-dideli-dam bist?»

«Ich glaube», lachte Hilde von hinten, «paah-didel-dideli-dideli-dam ist nicht die korrekte Bezeichnung dafür.»

Ich warf ihr über die Schulter einen bösen Blick zu. Sie ließ sich daraufhin etwas zurückfallen. Das war faszinierend. Früher hätte Hilde sich nie vor meinem Blick verzogen oder sich von mir etwas sagen lassen, doch mit jeder Entscheidung, die ich getroffen hatte, wuchs ihr Respekt vor mir. Anführen war wohl doch nicht nur blöd.

Radieschen bat mich traurig: «Sei nicht böse auf mich.»

Ich konnte aber leider nicht anders, als stinkig zu reagieren: «Ich bin deine Freundin, da hättest du mir das doch sagen können.»

«Aber ich hatte Angst, dass du nicht mehr meine Freundin bleibst, wenn du es erfährst.»

Da war ich gleich noch beleidigter: «Das hast du von mir gedacht?»

«Eigentlich nicht ...», antwortete Radieschen kleinlaut.

«Und uneigentlich?», fragte ich fordernd.

«Uneigentlich dachte ich: Wenn auch nur das allerkleinste Risiko besteht, dass ich dich als Freundin verliere, dann will ich das auf gar keinen Fall eingehen. Nachdem Oma Hamm-Hamm wirr im Kopf geworden war und immer nur mit diesem blöden, blöden Apfelbaum redete, waren du und Hilde die Einzigen, die mir noch blieben. Hättet ihr euch auch von mir abgewandt, dann hätte selbst ich den Trog nicht mehr halb voll sehen können.»

Was hatte meine arme Freundin in der Zeit leiden müssen, vor lauter Angst ihr Liebesgeheimnis so für sich zu behalten? Und wie unsensibel war ich, dass ich dies nie mitbekommen hatte.

«Ich hatte gehofft», redete sie weiter, und Tränen stiegen in ihre Augen, «auf der Reise nach Indien wird alles anders ..., aber ich habe mich wohl geirrt ...»

Jetzt kullerte die erste Träne über ihre Schnauze. Ich blöde Kuh hatte mit meiner beleidigten Art das liebste Wesen der Welt verletzt, die einzige Kuh, die noch nicht mal einer Schmeißfliege was zuleide tun konnte.

«Du wirst mich nie verlieren», erklärte ich sanft zu ihr, «egal, ob du paah-didel-dideli-dideli-dam bist oder puhpuh-pi-duh oder was auch immer.»

«Wirklich?», schluchzte sie.

«Wirklich», lächelte ich.

Radieschens Tränchen kullerten weiter über ihre Schnauze, aber nun vor Freude. Zögerlich fragte sie: «Glaubst du, dass ich die Kuh fürs Leben finden werde?»

Wenn es um die Liebe geht, wird selbst eine Kuh unsicher, die den Trog halb voll sieht und die Hoffnung normalerweise nie aufgibt.

«Klar», musste ich lächeln, «wäre ich eine Kuhliebhaberin, würde ich total auf dich stehen.»

«Schade, dass du keine bist», antwortete meine Freundin und sah mich mit ihren Radieschenaugen so an, dass ich für einen ganz kurzen Moment dachte, sie wäre tatsächlich gerne mit mir ein Paar gewesen. Doch dann sah sie ganz hastig von mir weg und zu Boden. Es war natürlich irre zu denken, sie wäre in mich verliebt, dennoch brauchte ich einen Moment, um den Gedanken abzuschütteln.

Wirklich schade, dass ich nicht auf Kühe stand. Mein Leben wäre gewiss leichter gewesen, wenn ich eine Kuh lieben würde statt Champion. Am besten so jemand Liebes wie Radieschen.

Ich bat meine Freundin nun: «Aber eins musst du mir versprechen ...»

«Alles!»

«Sei ab jetzt immer total ehrlich zu mir.»

«Das verspreche ich hoch und heilig», antwortete Radieschen und schleckte sich mit der Zunge ihre Tränen von der Schnauze ab.

Ich war erleichtert, in all dem Wahnsinn, der mich umgab und der mich so tief verunsicherte – von meiner Schwangerschaft hin zu Champions Gedächtnisverlust, von dem Albtraum mit Old Dog bis zu den seltsamen Begegnungen mit den Menschen –, war ich jetzt wenigstens mit meiner Freundin wieder versöhnt.

«Ich fange», verkündete sie, «mit dem Total-ehrlich-Sein auch gleich mal an.»

«Ah ja?», fragte ich erstaunt.

«Du hast noch was von dieser Schokolade am Maul.»

Ich schleckte sie ab. Mjam, tat die gut, beruhigte die Nerven.

«Und du hättest wirklich früher mitkriegen können, dass du schwanger bist.»

Damit hatte Radieschen leider recht. Wäre es mir rechtzeitig aufgefallen, dann hätte ich es Champion schon auf dem Hof erzählen können, und er hätte dann gewiss nicht Susi begattet. So viel Anstand hätte er wohl gehabt. Er wäre wahrscheinlich auch gleich mit nach Indien gekommen, um seine Familie nicht im Stich zu lassen, und würde jetzt nicht unter Gedächtnisverlust leiden.

Auf der anderen Seite wäre Susi dann auf dem Hof zurückgeblieben und wäre mit den anderen aus der Herde gestorben. Außerdem hätte Champion sicherlich die Führung unserer kleinen Ausreißerherde übernommen, und auch wenn ich mir das gestern Abend noch gewünscht hatte, war ich mir gar nicht mehr so sicher, ob ich noch wollte, dass wir Kühe uns von den Stieren so viel sagen lassen. Zumal es in Indien, sollten wir jemals ankommen, ohnehin damit vorbei sein würde.

Und dann sprach Radieschen noch etwas Wahres aus, das mir ganz und gar nicht gefiel: «Vor allen Dingen musst du Champion jetzt sagen, dass du von ihm schwanger bist.»

«Radieschen?»

«Ja?»

«Vergiss das wieder mit dem Immer-die-Wahrheit-Sagen.»

Ihre Radieschenaugen kullerten leicht verwundert. Und in meinem Becken zog es wieder. Denn selbstverständlich hatte sie recht: Irgendwann musste ich Champion gestehen, dass ich ein Kalb von ihm erwartete. Irgendwann sehr, sehr bald.

Kapitel 26

Im Hafengebiet angekommen, erkannten wir, dass die Lastkräne wirklich leblos waren und uns nicht attackieren würden. Dafür war der Rest der Atmosphäre umso unheimlicher: Der Wind wehte immer stärker, und der Nachthimmel hing voller dunkler Wolken. Aber vor allen Dingen: Die Luft roch komisch und schmeckte noch merkwürdiger. Nach «Salze von die Meere», wie Giacomo uns erklärte. Was er uns dann über das «Meere», berichtete, ließ uns alle erschaudern: Dieses unendlich tiefe Wasser klang nach einem Ort, der ganz und gar nichts für Kühe war. Kaum vorstellbar, dass wir es bald überqueren mussten, um nach Indien zu kommen. Noch weniger vorstellbar war, dass wir Kühe es überhaupt überqueren konnten.

Wir erreichten einen riesengroßen Stall aus Metall. Innen drin gab es kein Stroh, keine Tröge, es gab rein gar nichts. Dieser Metallstall war komplett leer. Der Wind pfiff hindurch, und trotzdem stank er unglaublich.

«Das iste die herrlichste Geruch von die Welt!», jubelte Giacomo. «Die Geruch von die tote Fische.»

«Wenn ich das noch lange rieche», kommentierte Hilde, «bin ich gleich tote Kuhe.»

«Hier wurde einst die Fische ausgenomme», erzählte Giacomo und atmete dabei den Geruch so tief ein, als ob es sich um den Duft von frischen Wildrosen handelte.

Ich fragte ihn: «Woher kennst du dich hier so gut aus?»

«Hier ich habe anfangs gewohnte, als ich gekomme in diese Land. Hier traute sich nämlich keine Mensch rein.»

«Kein Wunder bei dem Gestank», ekelte sich Susi. «Ich will hier raus.»

Doch ich widersprach ihr: «Wenn hier kein Mensch reinkommt, dann sind wir hier sicher.»

«Mir egal, ich habe keine Lust zu ersticken», antwortete sie und wollte sich auf den Weg nach draußen machen.

«Du bleibst hier!», erklärte ich bestimmt.

«Wer ist gestorben und hat dich zum Chef gemacht?», pampte sie mich böse an.

Auf diese Frage konnte ich nur eine Antwort geben, die zutiefst traurige Wahrheit: «Alle sind gestorben. Die ganze Herde.»

Da verrauchte ihre Wut gleich wieder, und wir sahen uns betrübt an. Champion schluckte: «Wenn das so ist, bin ich fast froh, dass ich mich an nichts erinnern kann.»

Giacomo hüpfte nun zwischen unseren Beine, erklärte, dass er versuchen würde, für uns noch vor Tagesanbruch ein Schiff zu finden, denn wir durften hier am helllichten Tage nicht sein, das wäre viel zu gefährlich. Als Kühe waren wir einfach zu groß, als dass uns die Menschen auf Dauer nicht bemerken würden. Der Kater flitzte aus dem Metallstall heraus. Wir Kühe legten uns hin und kuschelten uns aneinander. Champion aber suchte sich abseits von uns einen Platz. Wie gerne hätte ich es gehabt, dass er sich zu mir gelegt hätte, ich mich bei ihm geborgen hätte fühlen können, aber dies war leider nicht möglich, er war verwirrt, müde, kaputt. Wenn hier jemand noch mehr Geborgenheit brauchte als ich, dann war er das.

Susi, Hilde und Radieschen schliefen sofort erschöpft ein, allerdings war ihr Schlaf nicht so ruhig wie noch nachts zuvor im Feld, viel zu aufregend waren die Ereignisse des Tages gewesen. Hilde mahlte mit ihren Kiefern, Radieschen wimmerte ab und zu «Hamm – hamm» im Schlaf, und Susi kickte immer wieder mit ihren Hufen in die Luft – sie trat Champion selbst in ihren Träumen. Der kam genauso wenig in den Schlaf wie ich und sah öfter unsicher zu uns Kühen rüber. Er tat mir leid, so verwirrt, wie er war. Ich überlegte mir, mich jetzt zu ihm zu legen, mich an ihn zu kuscheln und ihn mit meiner Wärme, meiner Liebe – bei Naia, ich spürte in diesem Moment, dass ich ihn tatsächlich immer noch liebte – zu trösten. Womöglich wäre dies auch die richtige Gelegenheit, ihm zuzuflüstern, dass wir Eltern würden. So stand ich auf und schlich zu ihm rüber. Wenn er mich auch noch lieben würde, dann würden wir uns nach meinem Geständnis glücklich aneinanderschmiegen. Schließlich hatten Gefühle doch nichts mit dem Gedächtnis zu tun, die konnte man doch nicht mit verlieren, oder?

Als ich vor ihm stand, fragte ich leise: «Wie geht's?»

«Mal abgesehen davon, dass ich mich an nichts erinnern kann und wir an lauter Orten sind, die mir Angst einjagen?» Er war so durcheinander, dass er nicht mal versuchte, den tapferen Stier zu spielen. Jetzt wollte ich ihn sofort schnäuzeln. Ich knickte gerade meine vier Beine ein, um mich zu ihm zu legen, da lächelte er. Gefühle hatten anscheinend wirklich nichts mit dem Gedächtnis zu tun!

Beinahe hätte ich vor lauter Glück gar nicht bemerkt, dass er beim Lächeln an mir vorbeisah, doch da deutete er mit seiner Schnauze auf Susi und schmunzelte: «Sie tritt mich sogar im Schlaf.»

«Ja ...», antwortete ich und begriff nicht genau, worauf er hinauswollte. So blieb ich mit halbgeknickten Beinen erst mal unbequem stehen.

«Warum ist sie eigentlich so wütend auf mich?», fragte er und stand auf, sodass ich meine Beine auch wieder durchdrückte.

«Nun ...», stammelte ich. Dies war jetzt genau der Moment, ihm die Wahrheit zu gestehen. Dummerweise war es nicht der Moment, an dem ich den Mut dazu aufbringen konnte, und so wiegelte ich ab: «Ach, sie hat nur ihre Tage.»

«Was ist das?», kam es als Antwort. Sein Gedächtnisverlust war totaler als gedacht.

Da hörte ich Giacomo lachen, der gerade von seiner Erkundungstour zurückgekommen war: «Da bin ich aber gespannte, wie du ihm das erkläre.»

Ich war da noch mehr gespannt.

Champion wartete noch nicht mal die Antwort ab und fragte gleich weiter: «Und wie lange dauern diese Tage?»

«Wieso willst du das wissen?», fragte ich irritiert.

«Nun ...», druckste Champion verlegen herum.

«Ja?»

«Ich finde diese Susi irgendwie süß.»

«W... w... was?»

«Sie hat ganz schön Temperament», lächelte er versonnen.

«ICH GEB DIR GLEICH TEMPERAMENT!»

Ich trat Champion mindestens genauso hart, wie Susi es zuvor getan hatte, wenn nicht sogar noch härter. Giacomo hatte jetzt fast sogar Mitleid mit ihm: «Jetzt iste es endgültig die Instrumente von die Impotente.»

Champion jaulte auf: «Ihr Kühe habt echt ein Problem mit Stieren!» So laut, dass die anderen aufwachten. Susi begriff als Erste, was ich getan hatte, und schimpfte empört: «Ach, ich darf ihn nicht treten, aber du?»

Champion jammerte: «Eigentlich darf sie das auch nicht.»

Ich war viel zu fertig, um Susi zu antworten. Dafür mischte sich der Kater wieder in das Gespräch: «Ich unterbreche nur ungerne die lustige Treterei, aber ich habe gute Neuigkeite: Ich habe eine Schiff gefunde, mit die wir fahre könne nach die Indien. Das Schiff laufe bei Morgengraue aus.»

Susi fragte verblüfft: «Wieso läuft das denn aus, hat es ein Leck? Ich will nicht in etwas, das ausläuft, über dieses unheimliche Meer fahren!»

Champion, der seinen Schmerz zwischen den Beinen nun wegdrückte, ging auf Susi zu und wollte sie aufmuntern: «Keine Angst, was immer auch passiert, Champion ist bei euch.»

Sie sah ihn nur genervt an.

«Du wirst auch wieder bessere Laune haben», säuselte er weiter, «wenn du deine Tage nicht mehr hast.»

«Meine was?!?» Susi konnte es nicht fassen.

«Deine Tage. Was immer das auch ist», antwortete Champion und lächelte sie dabei lieb an. Ein Lächeln, das Susi wohl am liebsten gleich wieder mit einem Tritt erwidert hätte.

Ich hingegen konnte nicht mal mehr ans Treten denken. So wie er sich an sie ranwanzte, zerriss es mir einfach das Herz. Ich trug Champions Kalb im Leib, und er hatte nichts Besseres zu tun, als die völlig unsüße Susi süß zu finden!

Au Mann, die Liebe war ein Bastard!

Ich rannte aus dem Stall der toten Fische, und Radieschen rief mir dabei hinterher: «Lolle, was hast du?»

Ich antwortete ihr nicht, dafür war ich viel zu traurig und zu beschämt.

«Vielleicht», hörte ich Champion mutmaßen, «hat sie ja auch die Tage.»

Warum verliebt man sich nur in solche Idioten?

«Du weißte ja nicht einmale, was das iste», spottete der Kater.

«Mir sagt ja auch keiner was», beschwerte sich Champion.

«Ich lauf Lolle nach», beschloss Radieschen.

Das wollte ich allerdings nicht, in dieser Situation wäre ich wohl durchgedreht, wenn sie mir gesagt hätte, man solle den Augenblick genießen.

«Lass es lieber», hielt Hilde Radieschen zurück, die selbst immer lieber alleine war, wenn es ihr schlechtging.

Zuerst fand ich es gut, dass mir niemand folgte, gleich darauf aber auch irgendwie schade. Denn jetzt lief ich wirklich ganz allein durch den salzigen Wind, der immer stärker und kühler wehte, in Richtung der Ungetüme namens Lastkräne. Diese lagen direkt an einer Art großem Bach, der unnatürlich gerade floss, fast so, als ob sein Fluss nicht von der Natur bestimmt wurde.

Ich legte mich unter einen der Kräne, um dort Schutz vor dem Wind zu finden, doch es half nicht viel, die Kälte zog durch meine Knochen. Zurück in den Stall aus Metall wollte ich dennoch nicht mehr kehren, selbst wenn dies bedeuten würde, dass ich hier draußen erfror. Und etwas anderes wollte ich erst recht nicht mehr: mit den anderen nach Indien reisen.

Kapitel 27

Ich lag unter dem Kran, blickte von da in den nächtlichen Himmel, der jetzt voller dunkler Wolken hing und der, wenn ich es recht bedachte, so aufgewühlt aussah, wie sich mein Herz anfühlte. Das letzte Mal hatte ich mich so schutzlos gefühlt, als ich noch ein kleines Kalb gewesen war. Doch wenn ich mich so fühlte, konnte ich mich nachts bei meiner Mama einkuscheln. Sie war zwar nicht immer die Liebste gewesen, da sie so unter dem Fremdbesteigen meines Vaters litt, und oft war sie sogar grob zu mir, aber in solchen Momenten war sie für mich da und sang mich in den Schlaf. Ihr Lieblingslied ging mir durch den Kopf, und ich begann es leise zu singen. Das Liedchen hieß «Kuh sera, sera»:

Als ich noch jung war und ganz klein,
fragte ich Mama: Was wird mal sein?
Liebt mich ein Stie-hier,
werd ich glücklich hier,
sie sprach, das weiß kein Schwein.

Ja, meine Mama konnte mir auch nicht wirklich gescheite Antworten geben, dazu war sie stets viel zu überfordert gewesen.

Kuh sera, sera,
was sein soll, soll sein, soll sein,
die Zukunft, die kennt kein Schwein.
Kuh sera, sera,
die Zukunft kennt kein Schwein.

Jetzt wurde ich auch Mutter, und ich konnte nur hoffen, dass ich meinem kleinen Kalb später mehr mütterliche Weisheit und Halt bieten könnte. Aber sicher war ich mir da nicht.

Jetzt bekomm ich selbst ein Kalb
und frage mich: Wird alles recht?
Wird es denn leiden?
Kann ich das vermeiden?
Mir wird vor Sorge schlecht.

Kuh sera, sera,
was sein soll, soll sein, soll sein,
es ist schwer so ganz allein,
Kuh sera, sera,
die Zukunft kennt kein Schwein.

Ich summte noch ein bisschen traurig vor mich hin, und in meinem Leib zog es wieder leicht, aber ganz anders als bisher. Nicht unangenehm, eher, als wolle das Kleine mit mir Kontakt aufnehmen, als würde es das Lied mögen. Ein wohliges Gefühl erfüllte meinen Körper. Es war das erste Mal, dass ich es als etwas Schönes empfand, dass ein kleines Kalb in mir heranwuchs.

Dabei fiel mir auf, dass die Haltung «Was soll sein, soll sein» absoluter Schwachsinn war. Ich war bald für ein kleines Wesen verantwortlich, und das sollte ein besseres Leben haben als ich. Dafür musste es nach Indien. Also musste ich dafür sorgen, was sein soll, und nicht abwarten, was sein wird. Egal, ob Champion auf Susi scharf war oder nicht, ich hatte eine Aufgabe. Es ging nicht mehr darum, ob ich ein glückliches Leben führen würde. Ich musste für das Glück meines Kalbes sorgen!

Kapitel 28

Ich rappelte mich entschlossen auf und wollte zu den anderen gehen, um nun doch mit ihnen das Schiff nach Indien zu besteigen, da hörte ich hinter mir eine Stimme: «Ihr Kühe liebt es wahrlich zu singen!»

Ich erschauderte, der kalte Wind war nichts gegen die Kälte dieser Stimme. Ich wusste natürlich, wem sie gehörte, und hatte so sehr gehofft, sie nie wieder hören zu müssen. Ich sah zur Seite, und auf einem großen Stapel Kisten stand Old Dog. Er lächelte.

«Ihr Kühe solltet echt mal ein Muhsical machen», spottete er und brach in schallendes Gelächter aus. Anscheinend hatte er einen Scherz gemacht, den ich nicht verstand.

«Früher auf dem Hof», hörte er wieder auf zu lachen, «habe ich euch beim Muhen so gerne zugehört, euer Gesang war wunderschön.» In seiner Stimme lag ein kaum wahrnehmbarer Hauch von Sentimentalität, eine Gefühlsregung, die ich ihm nie und nimmer zugetraut hätte. «Ich habe euch um eure Stimme beneidet. Damals, bevor ich von den Toten zurückgekehrt bin.»

Er war wirklich von den Toten zurückgekehrt? Das war also nicht nur ein Gerücht, das sich die Tiere auf dem Hof erzählt hatten? Oder dachte Old Dog dies nur von sich, weil er wahnsinnig war? Und was sollte einem lieber sein? Eins war unheimlicher als das andere.

Leise seufzte er: «Damals habe ich noch an das Glück geglaubt.»

Jetzt glaubte er nicht mehr daran? Eigentlich kein Wunder, wenn man es recht bedachte, war seine große Liebe, die Pudeldame Tinka, doch sinnlos gestorben. Für einen kurzen Moment hatte ich – trotz meiner Angst – Mitgefühl. Old Dog merkte, wie ich ihn ansah, und konnte diesen Blick anscheinend nicht ertragen. Er zischte: «Ich habe dir doch gesagt, was passiert, wenn wir uns noch mal begegnen.»

Dabei sprang er mit einem Satz von dem hohen Kistenstapel herunter und landete auf dem harten grauen Boden, so federnd und elegant wie eine Katze.

Völlig verängstigt stammelte ich: «Das war keine Absicht.»

«Das ist mir völlig einerlei», erwiderte er und schlich langsam auf mich zu. Garantiert, um mich zu töten.

Ich wimmerte: «Das ist nicht gerecht.»

«Sehe ich aus, als ob ich gerecht wäre?», fragte der Hund.

«Ehrlich gesagt, nein», antwortete ich leise.

Dabei wich ich vor ihm zurück, doch hinter mir war nur der große Bach mit dem Salzwasser. Und er schien so viel tiefer zu sein als der Bach, den ich von unserer Weide kannte, dass ich befürchtete, in ihm zu ertrinken. Andererseits war das vermutlich ein schönerer Tod, als von Old Dog gerissen zu werden.

Er ging weiter auf mich zu. Langsam. Genüsslich.

Ich wich weiter zurück und überlegte tatsächlich, ins Wasser zu springen. Vielleicht würde es mir irgendwie gelingen, mich und mein ungeborenes Kalb zu retten? Alles erschien mir besser als das, was jetzt gleich folgen würde.

Unmittelbar vor mir blieb er unter dem Lastkran stehen und zischte: «Ich sehe vielleicht nicht so aus, aber ich bin sehr gerecht.»

«Ah ja?», fragte ich verwundert und hielt ebenfalls inne,

nicht mal eine halbe Huflänge vom Wasser entfernt. Hoffnung keimte in mir auf, auch wenn ich befürchtete, dass Old Dog nur ein bisschen mit mir spielen wollte.

«Ich habe ein Herz», grinste er, «auch wenn ich kein Herz mehr habe.»

«Du hast kein Herz?», rutschte es aus mir entsetzt heraus.

«Details, Details ... der Punkt ist doch, ich verschone dich ... und dein Kind auch.»

Er wusste, dass ich schwanger war?

«Ja, das weiß ich.»

Konnte er auch noch Gedanken lesen? Oder hatte er einfach nur sehr, sehr gut geraten?

«Ich habe», erklärte er, «den Bauern ein bisschen verfolgt und erfahren, dass du schwanger bist.»

«Das heißt», fragte ich, «dass wir uns wiedersehen, liegt an dir?»

«Schon wieder ein unwichtiges Detail. Wichtig ist nur, ich lass dich und dein Ungeborenes in Ruhe.»

«Ehrlich?», fragte ich nun voller Hoffnung.

«Ehrlich», nickte der Hund. Es klang aufrichtig, und am liebsten hätte ich jetzt vor Erleichterung losgeheult. Doch dann ergänzte er: «Für den Augenblick.»

«Für den Augenblick?»

«Für den Augenblick!»

«Ich», plapperte ich, «ich werde dir wirklich nie wieder begegnen, das verspreche ich dir bei allem, was mir heilig ist ...»

«Du wirst mir wieder begegnen», unterbrach Old Dog.

«Wieso ...?», flehte ich.

«Weil das Ungeborene jetzt noch keinen eigenen Herzschlag besitzt. Aber irgendwann wird es einen haben!»

Und man konnte, so schoss es mir durch den Kopf, nur etwas töten, was einen eigenen Herzschlag besaß.

Old Dog drehte sich kalt lächelnd um und rannte davon. Im Laufen wandte er sich noch einmal um und rief mir lachend zu: «Wir sehen uns wieder, wenn das Herz des Kleinen in deinem Leibe schlägt!»

Kapitel 29

Old Dog verschwand in der dunklen Nacht. Ich starrte ihm noch nach, als er längst nicht mehr zu sehen war. Sein grausames Gelächter hallte jedoch in meinen Ohren nach. Dennoch zitterte ich nicht mehr, stattdessen wuchs in mir eine Entschlossenheit: Dieser irre Höllenhund durfte mein Kalb nicht kriegen! Ich musste ihm entkommen!

Doch dazu mussten wir jetzt alle so schnell wie möglich auf dieses Schiff nach Indien. Einmal an Bord, so glaubte ich, würde Old Dog uns gewiss nicht mehr erwischen – sicherlich war noch nicht mal ein untoter Hund in der Lage, durch dieses unheimliche Meer zu schwimmen!

Ich eilte zurück zu den anderen, den Wind und den einsetzenden Nieselregen nahm ich dabei kaum wahr. Als ich den Stall betrat, waren alle noch wach. Sie lauschten Champion, der unangenehm berührt redete: «Diese Tage einer Frau hören sich ja schon ein bisschen unappetitlich an. Bekommen Männer die etwa auch?»

Hilde antwortete ihm: «Du warst schon ohne Gedächtnisverlust ein Idiot, aber mit ihm hast du echt das Zeug zum Gott der Idioten.»

Susi sah mich hinzukommen und ätzte: «Und da ist gleich auch die dazugehörige Göttin.»

«Klappe!», antwortete ich.

«Wie bitte?», fragte sie pikiert.

«Was hast du an Klappe nicht verstanden, das Klap oder das pe?»

«Ihr Kühe», fand Champion, «habt echt kein gutes Benehmen.»

«Klappe, Champion!»

Hilde trat zu mir und übte leise Kritik an meinem Verhalten: «Du wirst als Anführerin immer unnetter.»

Damit hatte sie selbstverständlich recht, aber mir fiel es gerade sehr schwer, freundlich zu Susi und Champion zu sein. Für einen kurzen Augenblick fragte ich mich, ob ich den anderen von dem Hund berichten solle, verwarf den Gedanken aber wieder. Sie würden sicherlich nur Angst bekommen, dass er auch sie reißen wollte. Und Angst war in der Regel, so hatte ich auf dieser Reise bereits gelernt, ein schlechter Ratgeber, wenn auch ein verdammt lauter.

Radieschen wandte sich an Hilde: «Sei nicht so streng mit Lolle, sie ist doch schwa...»

«Klappe, Radieschen!», fiel ich ihr ins Wort. Ich wollte absolut nicht, dass ausgerechnet jetzt Champion von der Schwangerschaft erfahren würde. Ein Gespräch darüber würde mich gerade völlig überfordern.

Radieschen war von meinem rüden Tonfall überrascht: «Du bist wirklich nicht nett, Lolle.»

«Was ist mit Lolle?», hakte Champion bei ihr nach. «Sie ist schwa... was?»

Bevor Radieschen alles verraten konnte, sagte ich das erste Wort mit «schwa», das mir in den Sinn kam. Leider war dies: «Schwachsinnig.»

Susi grinste: «Einsicht ist der erste Weg zur Besserung!»

«Du bist schwachsinnig?», staunte Champion und stellte dann fest: «Nun, das erklärt natürlich dein Verhalten ...»

«Ähem», korrigierte ich mich hastig, «ich meinte schwabbelig.»

Das war nicht viel besser.

«Schwabbelig?», fragte Champion nach.

«Ja ...», stammelte ich.

Er betrachtete mich genauer: «Nun gut, ein bisschen bist du das schon ...»

Er war wirklich der Gott der Idioten.

«Ich meinte schwibbelig», korrigierte ich mich schnell noch einmal.

«Schwibbelig? Was soll das denn sein?»

Das hätte ich jetzt auch gerne gewusst.

«Ich sag dir, was Schwabbel-Lolle wirklich ist ...», wollte Susi nun alles verraten.

«Oh nein!», erwiderte ich. «Das wirst du nicht tun!»

«Oder was?», fragte sie herausfordernd.

«Oder ich bringe dich um», antwortete ich trocken.

«So, wie Lolle drauf ist», murmelte Champion leise, «hat sie bestimmt ihre Tage.»

«Und gleich darauf dich», sagte ich zu ihm.

Susi stichelte: «Ich wünschte von ganzem Herzen, du hättest wirklich deine Tage.»

«Und wenn ich mit Champion fertig bin, bring ich dich wieder um.»

«Das geht doch gar nicht», warf Champion ein, «jemand zweimal zu töten.»

Meine Antwort auf diesen Einwand war lediglich: «Und als Nächstes kommst du wieder an die Reihe.»

«Ich kann das zwar verstehen», fand Hilde, «aber du

solltest dir dennoch als Anführerin einen anderen Ton angewöhnen.»

So, wie sie es sagte, konnte man glatt meinen, sie würde selber gerne die Herde anführen. Allerdings hatte sie recht: Ich würde uns alle schneller nach Indien und damit weit weg von Old Dog führen, wenn ich nicht so bissig zu den anderen wäre. Also schnaubte ich erst mal tief durch und wandte mich, nun etwas weniger aufgewühlt, an den Kater: «Wie kommen wir jetzt genau auf das Schiff?»

Statt einer direkten Antwort führte er uns aus dem Stall und durch den Nieselregen hindurch zu riesigen Kisten namens Containern. Einige waren blau, einige rot, die meisten grau. Etwas weiter entfernt, in dem großen Bach aus Meerwasser, lag das Gefährt namens Schiff. Es war eine Art riesiges Audoo, das ganz offensichtlich im Wasser schwimmen konnte. Eins musste man den Menschen lassen, erfindungsreich waren sie ja. Sie konnten auch dort reisen, wo sie eigentlich absolut nichts zu suchen hatten.

Giacomo erläuterte uns, dass die Container auf das Schiff geladen würden, daher sollten wir uns in ihnen verstecken und ganz, ganz still halten, damit die Menschen uns nicht entdeckten.

Hilde betrachtete sich skeptisch die Riesenkisten und fragte: «Ersticken wir nicht darin? Da sind doch keine Luftlöcher drin.»

«Wenn die Schiff iste auf die hohe Meer und ihr kaum noch bekomme Luft, ihr mache einfach Lärm, und die Mensche hole euch raus.»

«Werden die nicht sauer sein», gab ich zu bedenken, «wenn sie uns entdecken?»

«Ja, schon, aber sie werde nicht extra wege euch umkehre. Entweder ihr dürfe bis Indien auf die Schiff bleibe ...»

«Oder?»

«… oder sie werfe euch in die Meer.»

Wir sahen ihn alle entsetzt an.

«Das war eine Scherze», lachte der Kater darauf schnell.

Aber so, wie er es gesagt hatte, und so übertrieben er nun lachte, schien mir diese Möglichkeit gar nicht so ausgeschlossen.

Giacomo deutete mit seiner Pfote auf zwei blaue Container. Sie standen offen und waren jeweils voll mit komischen gelben Dingern, die alle gleich skurril aussahen, ein bisschen so wie die Schwämme, mit denen der Bauer manchmal unser Fell reinigte. Nur hatten diese Schwämme Beine. Und Arme. Und verrückte Augen.

Der Kater erklärte: «Das sind Puppe von die Spongebob, Schwammkopf.»

Eine Puppe schien mir so etwas Ähnliches zu sein wie eine Vogelscheuche. Und so merkwürdig, wie diese gelben Schwämme aussahen, konnte man sich vorstellen, dass man damit noch ganz andere Tiere vertreiben konnte als Vögel.

«Die schenke die Mensche ihre Kinder zum Spiele», erklärte der Kater weiter.

Was die ihren Kindern antun.

Radieschen sah sich einen der vielen Schwammköpfe näher an: «Die Augen sehen schon ein bisschen arg irre aus.»

Der Kater lachte: «So als ob er beim Naschen verwechselt hat die M&Ms mit LSD.»

Hilde betrachtete sich indessen weiter die Container und stellte fest: «Wir passen nicht alle in eine Kiste rein, so voll, wie die bereits mit den Schwammpuppen sind. Wir müssen uns aufteilen.»

Das stimmte, und es stellte mich vor eine schwierige Aufgabe: Am liebsten wäre ich mit Hilde und Radieschen in eine der Riesenkisten gegangen, aber dann wären Champion und Susi miteinander in einen anderen Container gestiegen. Das konnte ich nicht zulassen. Also musste ich, ob ich es wollte oder nicht, mit einem von den beiden zusammen gehen. Und ich wollte eigentlich nicht.

Susi und ich würden uns gewiss streiten und so die Menschen zu früh auf uns aufmerksam machen, diese Lösung war also viel zu gefährlich. Es gab daher nur eine Möglichkeit: Champion und ich mussten zusammen in eine Kiste.

Kapitel 30

Niemand hatte was dagegen, Susi stimmte meinem Vorschlag sogar vehement zu: «Super, dann muss ich nicht mit dem Idioten zusammen sein.»

Darauf stellte Champion beleidigt fest: «Ich glaub, du bist doch nicht so süß, wenn du wütend bist.»

Giacomo erklärte, dass wir uns ganz hinten verstecken sollten, damit die Menschen uns nicht entdeckten, wenn sie die Container verschlossen. Außerdem kündigte er noch an, dass es nachher etwas ruckelig würde, wenn der Kran zum Einsatz käme und die Riesenkisten auf das Schiff laden würde. Er selber würde währenddessen einfach an Bord springen, eine Katze wurde von den Menschen nun mal nicht so leicht bemerkt wie eine Kuh.

Radieschen, Hilde und Susi verschwanden in die eine blaue Kiste. Champion und ich drückten uns in dem anderen Container an all den Schwammköpfen vorbei zur Hinterwand durch, wo wir uns schließlich hinhockten. Dabei achtete ich darauf, dass noch ein kleines bisschen Abstand zwischen uns beiden war. Eine Weile schwiegen wir, bis Champion anhob: «Lolle …?»

«Wehe, du fragst jetzt wieder, ob ich meine Tage habe!»

«Das würde ich nicht wagen, bei deinem Tritt», antwortete er und lächelte dabei charmant, das konnte ich dank der ersten schwachen Strahlen der Morgensonne, die durch die offene Containertür fielen, ganz genau erkennen. Sein Lächeln ließ mich milder werden, denn wenn einer charmant lächeln konnte, war das Champion. Er war für das Lächeln das, was Pups-Onkel fürs Blähen war. Und Susi fürs Nerven.

«Es tut mir leid», redete er weiter, «du bist gar nicht schwabbelig.»

Das war lieb. Ich wollte gerade ‹Und du bist kein Idiot› antworten, da ergänzte er: «Höchstens ein kleines bisschen.»

Da antwortete ich dann doch nichts.

«Du kommst mir sehr vertraut vor», erklärte er nun sanft.

Bei Naia, kam seine Erinnerung wieder?

«Es überrascht mich», redete er weiter, «aber es fühlt sich irgendwie gut an, dir so nahe zu sein.» Dabei rutschte er ein Stückchen an mich heran, sodass er mich beinahe berührte.

Sollte er mich doch lieben? Sollten wir doch eine Chance haben und wieder vereint werden, so wie einst Naia und Hurlo?

Wie Hurlo Naia rettete

Hurlo beglückte die Kühe der Herde, aber dies beglückte ihn nicht. Er vermisste Naia so sehr. In seine Augen trat Wasser, es sammelte sich zu einer riesigen großen Träne, die am Ende auch der kräftige Hurlo nicht mehr zurückhalten konnte. Sie fiel zu Boden und überschwemmte das Erdreich. Alle Regenwürmer starben, bis auf den allerersten, der schimpfte: «Jetzt muss ich mich wieder von einem Vogel in Teile zerhacken lassen.»

Hurlo entschuldigte sich tausendfach und erklärte, wie sehr er sich nach Naia sehnte. Und der Regenwurm fluchte: «Warum suchst du nicht nach ihr, anstatt rumzuflennen?»

«Auf den Gedanken bin ich noch gar nicht gekommen», antwortete Hurlo, erstaunt über seine eigene Torheit.

«Du bist ja auch ein dummes Männchen und kein schlauer Zwitter», erwiderte der Regenwurm.

«Wenn man dann so schlau ist wie du, möchte ich auch ein Zwitter sein», entgegnete Hurlo.

«Dann müsstest du auf dein Gemächt verzichten.»

«Gut, dann will ich es doch nicht sein», erwiderte der Stier.

Entschlossen machte Hurlo sich auf den Weg, um nach Naia zu suchen. Er suchte auf sämtlichen Weiden, Feldern und Wiesen, und schließlich erreichte er die Bäume am Ende der Welt. Mutig ging er in den Wald hinein, dessen Dunkelheit ihm keinerlei Angst bereitete. Als er an einen kleinen verschlungenen Bach voll kristallklarem Wasser kam, trat ihm ein riesiger Bär entgegen und dröhnte: «Ich bin der Wächter des Waldes, Praxx, der mit den mächtigen Zähnen.»

Jedes Wesen wäre geflohen. Jedes, bis auf Hurlo. Er schau-

te noch furchterregender zurück und sprach: «Lass mich durch, oder du bist Praxx, der mit den eingeschlagenen Zähnen.»

Der Bär wich Hurlos entschlossenem Blick und zitterte: «Ich glaube, ich such mir lieber einen anderen Wald.»

«Das ist eine sehr gute Idee», befand Hurlo.

Der Bär rannte fort, und Hurlo lief weiter durch den Wald, bis er die unendliche Milch erreichte. Darin sah er Naia schwimmen, ohnmächtig, dem Tode nahe, denn die Milch war durch ihre Tränen verdorben. Hurlo aber sprang ohne zu zögern in die vergiftete Milch, um seine große Liebe zu retten. Er hatte keine Angst um sein Leben, trotz der großen Gefahr. Manchmal gereichte es einem eben auch zum Vorteil, wenn das Nachdenken nicht zu den eigenen Stärken gehörte.

Mit all seiner unglaublichen Kraft zog Hurlo seine geliebte Naia aus der Milch in den Wald. Sie war ohne Bewusstsein, und er wachte an ihrer Seite. Tagelang, wochenlang, vollmondelang. Als sie endlich wieder die Augen aufschlug, versprach Hurlo seiner großen Liebe, ihr nie wieder untreu zu sein. Darauf schlabberte Naia ihn überglücklich ab. Tagelang, wochenlang, vollmondelang.

Champion redete leise und sanft weiter: «Deine Nähe fühlt sich wirklich so, so gut an ... bist du vielleicht ...?»

«Bin ich was?», fragte ich noch leiser zurück.

«Bist du ...?»

«Was ...?», hauchte ich.

«Meine Schwester?»

Da war er wieder, der Gott der Idioten!

«Nein», antwortete ich frostig, «ich bin nicht deine Schwester!»

Wir waren anscheinend nicht Naia und Hurlo, auch wenn Champion sich oft so dämlich anstellte wie Hurlo.

In diesem Augenblick hörten wir Schritte näher kommen und sprachen nicht weiter. Vor lauter Schreck hörten wir auch auf zu atmen, denn durch die Schwammköpfe hindurch sahen wir zwei gesichtsbehaarte Menschen, die sich an der Containertür zu schaffen machten. Einer war dünn, der andere dick. Der dünne fluchte: «Immer wieder dieser blöde Regen, passt gar nicht zur Jahreszeit. Scheiß Klimakatastrophe!»

«Da möchte man doch glatt», schimpfte der Dicke, «den chinesischen Fabrikanten in den Hintern treten.»

«Oder deren Hintern mit ihrem CO_2 aufpumpen», ergänzte der Dünne, während wir ganz mucksmäuschenstill in der Kiste hockten.

«Das haben die mit mir mal bei einer Darmspiegelung gemacht», erzählte der Dicke.

«Schön, dass du das mit mir teilst», stöhnte der Dünne auf.

Während die beiden so quasselten, drückte ich mich unbewusst näher an Champion, um Schutz zu suchen. Mein Fell berührte das seine. Ein Kribbeln durchfuhr mich, ein bisschen so, als ob man seine Schnauze in den Elektrozaun hält, nur viel angenehmer und aufregender. Als wäre es das erste Mal, dass wir uns berührten. Und auf eine gewisse Art war es das ja auch: das erste Mal in der neuen Welt.

Der Dicke redete weiter: «So ein Arzt möchte man auch nicht sein, den ganzen Tag Därme aufpumpen und sich die dann auch noch anschauen.»

«Nö, das ist kein schöner Beruf», stimmte der andere ihm zu. «Aber wenn man eben nichts anderes gelernt hat, muss man halt so was machen.»

Die beiden Menschen machten nun mit einem Rums die Containertür zu. Plötzlich war alles stockfinster, man konnte nicht mal mehr seine eigenen Hufe vor den Augen sehen. Dafür hörten wir, wie sich die Schritte der Menschen wieder entfernten. Ich wagte kaum zu atmen, einerseits, weil ich Angst hatte, dass die Männer irgendwie noch auf uns aufmerksam würden, andererseits, weil mich die Berührung von Champion sehr durcheinanderbrachte. Meine Fellhaare standen vor lauter Aufregung ab. Seine auch, das spürte ich genau. Und es wühlte mich noch mehr auf.

Mit einem Mal hörten wir von oben ein lautes Knarzen und Poltern. Ich erschrak mich so sehr, dass ich aufmuhte. Mein Muhen wurde übertönt von Champions Muhen, und wir beide wurden glücklicherweise vom Rumpeln des Lastkrans übertönt, der sich den Container packte und ihn in die Luft hob. Die Kiste hatte den Erdboden verlassen, die Schwammköpfe flogen wild um uns herum, und ich flog ebenfalls ... direkt auf Champion.

Ich lag auf ihm, Schnauze an Schnauze, Brust an Brust, Euter an ... nun, lassen wir das.

Ich spürte seinen heißen Atem und er den meinen. Wenn vorher schon kribbelige Schauer durch meinen Körper jagten, war dies nun – in Dunkelheit und Lebensgefahr – die aufregendste Nähe, die man sich nur vorstellen konnte.

Die Kiste schwebte nun ruhiger durch die Luft, sodass man wieder sein eigenes Muhen verstehen konnte. Sanft hauchte Champion: «Ich bin froh, dass du nicht meine Schwester bist.»

«Warum?», hauchte ich leise zurück.

«Weil ich nicht so auf Inzucht stehe.»

Ich war so verwirrt, ich wusste nicht, was ich darauf antworten sollte.

«Ich ...», erklärte er jetzt aufrichtig, «ich fühle mich irgendwie zu dir hingezogen. Auf eine vertraute, gute Art.»

Das klang schön.

«Viel mehr als zu Susi, das merke ich jetzt genau. Es ist, als ob wir zusammengehörten.»

Das klang noch viel schöner.

«Sag mir, sind wir beide Stier und Kuh?»

In einer fliegenden Kiste, zwischen all den Schwammköpfen, war der Augenblick der Wahrheit gekommen.

«Wir waren es», antwortete ich.

«Waren?», staunte Champion, «was ist uns dazwischengekommen?»

Die Kiste flog wieder hinab und begann dabei stark zu schwanken. Ich war kurz davor, von Champion herabzufallen, aber er hielt mich mit seinen starken Armen und Beinen fest auf sich gedrückt.

«Was ziemlich Blödes», antwortete ich.

«War ich das ziemlich Blöde?», fragte er vorsichtig.

Ich widersprach nicht.

«Das tut mir leid», sagte er leise.

«Und mir erst», antwortete ich traurig.

«Kannst du mir verzeihen, was immer ich auch getan habe?», fragte er mit lieben Augen.

Wenn ich ihm jetzt verzeihen würde, so viel war klar, würden wir uns sicherlich sofort und auf der Stelle leidenschaftlich mit den Zungen abschlabbern. Alles würde gut werden, ich könnte doch mein Glück finden und mit ihm ein Leben führen wie die Eintagsfliegen Summ und Herum.

Andererseits: Wer würde mir garantieren, dass Champion nicht bei nächster Gelegenheit etwas mit Susi anfängt und er mir noch mal das Herz bricht? Wiederum andererseits: Sollte ich nicht alles dafür tun, dieses Misstrauen zu überwinden, nicht nur, weil ich ein Kalb von ihm erwartete, sondern auch, weil noch nie jemand glücklich wurde, der in der Liebe misstrauisch war? Wiederum wiederum andererseits: Wie würde Champion darauf reagieren, wenn er von dem Kalb erführe? Würde er vor Vaterfreuden muhen? Oder vor der Verantwortung fliehen?

In diesem Moment begann Champion, mich liebevoll mit seiner Zunge abzuschlabbern. Es war so aufregend, dass ich alle Wiederum-Fragen vergaß. Ich drückte meine Schnauze auf die seine, steckte meine lange Zunge ganz heraus und verknotete sie leidenschaftlich mit der seinen. Er verknotete seine Zunge ebenfalls mit der meinen. So wild und liebend hatten wir uns noch nie zuvor verknotet. Ja, so eine lebensgefährliche Situation lässt einen viel, viel leidenschaftlicher werden. Wenn solche lebensgefährlichen Situationen nicht so verdammt lebensgefährlich wären, könnte man sie jedem kriselnden Paar nur empfehlen.

Wir knoteten und knoteten und knoteten und vergaßen Zeit, Raum und Schwammkopf, bis es mal wieder in meinem Unterleib zog und mir einfiel, was Radieschen gesagt hatte: Champion musste erfahren, dass er Papa wird.

So glücklich, wie wir beide uns küssten, so hoffte ich jedenfalls, würde er sich bestimmt darüber freuen, und dann würden wir gewiss noch leidenschaftlicher übereinander herfallen. Noch während unsere Zungen ineinander verknotet waren, hob ich an: «Champfion. Ich mupf dir wapf sagen.»

«Wapf denn?», fragte er, während wir weiter leidenschaftlich knoteten.

«Ich kriege ein Kalbpf!»

«Ein Kalpf? Etwa pfon mir?»

«Nein», antwortete ich leicht gereizt, «pfom Kater.»

«Pfom Kater? Wie pfunktioniert denn das?»

«Natürlich pfon dir!» Ich wollte jetzt meine Zunge von der seinen lösen, doch bevor ich damit anfangen konnte, sagte er: «Oh.»

Nicht «Pfantastisch», «Supfer» oder «Pfo ein Tag, pfo wunderschön wie heute», sondern einfach nur: «Oh.»

Er freute sich nicht über unser gemeinsames Kalb.

Mein Herz verzog sich zu einem Klumpen.

Und Champion ergänzte noch verunsichert: «Dann hapft du wohl doch nicht deine Tage.»

Dabei lockerte er seine Umarmung, und wir entknoteten unsere Zungen. Die Kiste wackelte im Sinkflug immer mehr, und da er mich nicht mehr so stark festhielt, purzelte ich von ihm herunter. Ich krachte auf den Boden des Containers. Der wiederum landete laut scheppernd auf dem Boden des Schiffs. Ich fiel gegen die Wand, mit dem Kopf zuerst. Der letzte Gedanke, den ich hatte, bevor ich ohnmächtig wurde, war: «Die Liebe ist nicht nur ein Bastard. Sie ist ein echtes Arpfgesicht!»

Kapitel 31

Irgendwann wachte ich wieder auf, alle viere von mir gestreckt. Der Boden unter mir schwankte immer noch, aber etwas war anders. Nicht die ganze Kiste schwebte, sondern deren Boden schaukelte leicht hin und her. Ob dies an meinem benommenen Zustand oder an dem Untergrund selbst lag, konnte ich nicht beurteilen. Dass es immer noch total dunkel war, half mir auch nicht gerade dabei, mich zu orientieren. Neben mir lag Champion, jedenfalls glaubte ich, dies zu spüren, aber seine Stimme klang unendlich weit entfernt: «Ich glaube, wir fahren auf diesem Meer.»

Ich atmete auf, wir hatten es geschafft, Old Dog zu entkommen. Mit diesem erleichternden Gedanken verlor ich erneut das Bewusstsein.

«Du kannst mir nie entkommen!», lachte Old Dog.

Wir beide standen wieder in dem tiefen Schnee, auf dem Pfad, der zwischen dem Abgrund und der riesigen Felswand, die hoch in den Himmel führte, lag.

Das Schneegestöber wehte mir peitschend ins Gesicht, ich war viel zu desorientiert, um etwas zu sagen.

«Oh, wen haben wir denn da?», lachte der Hund und deutete mit seiner großen Pfote hinter mich. Ich drehte mich auf dem engen Pfad um und musste aufpassen, dass ich nicht ausrutschte und den Abgrund herunterfiel. Ich erwartete, Champion zu sehen, der mich vielleicht retten konnte – andererseits hätte er wohl gegen Old Dog ähnlich viel ausrichten können wie ein Häschen gegen ein Audoo. Doch die Gestalt, die sich mir von weiter unten des geschlängelten Pfades näherte, war kleiner, zarter ... es war noch ein Kalb. Ein kleines Jungtier, gerade mal einen Tag alt. Es war strahlend weiß, und das nicht etwa wegen des Schnees, sondern weil sein Fell keinerlei Flecken aufwies. Das Kleine zitterte am ganzen Leib. Es war mein Kalb. Keine Frage. Ich liebte es mehr als mein Leben und wollte es sofort wärmen. Aber Old Dog lächelte mich kurz an, sprang dann über mich hinweg und rannte los. Genau auf das zitternde kleine Kalb zu. Und ich schrie ... und schrie ... und schrie ...

Als ich aufwachte, war es immer noch dunkel, und ich fühlte eine unglaubliche Schwere auf meiner Schnauze lasten. So fragte ich: «Sag mal, Champion, hältst du etwa meine Schnauze zu?» Dabei klang meine Stimme undeutlich, gepresst.

«Nein», antwortete Champion leise.

«Was ist es denn dann?», fragte ich. Es fiel mir schwer, überhaupt zu atmen.

«Ich sitze auf deiner Schnauze.»

«Waaas?»

«Ich sitze auf deiner Schnauze», flüsterte er. «Die Menschen hören uns, wenn du die ganze Zeit rumschreist.»

Nach der ersten Verblüffung fragte ich: «Warum hast du mir nicht einfach den Mund zugehalten?»

«Oh, darauf bin ich gar nicht gekommen.»

Ich konnte es nicht fassen. Noch weniger konnte ich fassen, dass er keinerlei Anstalten machte aufzustehen.

«Champion?»

«Ja?»

«GEH ENDLICH VON MIR RUNTER!»

«Nicht so laut», bat Champion.

Bevor ich ihn in den Hintern beißen konnte, hörten wir von außen die Stimme des dicken Gesichtsbehaarten: «Da ist irgendetwas in dem Container.»

Ich blöde Kuh hatte uns verraten!

Der dünne Gesichtsbehaarte antwortete: «Dann müssen wir ihn öffnen.»

«Klingt blöderweise nach Arbeit.»

«Wenn es irgendwelche Ratten sind, geht die Ladung kaputt, und der Kapitän wird sauer auf uns sein.»

«Na, dann öffnen wir das Ding und werfen die Ratten ins Meer», seufzte der dicke Bärtige.

«Gut», wisperte Champion, «dass wir keine Ratten sind.» Dabei rutschte er endlich von meinem Gesicht.

«Ich befürchte», flüsterte ich zurück, «dass die da leider keinen großen Unterschied machen.»

Wir hielten beide ängstlich die Luft an. Die Türen des Containers wurden laut aufgerissen, und das Sonnenlicht blendete durch die Schwammköpfe hindurch. Wenn man so lange wie wir in der Dunkelheit gewesen war, dann tat schon ein leichter Strahl der Sonne in den Augen weh. Und den vielen Kuhfladen von Champion nach zu urteilen, waren wir hier schon einige Zeit drin gewesen.

Champion presste sich ängstlich in die hintere Ecke der Wand, um von den Menschen nicht entdeckt zu werden. Aber ich wusste genau, dass dies vergeblich war. Es gibt wohl kaum ein Tier auf der großen, weiten Welt, das fürs Verstecken ungeeigneter ist als eine Kuh.

Die beiden Gesichtsbehaarten betraten den Container und waren von dem Kuhfladen-Gestank angewidert. Der Dicke sagte: «Hier riecht es fast so schlimm wie in einer IC-Toilette.»

«Klempner bei der Bahn muss auch ein ziemlich doofer Beruf sein», antwortete der Dünne.

Sie kamen immer näher. Champion hielt die Luft an und zog dabei den Bauch ein, aber auch so etwas machte ihn nicht viel unsichtbarer. Innerhalb von wenigen Minuten hatten uns die beiden Männer entdeckt.

«Die beiden», staunte der dicke Gesichtsbehaarte, «sehen nicht aus wie Sponge-Bobs.»

«Ich hab dir doch gleich gesagt, ich hab hier drin was gehört!»

«Der Käpt'n wird uns killen.»

«Mann, jetzt wär ich doch gerne Klempner bei der Bahn.»

Die Menschen trieben uns fluchend aus dem Container. Die Sonne stand hoch am Himmel und blendete mich so sehr, dass ich durch meine zusammengekniffenen Augen erst mal nur funkelnde Sterne sah. Während ich mich blinzelnd an die Helligkeit gewöhnte, sagten die Menschen Dinge wie: «Hoffentlich hat der Käpt'n seine Antidepressiva genommen», «Und falls ja, nicht wieder mit Wodka» sowie «Schade, dass er nie eine Überdosis nimmt».

Als ich meine Augen wieder richtig öffnen konnte, verlor ich jegliches Interesse an ihrem Gespräch, denn was ich sah, überwältigte mich vollständig: Wir standen auf einem riesigen Schiff, dessen Boden leicht schwankte, über uns war strahlend blauer, wolkenloser Himmel und um uns herum überall wunderschönes blaues Wasser, auf dem das Licht tanzte und funkelte – das Meer. Es war so ganz anders, als ich gedacht hatte, überhaupt nicht gewaltig und böse, sondern einfach nur schön. Weil es so unendlich zu sein schien.

Als ich noch ein kleines Kalb war, hatte ich immer versucht, mir vorzustellen, wie groß wohl die unendliche Milch sein mochte, die in den Sagen beschrieben war. Aber nie hätte ich mir in meinem kleinen Kuhhirn ausmalen können, wie gewaltig die Unendlichkeit tatsächlich war. Das wunderschöne, leicht dahinplätschernde Wasser reichte bis zum Horizont, und hinter dem, so hatte es ja Giacomo gesungen, sollte es sogar noch weiter gehen. Bei diesem Anblick vergaß ich alles um mich herum, die Gefahr, die Kühe in dem anderen Container, sogar dass Champion nicht glücklich war, Papa zu werden. Mein Herz war von Ehrfurcht erfüllt: Die Erde war noch faszinierender, als ich je zu hoffen gewagt hatte, und ich war eine Kuh, die sie entdecken durfte. Dafür war ich dem Leben in diesem Augenblick zutiefst dankbar.

«Lolle», hörte ich Champion raunen. Es klang wie aus

weiter Ferne, weil alle meine Sinne beim Meer waren, bei seinem Rauschen, seinem salzigen Geruch, seinem blauen Funkeln …

«Lolle, ich unterbrech dich ja nur ungern beim Blöden-durch-die-Gegend-Gaffen, aber es gibt da eine Kleinigkeit, die dich vielleicht beschäftigen sollte.»

«Welche?» Ich schenkte Champion kaum Aufmerksamkeit, war ich doch ganz gefangen von dem Ausblick.

«WIR SIND IN LEBENSGEFAHR, VERDAMMTE HACKE NOCH MAL!»

Jetzt schenkte ich ihm doch Aufmerksamkeit.

Ich ließ wundervollen Meerblick wundervollen Meerblick sein und sah wieder zu den Menschen, bei denen jetzt ein alter Mann stand, der im Gegensatz zu den anderen keine Haare im Gesicht hatte, dafür aber ungemein traurige Augen.

«Käpt'n», wollte der dicke Gesichtsbehaarte von dem Alten wissen, «was sollen wir mit den Biestern machen?»

Anstatt einer Antwort schluckte der Alte ein kleines rundes Kügelchen herunter und murmelte vor sich hin: «Kühe an Bord meines Schiffs … Mann, wenn meine Frau nicht immer zu Hause wäre, wäre ich schon längst in Rente.»

Champion fragte mich leise: «Soll ich die Menschen umhauen?»

«Ich glaube nicht», flüsterte ich zurück, «dass die dann eher geneigt sind, uns an Bord zu behalten.»

«Mir fällt aber nichts anderes ein», erwiderte Champion.

«Du bist ja auch ein Stier», erwiderte ich, «euch fällt außer Umhauen nie was ein.»

«Und du als Kuh hast natürlich eine bessere Idee?», kam es bissig zurück.

Tatsächlich hatte ich eine. Zugegeben, es war keine, die uns retten konnte, aber immerhin konnte man mit ihr Zeit gewinnen. Ich wandte mich zu dem Container, in dem Hilde, Radieschen und Susi drin waren, und rief ihnen zu: «Muht mal zurück!»

Als Antwort schimpfte Susi: «Wir müssen dringend hier raus. Hier kriegt man vor lauter Fladen schon 'nen Schaden!»

Der dünne Gesichtsbehaarte staunte nicht schlecht: «Da sind ja noch mehr Kühe!»

Worauf der Alte murmelte: «Ich muss meine Dosis erhöhen», und noch ein weiteres rundes Kügelchen schluckte.

Die bärtigen Männer öffneten den anderen Container. Susi, Hilde und Radieschen stolperten ins Freie, und der Dünne staunte: «Jetzt haben wir fünf Kühe an Bord.»

«Vier Kühe und ein Stier», korrigierte Champion pikiert, ohne dass jemand darauf einging.

Stattdessen seufzte der alte Mann: «Das ist nicht mein Tag. Eigentlich ist es auch nicht meine Woche. Oder gar mein Monat. Wenn man es genau bedenkt, ist es nicht mal mein Leben.»

«Wie konnten die Kühe nur hier raufkommen?», fragte der dicke Gesichtsbehaarte fassungslos.

«Ich bin mir nicht sicher», antwortete der Käpt'n, «aber ich kann mir durchaus vorstellen, dass enorme Schlamperei eurerseits in diesem Zusammenhang durchaus eine Rolle spielen könnte.»

Die beiden Gesichtsbehaarten schauten betreten zu Boden. Und der Alte murmelte: «Mit den Biestern lassen uns die Zöllner in New York nie einreisen. Wir müssen sie von Bord werfen.»

Die anderen Kühe begannen zu zittern, ich aber sah mir das müde Gesicht des alten Mannes genauer an: Er war nicht erpicht darauf, uns umzubringen, und futtern wollte er uns auch nicht, er wollte uns einfach nur ertränken, weil wir lästig waren. Also, so ratterte es in meinem Hirn, hätten wir nur noch eine Chance zu überleben, wenn wir ihn davon überzeugen konnten, dass wir nützlich für die Menschen an Bord waren. Doch wie? Wir konnten Milch geben, aber diese Menschen hier sahen nicht so aus, als ob sie sich von Milch ernähren würden. Das Einzige, was wir sonst richtig gut tun konnten, war, Kuhfladen zu produzieren. Allerdings konnte ich mir nicht so recht vorstellen, dass die Menschen darüber in Begeisterung ausbrechen würden.

Champion schnaubte: «Also, ich bin doch dafür, dass ich sie umhaue!»

«Nein!», widersprach ich vehement, denn in dem Falle, so war ich mir sicher, würden die Menschen uns erst recht ins Wasser werfen.

Hilde stimmte Champion zu: «Also, ich finde, der Blödmann hat recht.»

«Wen nennst du Blödmann?», fragte der sauer.

«Dich nenn ich Blödmann, Knalldepp.»

«Wehe, du nennst mich noch mal so!»

«Blödmann oder Knalldepp?»

«Beides.»

«Ich habe dich nie ‹beides› genannt.»

«ARGHH!», grollte Champion.

«Es ist immer wieder faszinierend, wie geistreich sich Männer ausdrücken können.»

«Diese Kühe», stellte der dünne Gesichtsbehaarte fest, «scheinen sich nicht sonderlich gut zu verstehen.»

Leider hatte er damit recht. Ich hatte es als Anführerin bisher nicht geschafft, uns zu einer Einheit zu formen, und wenn mir nicht ganz schnell etwas einfiel, wäre unsere kleine Herde dem Tod geweiht.

«Kühe sind wohl auch nur Menschen», stellte der alte Mensch fest. «Außer, dass die armen Viecher gar nicht wissen, wie übel ihnen das Schicksal mitspielt.»

Hilde muhte als Antwort: «Da würde ich jetzt doch gerne mal widersprechen.»

Natürlich verstand der Alte sie nicht. Er sah jetzt sogar noch trauriger aus als zuvor. Nicht unähnlich unserem Bauern. Menschen waren anscheinend nicht in der Lage, glücklich zu sein.

«Die Welt ist so traurig», murmelte der alte Mann. «Wisst ihr, was ich manchmal glaube? Das Universum ist nicht mit einem großen Knall entstanden, sondern mit einem leisen Seufzer.»

Er wollte sich wieder ein Kügelchen nehmen. Anscheinend sollten die Dinger ihn trösten. Die Gesichtsbehaarten trösteten ihn jedenfalls nicht. Entweder, weil sie es nicht wollten, oder – was wahrscheinlicher war –, weil sie es nicht konnten. In diesem Moment wurde mir klar, dass der Käpt'n unrecht hatte: Kühe sind nicht Menschen! Es gab da einen Riesenunterschied: Wenn eine von uns traurig war, dann kam eine andere, um sie zu schnäuzeln. Selbst Susi und ich hatten dies getan, als wir dachten, Champion würde geschlachtet. Kaum hatte ich diesen Unterschied realisiert, wusste ich, was wir Kühe den Menschen geben konnten: Trost.

Ich ging auf den alten Käpt'n zu. Der ließ von seinem Kügelchen ab und blickte unsicher zu mir.

Susi fragte: «Was macht die Irre jetzt?»

Champion antwortete: «Ich schätze mal, was Irres.»

«Nein», lächelte Radieschen, «ich glaube, sie macht was ganz Liebes.»

Ich stellte mich neben den Käpt'n und begann, ihn ganz sanft zu schnäuzeln.

Susi verzog daraufhin das Gesicht: «Dass Lolle das nicht widerlich findet.»

Ich fand es aber ganz und gar nicht widerlich, denn wenn man lieb zu jemandem sein konnte, war dies nie ein Grund, angewidert zu sein.

Der alte Mann war von meinem Verhalten verwundert, aber er zuckte nicht zurück. Ich schnäuzelte weiter, und nach einer kurzen Weile lächelte er dabei.

«Siehst du das», flüsterte der dünne Gesichtsbehaarte dem anderen zu, «der Käpt'n lächelt. Das hat er das letzte Mal vor fünf Jahren getan.»

«Als seine Tochter noch lebte», ergänzte der Dicke.

Bei Naia, der alte Mensch hatte sein Kalb verloren!

Kein Wunder, dass er so traurig war. Er tat mir jetzt wirklich aus ganzem Herzen leid, und daher schleckte ich ihm mit meiner Zunge übers Gesicht. Da musste er sogar lachen: «Du bist echt 'ne Liebe, was?»

«Nö, ist sie nicht», kommentierte Susi.

Aber der alte Mann konnte sie natürlich nicht verstehen. Er beachtete sie auch gar nicht, sondern genoss den Kontakt mit mir. Er steckte seine komischen Pillen in seine Jackentasche ein, tätschelte mich und sagte zu den Gesichtsbehaarten: «Wir lassen die Kühe doch an Bord.»

«Und was ist mit den Zöllnern in New York?», wollte der Dünne wissen.

«Da lassen wir uns was einfallen, wenn es so weit ist», grinste der Alte.

Meine Herde atmete tief durch, und auch die Gesichtsbehaarten taten dies, anscheinend waren sie froh, dass sie uns nicht töten mussten. Sie waren keine Mörder und hätten uns nur auf Befehl umgebracht. Andererseits hätten sie es dann ja auch getan und wären dann doch Mörder gewesen. Also waren sie zumindest mögliche Mörder.

Eigentlich hätte ich jetzt sehr erleichtert sein müssen, dass wir nicht ins Meer geworfen wurden, aber kaum war die unmittelbare Lebensgefahr gebannt, gaben mir andere Dinge zu denken: Zum einen war da immer noch die nicht völlig unbedeutende Tatsache, dass Champion über das Baby nicht glücklich war. Zum anderen fragte ich mich, was wohl dieses Muh York, von dem die Menschen geredet hatten, war. Warum, bei Naia, erwähnten sie mit keiner Silbe Indien?

Kapitel 32

Die Gesichtsbehaarten wiesen uns eine Ecke des Schiffs zu, in der wir uns aufhalten durften. Während die anderen sich bereits hinlegten, um ihr Fell in der Sonne zu wärmen, und noch bevor ich mir die Frage stellen konnte, was wir hier eigentlich futtern sollten, gab es doch auf diesem kahlen Schiffsboden nichts zu grasen, sprang mir von einem Container Giacomo auf den Rücken und lachte: «Was ich habe gesagte: Ihr bleibe an Lebe!»

Anstatt mit ihm zu jubeln, fragte ich sofort: «Warum sagen die Menschen nicht, dass das Schiff nach Indien fährt?»

Giacomo krabbelte zu meinem Kopf hoch und antwortete: «Du wirst lache!»

«Da bin ich mir nicht so sicher.»

«Oh doch. Es sich handele um eine lustige kleine Verwechselunge. Die Schiff fahre gar nicht nach die Indien. Es heiße nur India!»

Es war einfach nicht zu fassen: Wir waren auf dem unendlichen Meer unterwegs ... zu einem ganz anderen Ziel???

«Du nicht lache», stellte der Kater fest.

«Das hast du gut bemerkt», antwortete ich sauer.

«Soll ich dir vielleicht eine Witz erzähle?»

«Soll ich dir vielleicht eine knallen?»

«Ich da aber kenne eine super Witz», ließ Giacomo nicht locker und sprang von mir herunter auf den Boden. «Komme die Hase zu die Optiker und frage ‹Haddu Möhrchen›, der Optiker sage ‹Ja›, sagt die Hase ‹Hattu ganze Witz versaut›.»

Ich starrte ihn nur an.

«Jetzt du schaue mich an mit eine Blicke, der sagt: ‹Hattu einen Knall?›»

«Wieder gut bemerkt.»

«Und du lache immer noch nicht.»

«Das kann sich aber ändern, wenn du dich ins Meer stürzt.»

«Wenn du es so wolle», antwortete der Kater mit dem charmantesten Lächeln, das er nur hervorzaubern konnte, «eine gute Komiker tue alles für eine Lacher.»

«Dann sei ein guter Komiker», bat ich. Sein Charme konnte meine Wut einfach nicht verfliegen lassen.

Giacomo hüpfte spielerisch auf die Mauer, von der ich später im Laufe der Reise erfuhr, dass sie als Reling bezeichnet wurde. Natürlich wollte Giacomo nicht springen, aber er versuchte weiter, meine Wut zu mildern, indem er auf der Reling tänzelte und versprach: «Wenn du es wirklich wolle, springe ich.»

«Ich will!»

Jetzt seufzte er, hörte mit den Albernheiten auf, hüpfte von der Reling und erklärte: «Es tue mir leid.»

«Ist dieses Muh York weit weg?», fragte ich, ohne seine Entschuldigung zu akzeptieren.

«New York», korrigierte Giacomo.

«Beantworte meine Frage!»

Der Kater zögerte etwas, dann lachte er: «Nein, nein ... ganz und gar nicht ... das seie praktisch nebenan.»

Hätte er nicht mit der Antwort gezögert, hätte ich ihm vielleicht sogar geglaubt.

Der Kater merkte meine Zweifel und sah mich treuherzig an: «Könne diese Auge lüge?»

«Die Augen womöglich nicht, der Mund ganz bestimmt.»

«Mache dir keine Sorge, Lolle», sagte Giacomo und sprang wieder auf einen Container, um sich zu sonnen: «Mache es wie ich, genieße die warme Sonne ... und irgendwann wirst du auch wieder lache.»

Mir war klar, ich würde von dem Kater erst mal keine ordentliche Antwort mehr bekommen, also brachte es nichts, weiter nachzuhaken. Vielleicht hatte er ja sogar recht, und ich würde über sein Missgeschick irgendwann mal lachen können. Vielleicht. Höchstwahrscheinlich aber auch nicht.

Eines war jedenfalls klar, ich würde den anderen mal wieder verheimlichen müssen, dass auf dieser Reise etwas nicht nach Plan lief. Und der Erste, dem ich das gleich mal verheimlichen konnte, war Champion. Er trat auf mich zu und erklärte: «Ich hab nachgedacht ...»

«Das ist ja überraschend», antwortete ich eine Spur

zu kiebig. Aber war mein patziges Verhalten ein Wunder, nachdem er so auf meine Schwangerschaft reagiert hatte?

«Wenn wir Eltern werden, dann werde ich mich zu dem Kalb bekennen.»

Das war ja wohl das mindeste. Aber Champion verkündete es, als ob es was ganz Großartiges war. Und, typisch Mann: Als erwarte er dafür ein großes Lob.

Ich schwieg, und nach einer Weile fragte er: «Hast du gehört, was ich gesagt habe?»

«Ich bin schwanger, nicht taub.»

Dann schwiegen wir etwas weiter, bis er feststellte: «Mir fällt auf, dass du mich ziemlich böse anschaust.»

Ich schaute ihn noch böser an.

«Was soll ich denn sonst noch sagen?», wollte er nervös wissen.

Mir fielen da viele Dinge ein, er könnte Sätze sagen wie: Ich liebe dich, wir werden eine glückliche Familie. Wir werden noch ein paar Kälber in die Welt setzen und später sogar Großeltern werden. Viel bessere Großeltern als deine, Lolle, die dir den Spitznamen «Trolldich» verpasst hatten.

Aber von Champion kam nichts dergleichen. So erwiderte ich nur traurig: «Du hast alles gesagt.»

Kapitel 33

Kurz darauf fütterten uns die Menschen mit Karotten, Mais und frischem Salat, und der dünne Gesichtsbehaarte sagte dabei: «Langt nur zu, wir essen sowieso kein Gemüse.»

Der Dicke ergänzte: «Schon als Kind fand ich was Grünes im Essen doof.»

Ich wollte mir lieber nicht genau ausmalen, was – oder

besser wen – die beiden stattdessen so aßen, und konzentrierte mich auf das Gute: Zumindest war geklärt, wovon meine Herde sich auf dieser Reise ernähren konnte.

Während die anderen vor sich hin mümmelten, war mir nach ein paar Möhrchen schon nicht mehr nach Essen zumute. Eigentlich hätte ich als Schwangere Hunger für zwei haben müssen, stattdessen besaß ich die Niedergeschlagenheit für zehn. Ich trat zur Reling und blickte über sie hinweg auf das Meer. Darin schwammen knapp unter der Oberfläche Fische, die so viel größer waren als die daheim in unserem Bach. Sie wuselten in immer neuen Gruppen umher und schienen so unbeschwert, so frei von Sorgen zu sein, wie ich es gerne gewesen wäre. Warum nur war ich als Kuh auf die Welt gekommen?

Gewiss hätte ich noch bis in die Nacht die Fisch-Herden betrachtet, wenn nicht Champion aufgestanden wäre und einen beeindruckenden Fladen produziert hätte, der sämtliche Meeresluft überlagerte. Der dicke Gesichtsbehaarte hielt sich daher im Vorbeigehen die Nase zu und erklärte: «Der Iran würde daraus eine Biowaffe machen.»

Der Dünne meinte: «Biowaffen-Entwickler ist auch ein doofer Beruf.»

«Total stressig, ich hätte die ganze Zeit Schiss, dass ich einen Riss im Schutzanzug bekomme.»

Champion trat nun auf mich zu, und ich hoffte inständig, dass er mir jetzt nicht stolz erzählen würde, was für einen gigantischen Fladen er produziert hatte – Stiere lieben es ja, mit so etwas anzugeben. Sie konnten den ganzen Tag über nichts anderes reden. Und über ihre Potenz. Und darüber, wer am weitesten strullern konnte. Oder am höchsten, ohne sich dabei selbst zu treffen. Männchen besaßen nun mal die Fähigkeit, aus jeder stinknormalen Körperfunktion einen Wettbewerb zu machen. Was sie hingegen nicht besaßen, war die Fähigkeit zu begreifen, warum wir Weibchen davon nicht mal ansatzweise so beeindruckt waren wie sie.

Champion hob an: «Es gibt doch noch etwas zu sagen ...»

«Wehe, es geht um deinen Fladen!», unterbrach ich ihn.

«Wofür hältst du mich?», fragte er empört.

«Die Antwort darauf willst du nicht hören.»

«Das befürchte ich auch», seufzte er.

Wir starrten beide in den Sonnenuntergang, der das Meer nun orangerot verfärbte. Da wurde mir klar, dass das Meer gar keine eigene Farbe besaß, sondern eine Einheit mit dem Himmel bildete. Ob Meer und Himmel am Horizont ineinander übergingen? Konnte man vom Meer, wenn man sein Ende erreicht hatte, in den Himmel steigen?

Nach einer Weile meldete sich Champion wieder zu Wort: «Es gibt aber wirklich noch etwas zu sagen.» Dabei wirkte er so ernst, wie ich ihn selten erlebt hatte. Dies machte mich dann doch neugierig. Wollte er etwa über unser Kalb sprechen? Und falls ja, was? Er machte jedenfalls nicht den Eindruck, als ob er mich plötzlich überglücklich abschlabbern wollte, weil er Vater würde. Aber dennoch hoffte ich immer noch darauf. So fragte ich: «Also, was gibt es?»

«Wir haben noch nicht unserer toten Herde gedacht.»

Das überraschte. Und nicht nur mich. Die anderen reckten aufmerksam die Hälse zu uns. Meine Mägen und Pansen zogen sich zusammen: Bei all der Hektik und Panik hatten wir uns nicht richtig von den Toten verabschiedet. Jetzt hatten wir zum ersten Mal Ruhe und befanden uns nicht in Lebensgefahr, und was hatten wir getan? Gefuttert und gedöst, aber keine Sekunde an die verstorbenen Kühe gedacht. Ausgerechnet Champion war dies aufgefallen.

«Ich möchte ein paar Worte sprechen», hob er an.

Die anderen standen daraufhin auf, traten zu uns, und wir alle lauschten, was Champion zu verkünden hatte. Das erste Mal, dass unsere kleine Flüchtlingsherde wieder einem Stier zuhören mochte. Er räusperte sich und sprach: «Ich kann mich zwar nicht mehr an meine Herde erinnern und damit auch nicht an die, die verstorben sind. Ich mag vielleicht eine Vorstellung davon haben, was Pups-Onkel für einer war und dass es womöglich lustigere Gefährten als Tristessa, Suizida und Zugunglücka gegeben haben mochte, aber sicher weiß ich es nicht. Ich kann mich auch nicht – und das ist wirklich hart für mich – an meine Eltern erinnern, aber sie müssen wunderbar gewesen sein, wenn sie so jemanden wie mich geboren haben.»

Normalerweise wäre dies ein Augenblick gewesen, in dem Hilde einen Spruch über seine Eitelkeit gemacht hätte, etwas in der Richtung von «Bescheidenheit ist eine Zier, nicht aber für den Stier». Aber hier ging es um die Toten, und das war viel zu ernst für eine flapsige Bemerkung.

Mit stockender Stimme stellte Champion fest: «Jetzt werden meine Mutter und mein Vater nie ihr Enkelkalb kennenlernen.»

Ich bekam einen Kloß im Hals, unsere Eltern waren nicht perfekt gewesen, aber es war traurig, dass sie nie ihr Enkelkind kennenlernen würden, egal, ob sie wie meine Eltern bereits früher verstorben sind oder wie die von Champion jetzt geschlachtet worden waren. Am furchtbarsten aber würde es für das Kleine selber sein, denn es musste ohne seine Großeltern aufwachsen. Und das nur, weil Menschen Tiere aßen. Warum konnten die keine Wiederkäuer sein wie wir normalen Tiere?

Champion richtete die Augen nach oben in den Himmel, als ob die Verstorbenen ihm von dort aus zuhören konnten: «Ihr Lieben in unserer alten Herde, die ihr verstorben seid, ich kann mich zwar nicht an euch erinnern, sosehr ich mir das auch wünsche. Aber ich kann euch eines aus ganzem Herzen versprechen: Wir werden euch nie vergessen!»

Jetzt rang ich mit den Tränen. Susi ging es genauso. Bei Radieschen kullerten bereits die Tränen. Selbst Hilde schluckte und sagte mit brüchiger Stimme zu Champion: «Vielleicht bist du doch nicht so ein Knalldepp.»

«Mir ist auch gar nicht klar, wie ihr immer darauf kommt», antwortete er völlig ironiefrei. Er konnte sich einfach nicht erklären, warum man ihn für einen solchen halten konnte. «Ich bin doch ein Prachtkerl.»

Da mussten Susi, Hilde und ich – mit Tränen in den Augen – lachen. Es war ein komisches Gefühl, gleichzeitig zu weinen und zu lachen. Es gibt nichts, was einen mehr durchschüttelt. Man fühlt sich lebendig und verletzlich zugleich.

«Was denn, was denn?», fragte Champion irritiert.

«Du bist doch ein Knalldepp», stupste Hilde ihn freundlich mit der Nase an, «aber vielleicht kein so mieser.»

Champion war verwirrt, wir anderen lachten nur noch, außer Radieschen, die immer weiter weinen musste. Wir gingen alle zu ihr und schnäuzelten sie, selbst Champion tat dies, in einem seltenen Augenblick männlichen Mitgefühls.

Aus dem Augenwinkel nahm ich wahr, dass der alte Käpt'n uns beobachtete und sich dabei fragte: «Warum nur bin ich keine Kuh?» Verrückt, der Mensch wollte eine Kuh sein und ich ein Fisch. Richtig absurd wäre es, wenn die Fische auch noch Menschen hätten sein wollen. Aber nein, das wäre zu albern. So blöd, sich so etwas zu wünschen, konnte kein Tier sein.

«Wir haben ein so tolles Leben», schluchzte Radieschen, «und sind zu wenig dankbar.»

«Also, ich finde», meinte Susi, während wir weiter schnäuzelten, «das mit dem tollen Leben ist Ansichtssache.»

Hilde stimmte ihr zu: «Und man muss da schon eine recht merkwürdige Ansicht haben, um das hier klasse zu finden.»

Ich wollte auch gerade mit in die Klage einstimmen, da schluchzte Radieschen: «Oh doch, wir haben es toll! Wir leben!»

Als sie dies gesagt hatte, begannen wir alle wieder zu weinen, weil sie so recht hatte. Sogar Champion kamen jetzt die Tränen.

Aus der Ferne hörte ich durch unser Weinen und Schnäuzeln hindurch, wie der Käpt'n murmelte: «Ich habe den Eindruck, die Kühe brauchen auch Antidepressiva.»

Mit einem Schlag hörte Radieschen auf zu weinen, schnaubte tief durch und erklärte dann: «Wir haben Glück und sollten es genießen.»

Wir waren davon so überrascht, dass wir ebenfalls unsere Tränen wegwischten.

Das also bedeutete Glück.

Dass man lebte.

So einfach war das.

Kapitel 34

Die Sonne versank jetzt endgültig im Meer. Ich hatte mich schon immer gefragt, wo sie wohl ihre Nächte verbrachte, jetzt wusste ich es endlich: Sie legte sich unter der Wasseroberfläche zur Ruhe. Allerdings musste die Sonne ganz, ganz tief im Wasser versunken sein, denn man konnte sie kein bisschen mehr leuchten sehen. Mond und Sterne spiegelten sich in den dunklen Wellen. Als ganz friedlich empfand ich nach all den harten Tagen diesen Anblick, das leise Plätschern des Wassers gegen den Schiffsrumpf, dieses leichte Schwanken des Bodens unter meinen Hufen, die sanfte Brise des Windes in meinem Fell und die frische Luft in meinen Nüstern. Was ich fühlte, war eine große Erleichterung, bei all den Abenteuern mit dem Leben davongekommen zu sein. Und eine tiefe Dankbarkeit. Wenn diese Gefühle Glück waren, dann war ich wirklich glücklich.

Dumm nur, dass dieses Gefühl nicht allzu lange anhielt.

Ein kleiner undankbarer Teil in mir begann sich zu regen und fand, dass das Leben doch mehr sein musste, als einfach nur zu überleben. Ich versuchte, diesen zweifelnden Teil zu unterdrücken, aber je mehr ich mich anstrengte, desto lauter wurde der Zweifler in mir. Er fand, dass sich dieses Glück, das ich empfand, nicht wirklich anfühlte wie Glück, sondern eben nur wie Erleichterung. Und dass Erleichterung und Glück ja wohl nicht dasselbe waren. Denn sonst würde ja Erleichterung nicht Erleichterung heißen, sondern Glück. Und es gäbe gar kein Wort für Erleichterung, denn so ein Wort wäre dann ja überflüssig. Ich erwiderte dem Zweifler, seine Einstellung wäre dem Leben gegenüber recht undankbar. Der antwortete darauf nur «Blablabla». Ich bemerkte, dass das keine Art zu diskutieren sei, worauf der Zweifler konterte, dass ich auch nicht gerade beeindruckend argumentieren würde, denn er hätte von mir noch keinen Einwand auf seinen Einwand gehört, und er würde schwer vermuten, dass mir gar nichts groß einfiel. Ich erwiderte, es würde sehr wohl Argumente dafür geben, dass das, was ich fühlte, wirklich das wahre Glück sei, und er diese auch gerne hören könnte, wenn er es unbedingt wollte. Er wollte. Ich zögerte, weil mir nicht ein einziges Argument einfiel, woraufhin der Zweifler lachte: Genau das habe er erwartet. Ich erklärte ihm, er solle sich gefälligst um seine eigenen Angelegenheiten kümmern, und er antwortete darauf, dass dies sehr wohl seine Angelegenheiten seien. Ich fand dennoch, dass er sich verdammt noch mal verpieseln solle, aber der Zweifler hatte da so seine Zweifel, ob dies überhaupt ginge, schließlich war er ja ein Teil von mir. Als ich dies begriff, hörte ich auf, mich mit ihm herumzustreiten, und stellte mir nun auch selbst die Frage: Warum fühlte sich dieses Glück für mich nicht an wie Glück?

Weil es wirklich keins war?

Oder weil ich dusselige Kuh womöglich gar nicht in der Lage war, glücklich zu sein? So wie die blöden Menschen?

Kapitel 35

Meine Mitkühe kamen indessen einfach nicht in den Schlaf und plapperten mit- und durcheinander. Dabei begannen sie, über sehr persönliche Dinge zu reden. Von der Reling aus hörte ich ihnen zu.

«Ich bin noch Jungfrau», gestand Radieschen mitten im

Plappern, und Hilde lachte darauf: «Mach dir nichts draus, Kleine, das bin ich auch.»

Beide Geständnisse überraschten mich nicht, obwohl ich mir bei Hilde nie ganz sicher gewesen war, denn sie konnte ihre Gefühle und Geheimnisse hinter ihrer harten Schale sehr gut verbergen.

Susi seufzte: «Ich wäre gerne auch noch eine.»

Dies überraschte mich schon deutlich mehr. Sie war es doch, die sich den Stieren so gerne an den Hals warf.

Hilde ging auf ihren Seufzer nicht ein und erklärte mit fester Stimme: «Ich möchte jedenfalls nicht als eine sterben!»

«Also», räusperte sich Champion und setzte dabei ein sehr charmantes Lächeln auf, «ich kann dir da gerne behilflich sein.»

«Wenn alle Stricke reißen, komme ich darauf zurück», lächelte Hilde ihn an.

«Echt?», fragte Radieschen. Sie war genauso erstaunt wie ich.

«Echt???», fragte Champion noch erstaunter als wir.

«Nicht wirklich», schmunzelte Hilde.

«Nicht wirklich bedeutet aber auch nicht nein?», wollte Champion mit einem hoffnungsvollen Lächeln wissen.

«Es bedeutet, dass du ein hoffnungsloser Fall bist», grinste Hilde.

Champion seufzte daraufhin traurig und bestätigte leise: «Ja, ich bin ein hoffnungsloser Fall. Ich kann mich an nichts erinnern und bin zu nichts mehr nutze. Ich hätte so gerne mein Gedächtnis wieder.»

Jetzt bekam ich schon wieder Mitleid mit ihm, obwohl es immer noch schmerzte, dass er sich über unser Kalb so wenig zu freuen schien.

Susi seufzte erneut: «Also, ich würde mein Gedächtnis gerne teilweise verlieren, besonders wenn ich daran denke, dass ich es sogar mal mit Pups-Onkel gemacht habe.»

«Na, vielen Dank», stöhnte Hilde, «das Bild kriege ich nie wieder aus meinem Kopf.»

Susi wirkte jetzt sehr niedergeschlagen: «Es gab nun mal Augenblicke, da hätte meine Meinung von mir selber durchaus etwas besser sein müssen.»

Champion ging auf sie zu und fragte vorsichtig: «Haben wir beide es auch miteinander getan …?»

«Yup», kam es knapp zurück. «Mindestens zwanzigmal.»

«ZWANZIGMAL???», rief ich laut rüber. Ich hatte immer gedacht, es wäre nur einmal gewesen, höchstens zweimal, aber Champion hatte mich oft und lange betrogen. Einen Fehltritt hätte ich ihm wohl noch verzeihen mögen, aber das hier … das war planmäßiges, dauerhaftes Betrügen.

Champion sah verstohlen zu mir herüber, erkannte, wie ich vor Wut bebte, und sagte kleinlaut zu den anderen: «Jetzt verstehe ich langsam, warum Lolle so sauer auf mich ist.»

«SAUER IST GAR KEIN AUSDRUCK!»

Er druckste herum und schlug vor: «Was haltet ihr davon, wenn wir einfach mal das Thema wechseln.»

«SUPER IDEE!», fand ich.

Alle schwiegen kurz, dann verkündete Hilde: «Wenn es in Indien keine braun gefleckten Kühe gibt, ziehe ich alleine weiter, bis ich welche gefunden habe.»

Hilde wirkte entschlossen, und dies erschreckte mich: Sie war bereit, auf uns alle zu verzichten, um sich ihren Lebenstraum zu erfüllen. Unabhängig davon, wie wahrscheinlich es überhaupt war, auf dieser Welt braun gefleckte Kühe zu finden.

«Egal ob in Indien oder woanders», erklärte Susi leise, «ich lasse nie wieder einen Stier an mich heran.»

Radieschen verwunderte das: «Ich dachte, du wolltest ganz viele haben und ihnen das Herz brechen?»

«Dazu müsste ich sie aber wieder an mich ranlassen», antwortete Susi in einem Ton, der verriet, dass sie dafür nicht mehr die Kraft besaß. Sie war eine Kuh, die von den Stieren benutzt worden war und ihr Herz wohl für lange Zeit niemandem mehr öffnen konnte. Wenn sie es überhaupt jemals schaffen würde. Radieschen stupste sie freundschaftlich an und scherzte: «Wie wäre es dann zur Abwechslung mal mit einer Kuh?»

Sie sagte es so entwaffnend lieb, natürlich ohne es ernst zu meinen, dass sogar Susi leicht schmunzeln musste und ganz ihre Abneigung gegen Kühe, die Kühe lieben, vergaß: «Schlimmer als mit einem Stier kann es nicht sein.»

Champion rief hocherstaunt aus: «Zwei Kühe, die es miteinander machen?!?» Sein Gehirn schaffte kaum, diese Vorstellung zu verarbeiten, jedenfalls nicht, ohne dass ihm die Zunge dabei lüstern aus dem Maul hing. «Irgendwie macht mich das ...»

«SAG ES NICHT!», riefen alle Kühe gleichzeitig. Und Champion rollte schnell wieder die Zunge ein.

«Wir sollten schlafen», befand Hilde.

Niemand widersprach, alle waren nach diesem Tag an Bord des Schiffs und von den damit verbundenen Eindrücken erschlagen. So hörten wir zum ersten Mal gemeinsam auf eine Anweisung von Hilde. Wir legten uns hin – ich weiterhin etwas abseits von den anderen –, und jeder hing seinen Gedanken nach. Auch Champion. Während wir unsere Lider zuklappten, hörte ich ihn raunen: «Zwei Kühe, die es miteinander ...»

Und die ganze Herde rief im Chor: «KLAPPE, CHAMPION!»

Kapitel 36

In den nächsten Tagen verlief die Reise ruhig, geradezu ereignislos, und das war auch ganz gut so. Kühe waren ja nun mal für ein eintöniges Leben geboren. Es gab Augenblicke, in denen sehnte ich mich sogar danach, ewig so zur See fahren zu dürfen. Indien könnte doch gar nicht friedlicher sein als dieses ewige Schaukeln im unendlichen Meer. Vielleicht könnten wir die Menschen überzeugen, bei ihnen zu bleiben. Sie waren stets freundlich zu uns und genossen offenbar unsere Anwesenheit. Man hatte gar den Eindruck, wir verliehen ihrem Leben einen neuen Sinn.

«Tierpfleger muss ein schöner Beruf sein», stellte der dicke Gesichtsbehaarte gerührt fest, als Radieschen ihn dankbar für die Möhren abschlabberte.

«Viel befriedigender als Matrose, der nur Stofftiere, Bügeleisen oder Panzerfäuste über den Ozean schippert», stimmte der Dünne zu.

«Und viel besser, als von somalischen Piraten bedroht zu werden.»

«Oh ja, das macht vergleichsweise wenig Spaß.»

«Tierpflegern geschieht das auch eher selten.»

«Außer den somalischen vielleicht.»

«Wir sollten umschulen.»

«Ja, das sollten wir. Tierpfleger ist der erste Beruf, bei dem mir kein Gegenargument einfällt.»

Susi lächelte schwach, während sie ein paar besonders saftige Möhren wiederkäute: «Diese Menschen sind netter als unser Bauer.»

Hilde stichelte: «Du kannst echt gut das Offensichtliche feststellen.»

«Wenigstens etwas, was ich gut kann, wenn ich schon mein Leben nicht hinbekomme», erwiderte Susi traurig. Je länger diese Reise dauerte, je weiter wir von unserem alten Zuhause weg waren, desto mehr schien Susi das Leben zu bereuen, das sie bisher geführt hatte.

Hilde bekam nun auch langsam Mitleid mit der Kuh, die sie am allerwenigsten mochte. Und mit diesem Gefühl konnte sie nicht so recht umgehen.

«Susi?», hob sie an.

«Ja?»

«Irgendwie hast du mir besser gefallen, als du einfach nur eine blöde Ziege warst.»

«Ehrlich gesagt, ich habe mir selbst noch nie so richtig gefallen», kam es von Susi zurück. Dabei wirkte sie so schwach und verwundbar, dass Hilde nicht mal spitz «Total verständlich» antwortete, sondern einfach nur schwieg.

Nachts, wenn die Gesichtsbehaarten schnarchten, traute sich auch der Käpt'n zu uns raus. Oft setzte er sich zu mir auf den Boden, lehnte sich an meinen Rücken, kraulte mich dabei hinter dem Ohr und sagte stundenlang gar nichts, sah einfach nur in den Sternenhimmel. Doch einmal, zu später Stunde, begann er zu weinen: «Ich hätte nie zur See fahren dürfen. Dann wäre ich bei meiner Tochter gewesen. Immer. Sie war so kurz auf dieser Welt, nur zweiundzwanzig Jahre, und ich war die meiste Zeit nicht da ...»

Er weinte und weinte in mein Fell, und ich ließ das gerne zu. In diesem Augenblick begriff ich, dass das Glück zwar nicht leicht zum Verweilen zu bewegen war, aber dass das Unglück sehr gerne ewig bei einem blieb. Wenn die Liebe ein Arpfgesicht war, dann war das Unglück ein Oberarpfgesicht.

Nach dem Weinen ging es dem alten Mann besser und mir merkwürdigerweise auch. Anscheinend war es für die eigene Zufriedenheit immer ganz gut, wenn es jemandem schlechter ging als einem selbst – was sich Naia wohl dabei gedacht hatte, als sie den Kühen diese Art von Empfindung verliehen hatte? Wollte sie uns damit Demut und Dankbarkeit lehren? Oder uns dadurch Kraft geben, anderen zu helfen? Oder hatte sie sich dabei auch nichts gedacht, so wie in dem Moment, als sie das blöde Unglück überhaupt erfand? Entweder war Naia eine sehr, sehr weise Kuh, deren Weisheit sich einem nicht auf Anhieb erschloss, oder eine totale Pfohlbirne.

Jedenfalls ging es mir jetzt nicht mehr so schlecht wie in den ersten Stunden an Bord. Auch weil mittlerweile das Kalb in mir heranwuchs. Ich bekam sogar schon einen kleinen Bauch. Ich ertappte mich dabei, wie ich lächeln musste, wenn es jetzt in meinem Unterleib leicht zog. Ich stellte mir einfach vor, dass das Kleine wirklich so mit mir reden wollte, und antwortete ihm. Dabei ließ ich mich dazu hinreißen, so alberne Dinge zu sagen wie: «Du Schnutz, du bi, du bi, du wirst bestimmt ein süßer Putzischnutzirutsch.»

Hilde hörte dies und grinste: «Wenn du weiter so mit ihm redest, wird es ein sprachgestörter Putzischnutzirutsch.»

Von da an beschloss ich, lieber nur in Gedanken mit dem Kind zu reden, damit die anderen mich nicht hören konnten. Überhaupt, die anderen: Es erfüllte mich – jetzt, wo wir alle so friedlich dalagen – mit Stolz, dass ich meine kleine Herde so weit gebracht hatte, ohne dass auch nur eine von uns verletzt worden war. Vielleicht war ich doch keine so schlechte Anführerin, wie mir Hilde zwischenzeitlich hatte einreden wollen.

Je mehr sich meine Stimmung in diesen Tagen aufhellte, desto mehr schöpfte ich Hoffnung: Vielleicht würde das Glück irgendwann zu mir kommen.

Aber erst mal kam Radieschen zu mir.

Und gestand ihre Liebe.

Kapitel 37

Ich betrachtete mir gerade einen besonders phantastischen Sonnenuntergang, der feuerrot funkelte, da stellte Radieschen sich zu mir an die Reling und begann zu stammeln: «Lolle ... du weißt ja, ich liebe Kühe.»

«Es gibt Dinge, bei denen fällt es einem schwer, sie zu vergessen», lächelte ich.

«Aber etwas habe ich noch niemandem verraten ...», redete sie weiter.

«Und was?», fragte ich und ahnte schon, noch während ich die Worte aussprach, dass ich diese Frage sehr bereuen würde.

«Ich ... ich liebe eine Kuh aus unserer Herde.»

«Ach, du Scheiße!», platzte es aus mir heraus.

Radieschen sah mich darauf entsetzt an.

«Ich meinte ...», log ich hastig, «ach du Scheiße, ich glaub, ich hab meinen ersten Tritt vom Kalb gespürt.»

Das Angenehme, eine so naive Freundin wie Radieschen zu haben, war, dass man sie ziemlich einfach anlügen konnte, weil sie einfach alles glaubte. Das Blöde war, dass man sich dabei immer irgendwie mies fühlte, weil sie selbst viel zu lieb war, um zu lügen.

«Es ist schön», antwortete sie mir, «dass du so etwas Großartiges wie ein Kälbchen in deinem Leib spüren darfst.»

Ich lächelte gequält, und sie redete weiter: «Weißt du, ich habe meine Liebe immer verborgen und nicht mal ansatzweise gezeigt, weil ich die Betroffene einfach als Freundin nicht verlieren wollte. Aber jetzt, wo wir so viel erlebt haben und bald in Indien sind, an einem schönen Ort, an dem Kühe geehrt werden und sicher niemand was gegen eine Liebe zwischen zwei Kühen einwenden wird, frage ich mich, ob ich der Kuh meine Liebe gestehen soll ...»

«Ach du Oberscheiße!», fuhr es jetzt aus mir heraus.

«Wieder ein Tritt?», fragte das naive Radieschen.

Ich nickte noch nicht einmal, war ich doch viel zu durcheinander: Radieschen wollte mir ihre Liebe gestehen! Wenn sie dies tat, dann müsste ich ihr erklären, dass ich ihre Gefühle nicht erwiderte. Und dann, dann würde ich ihr weh tun. Das wollte ich nicht. Ich liebte sie doch. Aber eben nur als Freundin und nicht so, wie sie es gerne hätte.

«Du hättest», versuchte ich vorsichtig, das Ganze abzubiegen, «es sicher gemerkt, wenn die andere Kuh deine Gefühle erwidert ...»

«Vielleicht», so hoffte Radieschen, «hat sie ihre Liebe einfach auch nur nie gezeigt, genauso wie ich, aus Angst.»

Das klang aus Radieschens Sicht leider logisch. Sie hatte tatsächlich Hoffnung, dass wir ein Paar werden konnten. Damit war sie noch naiver, als ich je gedacht hatte, und das will was heißen. Aber auf der anderen Seite wusste ich ja selber genau: Wo Liebe ist, ist auch Hoffnung. Egal, wie schwachsinnig diese auch war. Denn wo Liebe ist, ist auch Schwachsinn.

«Aber», versuchte ich meine Freundin weiter davon abzubringen, ihre Gefühle für mich zu gestehen, «was ist, wenn die Kuh dich nicht liebt?»

«Dann war ich wenigstens ehrlich.»

«Och», hielt ich dagegen, «Ehrlichkeit wird überbewertet.»

«Wieso das denn?»

«Es gibt viel, viel wichtigere Eigenschaften.»

«Welche denn?»

«Ähem ... Toleranz, zum Beispiel.»

«Find ich genauso wichtig, aber nicht wichtiger.»

«Sauberkeit.»

«Finde ich vergleichsweise unwichtig.»

«Pünktlichkeit!» Mir gingen langsam die Ideen aus.

«Pünktlichkeit?», fragte meine Freundin ungläubig.

«Oh ja!»

«Du hältst Pünktlichkeit für wichtiger, als ehrlich zu sein?» Sie sah mich mit ihren großen Radieschenaugen an, als ob mein Horn nicht ganz dicht war.

«Stell dir mal vor, du wärst nicht pünktlich, was dann?», plapperte ich, und meine Worte überschlugen sich fast dabei.

«Unpünktlich?»

«EBEN!», bestätigte ich etwas durchgedreht.

Radieschen überzeugte dies ganz und gar nicht.

Verzweifelt blickte ich auf das von der Abendsonne rot schimmernde Meer. Ich wollte einfach nicht meiner besten Freundin das Herz brechen. Lieber sagten wir uns nicht die Wahrheit und blieben Freunde, als dass wir unsere

Freundschaft durch die blöde, wirklich total überbewertete Wahrheit verloren.

«Also, was meinst du», fragte Radieschen vorsichtig, «soll ich der anderen Kuh meine Liebe gestehen?»

Was sollte ich darauf antworten, außer: Nein, nein, nein, auf gar keinen Fall, lass uns lieber über die Vorteile von Pünktlichkeit reden. Oder einfach mit dem Kopf so lange gegen die Reling laufen, bis wir vergessen haben, worüber du reden wolltest.

Aber das hätte mein Radieschen gewiss verletzt. Von daher schwieg ich. Ich hätte jetzt vielleicht so tun können, als ob ich Schwangerschaftsschmerzen hätte, mich unbedingt hinlegen müsste und deswegen nicht mehr weiterreden könnte. Aber dann hätten wir am nächsten Tag oder am übernächsten Tag das gleiche Gespräch geführt. Ich konnte das Unvermeidliche also nur herauszögern, nicht vermeiden: Ich musste meiner besten Freundin sagen, dass ich sie nicht liebte. Und dann zu Naia beten, dass unsere Freundschaft dies überleben würde.

«Radieschen?»

«Ja?»

«Ich muss dir die Wahrheit sagen.»

«Ich bin dir nicht pünktlich genug?»

«Was anderes.»

«Und was?»

Ich zögerte, dann nahm ich all meinen Mut zusammen und erklärte mit brüchiger Stimme: «Ich liebe dich nicht.»

Sie sah mich entgeistert an, ihr Gesicht war dabei für Momente wie eingefroren. Wie würde es sein, wenn es wieder auftauen würde? Müsste sie dann weinen? Sicher. Gar zusammenbrechen? Wahrscheinlich. Sich mir je wieder nähern? Wohl nicht. Oh, hätte ich es doch nur nicht gesagt!

Radieschens Gesicht begann sich nun wieder zu bewegen, jeden Augenblick würde sie in Tränen ausbrechen, und mein Herz würde dies dann nicht ertragen.

«Bitte, Radieschen, weine nicht …», flehte ich.

Radieschen weinte wirklich nicht. Nein, sie lachte. Und lachte. Und lachte. Und lachte. Ihr ganzer Körper bebte dabei. Bei Naia, sie drehte jetzt völlig durch.

«Du … du …», japste sie zwischen den Lachern.

«Ich?», fragte ich, besorgt um den geistigen Zustand meiner Freundin.

«Du …», sie wurde etwas ruhiger, «du hast wirklich gedacht: Ich liebe dich?»

Dann bekam sie wieder einen Lachkrampf und rollte sich sogar dabei auf dem Boden.

«Ja, das hab ich», gestand ich kleinlaut und wäre am liebsten vor Scham in das Meer gesprungen.

«Tut mir leid», sagte Radieschen, als sie sich wieder beruhigte und sich aufrappelte, «aber du bist echt nicht mein Typ.»

«Und wieso nicht?», rutschte es aus mir heraus, ein bisschen beleidigt war ich jetzt schon.

«Nun, du bist ein bisschen zu mollig.»

«Na danke.»

«Und du hast keine schönen Beine», schmunzelte Radieschen.

«Vergiss, dass ich gefragt habe.»

«Und wenn du genervt guckst, schielst du dabei, und das sieht aus, als ob du ein bisschen doof bist.»

«Ich habe gesagt: Vergiss, dass ich gefragt habe!»

«Und du riechst manchmal streng aus dem Maul …»

«RADIESCHEN!»

«Schon gut, schon gut.»

Sie hielt den Mund, kicherte aber noch etwas vor sich hin. Erst sah ich genervt, dann verwirrt auf das Meer hinaus. Schließlich wandte ich mich ihr wieder zu und stellte die Frage, die man in dieser Situation einfach stellen musste: «Und wen liebst du dann?»

«Hilde», kam es leise, aber klar zurück.

Na, wenigstens hatte sie nicht Susi gesagt.

«Glaubst du», fragte Radieschen mich nun ganz ernst, «sie liebt mich auch?»

Ich hatte ehrlich gesagt keine Ahnung. Es gab aus meiner Sicht keinerlei Anzeichen dafür. Null. Aber es hatte ja auch keine dafür gegeben, dass Radieschen Hilde liebte. Anscheinend kann man sehr, sehr viel verbergen, wenn es um die Liebe geht.

Als Anführerin musste ich mir jetzt Gedanken machen, was es für die Herde und unsere Reise von New York nach Indien bedeuten würde, wenn Hilde zu Radieschen «Ich dich leider nicht» sagte. Oder gar «Ich dich auch».

Ich überlegte mir, was ich Radieschen jetzt raten sollte – Hilde die Gefühle zu gestehen oder sie zu verschweigen –, und überlegte und überlegte und überlegte. Da kackte mir eine Möwe auf den Kopf.

Ich schaute nach oben und bekam gleich den nächsten Klatscher ins Gesicht. Als Kuh war es eigentlich unmöglich, sich das Gesicht zu reinigen: Mit den Hufen ging nicht, weil man sonst hinfiel. Der Schwanz kam von hinten auch nicht bis ins Gesicht, und mit der Zunge ... das war uähh!

«Woher kommen all die Möwen?», fragte Radieschen, während sie so freundlich war, mit ihrem Schwanz meine Schnauze zu säubern. Über uns kreisten jede Menge von den Biestern. Es waren die ersten Vögel, die wir seit langer Zeit gesehen hatten.

Giacomo tänzelte auf der Reling auf uns zu und erklärte: «Wir nähere uns die Festlande, deswege seie die Möwe hier. Wir habe nur noch wenige Stunde bis nach die New York.»

«Was ist New York?», fragte Radieschen.

Giacomo blickte mich erstaunt an: «Du haste ihne das noch nicht erzählte?»

«Du hast uns was nicht erzählt?», fragte Radieschen, dabei neigte sie den Kopf etwas zur Seite und sah mich prüfend an. Und ich antwortete ihr kleinlaut: «Du wirst lachen ...»

Kapitel 38

Radieschen lachte nicht.

Hilde erst recht nicht.

Susi schon – aber leider hysterisch.

Champion blickte völlig überfordert drein.

Nur Giacomo lächelte mich an: «Du hättest ihne erzähle solle.»

«Und ich hätte dich ins Meer schubsen sollen», zischte ich zurück.

Hilde schnaubte: «Wie weit ist es denn von diesem New York nach Indien?»

Ich antwortete das, was der Kater mir geantwortet hatte, obwohl ich es selber nicht glaubte: «Och, nicht weit ...»

«Stimmt das wirklich?», fragte Hilde mich misstrauisch, und auch die anderen sahen mich an, als ob sie mir da kein bisschen glaubten.

Ich wandte mich hilfesuchend an Giacomo: «Das stimmt doch?», und der lächelte: «Was bedeute schon weit? Die Sonne iste weit weg, dagege seie alles andere nah ...»

Hilde trat auf ihn zu, ihre Augen verengten sich zu einem wütenden Schlitz, und sie zischte: «Wenn du nicht gleich eine vernünftige Antwort gibst, kenn ich etwas, was ich dir weit aufreiße.»

«Signorina, ich nicht glaube, dass Sie mit Ihre Hufe die feinmotorische Fähigkeite dazu habe …»

Hildes Augen verengten sich nur weiter.

«… aber ich denke, ich antworte doch mal lieber vernünftig.»

«Gute Entscheidung», nickte Hilde, ihre Augen funkelten aber weiterhin bedrohlich.

Giacomo nahm seine Pfote und malte in den Staub, der auf dem Deck lag, ein Kreuz: «Hier liegt Cuxhave …»

×

Dann malte er dazu ein Sternchen.

×

*

«Hier iste die Indien … und hier dann», er malte einen Kreis in den Staub des Decks, «New York.»

×

○ *

Das glaubte ihm noch nicht mal Radieschen.

Hilde schnaubte: «Verarschen können wir uns allein.»

Und der davon etwas eingeschüchterte Giacomo korrigierte sich schnell: «Nun, vielleicht es liege mehr hier.»

× ○

*

«Jetzt mal im Ernst», forderte Hilde ihn auf.

Giacomo verwischte den Kreis, der New York darstellen sollte, und zeichnete ihn jetzt woanders ein.

×

○

*

Alle waren fassungslos.

Bis auf Champion, der fragte: «Ähem … was war noch mal der Kreis?»

«Wir fahre», lächelte der Kater verquer, «mehr so die Route nach Indien von die Kolumbus.»

Hilde pampte: «Dieser Klodummbus ist mir egal! Wie lang dauert denn jetzt unsere Reise?»

«Signorina, das kanne man nicht so einfach beantworte», versuchte der Kater, Zeit zu gewinnen.

«Oh doch, das kann man!», antwortete die bis aufs Blut gereizte Hilde und schnappte sich blitzschnell mit ihrer Schnauze den Kater und biss so in seinen Leib, dass sie ihn fest gepackt hielt. Er schrie, strampelte, aber er konnte sich nicht losreißen. Sie hob ihre Schnauze und damit auch Giacomo über die Reling. Panisch blickte der Kater herunter ins Meer. Wenn Hilde ihre Schnauze öffnen würde, würde er ins Wasser fallen, das Schiff würde ohne ihn weiterfahren, und er müsste garantiert ertrinken, denn obwohl die Möwen schon um uns kreisten, war weit und breit noch kein Land zu sehen, an das der Kater sich würde retten können.

«Lang-lang iste die Reise, und damit ich meine nicht die Pianiste!», schrie er.

Ich fand es sehr mutig von ihm, die Wahrheit zu sagen, denn es war nicht komplett ausgeschlossen, dass Hilde daraufhin vor lauter Wut doch ihr Maul öffnen würde. Aber sie nahm ihren Kopf samt Kater wieder von der Reling weg und ließ Giacomo auf den Boden des Decks plumpsen. Anstatt ihn weiter anzugehen und ihm Vorwürfe zu machen, wandte sie sich an mich: «Du wusstest, dass wir nicht nach Indien fahren?»

«Nun ja ...», stammelte ich.

«Und wann hättest du uns das gesagt, große Anführerin? Oder hättest du die ganze Zeit in diesem New York geflötet: ‹Schaut mal, wie schön Indien ist›?»

Die ehrliche Antwort lautete, dass ich viel zu feige gewesen war, um es zu gestehen. Und dass ich all die Unsicherheiten der anderen und ihre Nervosität nicht hätte auffangen können, da ich viel zu sehr mit mir selber beschäftigt war.

«Ich wollte euch nicht belasten ...», sagte ich leise.

«Was sind wir? Kleine unmündige Kälber?», fragte Hilde beleidigt und kam mit ihrer Schnauze so nahe an die meine, dass ich erschrocken zurückwich. Die anderen schwiegen die ganze Zeit, sprangen ihr nicht zur Seite. Aber mir leider auch nicht.

Hilde nahm ihre Schnauze wieder weg und ging auf dem Deck auf und ab. Wir alle schauten ihr zu, niemand traute sich, auch nur einen Mucks zu machen. Es war das erste Mal auf der ganzen Reise, dass alle darauf warteten, was Hilde sagen würde, und nicht darauf, was ich als Lösung anbot. Es war einfach zu klar, dass ich keine besaß. Dennoch versuchte ich, wieder etwas Kontrolle über die Situation und die Herde zu gewinnen, und erklärte, so tapfer wie möglich: «Wir kriegen das schon hin.»

Hilde hielt inne und sah mich durchdringend an. Lange. Die anderen warteten ab, wie sie reagieren würde. Ich wusste nicht, was ich jetzt tun sollte, war ich doch total verunsichert, so hatte mich meine Freundin – war sie überhaupt noch meine Freundin? – noch nie angesehen. Nach einer Weile erklärte sie ganz ruhig: «Du hast recht, wir kriegen das hin.»

Ich atmete erleichtert durch, wir würden uns nicht weiter streiten.

«Aber», so fügte sie hinzu, «ohne dich als Anführerin.»

«Was?», stammelte ich.

«Du bist viel zu sehr mit dir selbst beschäftigt, mit dem Baby und allem.»

Dem konnte ich nicht widersprechen, obwohl ich es wollte. Auch wenn es unfair war, dass man als werdende Mama so wahrgenommen wurde.

Ganz sachlich erklärte Hilde: «Ich übernehme die Herde.»

Dem wollte ich nicht nur widersprechen, ich tat es auch: «Ich sehe das irgendwie nicht so ...»

Zugeben, das war kein allzu überzeugendes Widersprechen.

Hilde wandte sich zu den anderen: «Und, wie seht ihr das?»

Die ganze Herde starrte uns beide an. Alle waren unsicher, auf wessen Seite sie sich schlagen sollten. Alle, bis auf eine.

«Ich finde, Hilde sollte uns anführen», sprach Radieschen ganz leise.

Am liebsten hätte ich jetzt wütend gebrüllt, dass sie dies

nur sagt, weil sie für Hilde Gefühle hegt, aber ich las in ihren Augen die flehentliche Bitte: Sei so lieb, brüll das nicht heraus! So schwieg ich.

Als Nächste öffnete Susi den Mund: «Ich kann euch beide nicht ausstehen, aber ihr seid beide stärker als ich schwache Kuh. Und Hilde ist stärker als Lolle.»

Das Selbstbewusstsein der armen Susi bröckelte von Tag zu Tag mehr. Meins tat dies gerade von Sekunde zu Sekunde. Ich blickte unwillkürlich zu Champion, hoffte ich doch, dass er sich auf meine Seite schlagen würde. Er öffnete daraufhin den Mund und meinte: «Irgendetwas in mir sagt, dass ich eigentlich diese Herde anführen müsste ...»

«Dann hör nicht darauf», schnitt Hilde ihm energisch das Wort ab, und er war davon so verunsichert, dass er auf sein «Irgendetwas in ihm» tatsächlich auch nicht mehr hörte. Keiner musste mehr was sagen, es war klar: Ich hatte meinen Platz an der Spitze der Herde verloren. Und was noch sehr viel schlimmer war, mit Hilde auch eine Freundin.

Kapitel 39

Ich verkroch mich in meine Ecke. Sollte Hilde doch die Dinge regeln, wenn sie es unbedingt wollte, wer brauchte schon die Last der Verantwortung für die anderen? Ich würde mich ab jetzt nur noch um mich und mein Kleines kümmern, jawohl! Ich sprach zu dem Kalb in meinem Leib: «Mami wird auf dich aufpassen, du Putzischnutzirutsch.»

Susi kommentierte das mit: «Wenn du dem Kalb noch einen blöderen Spitznamen geben willst, musst du es schon Pipipups nennen.»

Meine Augen funkelten sie böse an, und sie war so verdammt schlau, ihren Mund zu halten. Dann sang ich mein Kalb leise in den Schlaf: «Guten Abend, gute Nacht, mit Rosen bedacht, mit Nägeln bedeckt, schlupf unter das Stroh. Morgen früh, wenn Naia will, bist du wieder froh.»

Natürlich ging es nicht darum, das ungeborene Kalb in den Schlaf zu singen – vermutlich konnte es noch gar nicht hören –, sondern darum, mich selbst zu beruhigen, war ich doch viel zu aufgewühlt, um einfach so einzuschlafen. Ich legte meine Hufe auf meinen Bauch, und mit einem Mal spürte ich in mir ein leises Klopfen. Schlagartig hörte ich auf zu singen.

Susi ätzte: «Noch ein einziges ‹Guten Abend, gute Nacht›, und ich hätte mit den Nägeln noch was ganz anderes gemacht, als sie nur damit zu bedecken.»

Aber ich hörte nicht auf sie: Denn das leise Klopfen, das ich nicht hörte, aber fühlte, war der Herzschlag meines Kalbes.

Jetzt lebte es richtig.

Wellen des Glücks durchströmten meinen Körper.

Gefolgt von einem schrecklichen Schauder.

Denn dieses Herzklopfen bedeutete auch: Bald würde ich Old Dog wieder begegnen.

Kapitel 40

Bei Sonnenaufgang kreisten immer mehr Möwen über dem Schiff. Die Herde schlief noch, und ich fragte mich, wie schon die ganze, fast komplett durchwachte Nacht, ob ich nicht vielleicht wirklich auf ewig auf dem Schiff bleiben und so Old Dog entgehen könnte. Auf der anderen Seite:

Wovor hatte ich eigentlich solche Angst? Der Hund hatte zwar angekündigt, dass er mich töten wollte, wenn mein Kalb in meinem Bauch richtig zu leben begann, aber er würde uns doch nicht quer über das große Wasser folgen können. Oder?

Während ich vergeblich versuchte, mich zu beruhigen, tänzelte Giacomo auf der Reling auf mich zu und rief: «Lande in Sicht!» Dann blickte er mich an und schmunzelte: «Das wollte ich schon immer mal rufe ...»

Ich schmunzelte nicht zurück.

«Du biste nicht sehr gesprächig heute Morgen», lächelte Giacomo.

Ich antwortete nicht.

«Ich nehme das mal als eine Ja.»

Ich antwortete wieder nicht.

«Und das als eine Bestätigung, dass ich das nehme könne als eine Ja.»

Obwohl ich schwieg, war ich irgendwie froh, dass der Kater bei mir war. Wenn man Angst hat, gibt es nun mal nichts Besseres, um sich davon abzulenken, als Wut. Und auf niemanden war ich in diesem Augenblick wütender als auf Giacomo. Nicht auf Hilde. Nicht auf Radieschen. Nicht mal auf Champion. Und Susi war schon fast völlig aus dem Wut-Rennen raus – bis vor kurzem hätte ich mir nicht vorstellen können, dass sie bei so einem Rennen mal weit abgeschlagen hinter den anderen liegen könnte. Es war nun mal Giacomos Fehler gewesen, dass wir auf dem falschen Schiff gelandet waren und ich mich deswegen mit meiner Herde zerstritten hatte. Doch der Kater zeigte noch nicht einmal den Ansatz eines schlechten Gewissens. Ganz im Gegenteil, er war aufgekratzt, rannte hibbelig auf der Reling hin und her, als ob er darauf brannte, endlich nach New York zu kommen. Als ob ihn dort etwas erwartete … und mit einem Mal kam mir ein schrecklicher Verdacht.

«Sag mal, Giacomo», fragte ich ihn, «kann es sein, dass es gar kein Zufall ist, dass wir nach New York fahren?»

«Wie komme du denn daraufe?», fragte er unsicher.

«Nun, dass du dich so freust, ist merkwürdig. Und dass du gerade ertappt dreinblickst, spricht auch nicht gerade gegen meine Vermutung.»

Giacomo blickte noch ertappter drein.

«Und dieser Blick bestätigt meine Vermutung.»

Giacomo seufzte und gestand: «Du habe recht. Ich habe mit Absicht diese Schiff gewählte.»

Eigentlich hätte ich jetzt mit einem schönen Tobsuchtsanfall meine Angst völlig verdrängen können, aber ich war viel zu erstaunt, dass mein Verdacht sich bewahrheitet hatte: In mir kämpften Verblüffung und Wut so heftig miteinander, dass ich erst mal gar nichts sagen konnte. Als ich meine Sprache endlich wiedergefunden hatte, stammelte ich nur: «Weso?»

«Ich bin zwar eure Sprache nichte so mächtig, aber ich bin überzeugte, ‹Weso› ist keine echte Wort.»

«Wieshalb?», stammelte ich weiter.

«Wieshalb iste auch keine echte Wort.»

«Wrum?»

«Auch nicht», kommentierte der Kater.

«Du weißt schon, was ich meine!», fluchte ich. Mein Zorn siegte nun über meine Verblüffung.

«Ja, das ich wisse», antwortete der Kater niedergeschlagen und sagte dann: «Ich habe dir doch von meine Frauche erzählte.»

«Die so gerne diese merkwürdigen Pilze aß?»

«Bis die Auge rollte», antwortete Giacomo und ergänzte tieftraurig, «bis sie eines Tages nicht mehr rollte.»

Ich verstand nicht ganz, was er damit meinte, und der Kater begann mir nun von seinem Leben mit dem geliebten Frauchen zu erzählen: Giacomos Frauchen war eine junge, lebenslustige Frau gewesen, und zusammen reisten die beiden um die Welt. Sie beobachteten im Amazonasgebiet die wunderschönsten Vögel (Giacomo aß manchmal auch einige von ihnen), sie tanzten in Haiti mit Voodoopriestern (und steckten aus Gründen, die ich nicht ganz begriff, heiße Nadeln durch Puppen von Frauchens Ex-Liebe), und sie erfuhren in Kolumbien, dass es keine allzu gute Idee ist, dort Leitungswasser zu trinken (jedenfalls nicht, wenn man keine Freude an Kleinstlebewesen im Darmtrakt hatte). Frauchen und Giacomo praktizierten die freie Liebe (nicht miteinander, naturalmente) und erreichten bei ihrer Reise schließlich New York, genauer gesagt einen Stadtteil namens Chinatown. Hier vergnügten sich die beiden mit asiatischen Katzen (Frauchen mochte Weibchen so gerne wie Männchen). Eines Abends bekamen sie von einem Straßenhändler «Pflanzen zum Highwerden» angeboten, «die einst schon die Priester der Shaolin rauchten». Diese Pflanzen hatten es aber in sich. Frauchen wurde im Gesicht ganz grün, ihre Augen rollten, und schließlich krachte sie auf den Boden. Und die Augen rollten ganz und gar nicht mehr.

«War sie ...», wollte ich den Kater fragen, doch der fauchte mich an, noch bevor ich das Wort tot aussprechen konnte: «Ich es nicht wisse!»

Dann begann er mit den Tränen zu ringen und gestand, dass er vor lauter Angst, die durch das Rauchen der Pflanzen noch unendlich verstärkt worden war, panisch wegrannte. Bis in den Hafen von New York, wo er sich an Bord eines Schiffes versteckte. Eh er es sich versah, fuhr er mit diesem Schiff Richtung Cuxhaven. Weit weg von seinem Frauchen. In Cuxhaven hatte er auch durch Zufall Old Dog getroffen und ihn gegen sich aufgebracht, indem er zu ihm – unwissend um das Schicksal von dessen Pudeldame Tinka – gesagt hatte: «Du schaue so mürrisch drein, du brauche mal eine Nachte mit eine Frau.»

Der Hund jagte ihn dann einen ganzen Tag lang, bis zu unserem Bauernhof, wo wir den Kater dann beschützten.

Mir war nun klar, was Giacomo in New York vorhatte: «Du willst also nachsehen, ob die Augen deines Frauchens vielleicht doch noch rollen?»

Er nickte, und er weinte, und er hasste sich dabei selbst so sehr.

Wie konnte ich da noch wütend auf ihn sein? Stattdessen sagte ich aufmunternd: «Ihre Augen rollen bestimmt noch.»

«Du glaube das wirklich?», schnäuzte er seinen Rotz ins Fell.

Eine ehrliche Antwort darauf wäre «Ich habe keinen blassen Schimmer» gewesen, aber das hier war nicht der Moment für Ehrlichkeit. Daher lächelte ich: «Das glaub ich nicht, das weiß ich.»

Der Kater wischte sich mit der Pfote eine Träne aus dem Auge. Er hatte wieder etwas Hoffnung geschöpft, und ich wünschte ihm, dass die nicht trog.

In diesem Moment erkannte ich in der Ferne eine große Menschenfrau im Meer stehen, die eine Fackel in der Hand trug. Es handelte sich dabei nicht um eine echte Frau, sie wirkte eher, als sei sie aus Stein. Giacomo bemerkte meine Verwunderung und erklärte: «Das iste die Freiheitsstatue.»

Das Wort Freiheit wühlte mich auf und ließ mein Herz höherschlagen. Dass die Menschen für die Freiheit so etwas Großes errichteten, fand ich toll. Ich malte mir aus, wie großartig es wohl sein mochte, wenn dort nicht eine Menschenfrau aus Stein, sondern eine riesige Kuh mit einer Fackel den Weg leuchten würde. Hach, wenn wir Kühe doch in der Lage wären, mehr zu bauen als nur Mist …

Während ich mir die Statue fasziniert ansah, hörte ich hinter mir den dünnen Gesichtsbehaarten sagen: «Die Zollbeamten werden die Kühe nicht ins Land lassen.»

«Klingt nach einschläfern», kommentierte der Dicke traurig, und ich fand, dass einschläfern bei weitem nicht so freundlich klang, wie es das Wort nahelegte. Panik stieg in mir auf, was sollte ich nur tun? Doch da fiel mir gleich im nächsten Augenblick ein, dass ich ja gar nicht mehr die Anführerin der Herde war und dies jetzt Hildes Problem sein würde. Leider beruhigte mich das kein bisschen.

«Keine Sorge», trat der Käpt'n zu seinen Matrosen. «Es gibt kein Problem auf der Welt, das man nicht mit Bestechung lösen kann. Ich habe genug Geld, um die Beamten zu schmieren. Es war eigentlich mal für die Ausbildung meiner Tochter gedacht.»

Die Matrosen schluckten bei dem Gedanken an die verstorbene Tochter des Käpt'n, und ich hätte sicherlich stärker mit ihm empfunden, wenn ich nicht gespürt hätte, dass es hier um unser Leben ging. Der Käpt'n erklärte weiter: «Ich habe auch schon mal abgeklärt, dass die Kühe auf eine dieser Farmen in Iowa kommen, wo die Wagju-Rinder aufwachsen. Das wird für die Kühe ein Paradies werden. Sie werden das beste Leben haben, das nur möglich ist.» Und dann fügte er noch traurig hinzu: «So eines hätte ich auch gerne gehabt.»

Die wehmütigen Augen des Kapt'ns verrieten, dass er es aufrichtig mit uns meinte. Er hatte für uns irgendein fremdes Paradies ausgesucht, und auch wenn es sich dabei nicht um Indien handelte, war ich erleichtert: Paradies war Paradies.

Dumm nur, dass Hilde in diesem Augenblick auf mich zutrat und erklärte: «Sobald das Schiff angelegt hat, rennen wir alle auf mein Kommando davon.»

Noch dümmer war, dass ich gar nicht widersprechen konnte. Denn kaum hatte ich Luft geholt, schnitt sie mir schon das Wort ab: «Da musst du dich dran gewöhnen: Du bist nicht mehr die Anführerin!»

Mit diesen Worten drehte sie sich um und trottete weiter. Und das Dümmste von allem war, dass ich jetzt vor der Wahl stand, entweder alleine ins Paradies zu gehen, das der Käpt'n für uns vorbereitet hatte, oder bei meiner Herde zu bleiben.

Kapitel 41

An Land angekommen, traf der Käpt'n vor dem Schiff zwei streng wirkende Männer, die er US-Zollbeamte nannte und in deren Halftern Dinger steckten, die aussahen wie kleine Knallstäbe. Er übergab diesen grimmigen Kerlen jede Menge grüne Blätter, die alle gleich groß waren und daher unnatürlich wirkten, so als ob sie gar nicht von einem Baum oder einer Pflanze stammten. Die Männer begannen zu lächeln, auf eine gierige Art und Weise, worauf der Käpt'n ihnen gleich noch mehr von den grünen Blättern überreichte. Ich fragte Giacomo, worum es sich dabei handelte, und er erwiderte: «Für die Mensche die Gelde sein wichtiger als Esse, Trinke, Liebe und Geschlechtsverkehre.»

«Warum das?», fragte ich verblüfft.

«Weil die Mensche damit bekomme Esse, Trinke, Liebe und Geschlechtsverkehre.»

«Das klingt nicht sonderlich logisch», merkte ich an.

«Eine logische Mensch, das iste eine Widerspruch in sich», seufzte der Kater.

Der Käpt'n wandte sich nun uns zu. Er wollte gewiss verkünden, dass wir jetzt in Sicherheit waren und er uns in das Paradies führen würde, das er gegenüber den Matrosen erwähnt hatte. Doch dazu kam er nicht, denn Hilde schrie: «LAUFT!»

Sie rannte los. Natürlich gehorchte ihr Radieschen sofort, aber auch Susi und Champion folgten unserer neuen Anführerin auf dem Hufe. Jetzt musste ich meine Wahl treffen: Paradies oder meine Herde. Doch das war keine echte Wahl. Ein Paradies ohne meine Herde ... das war kein Paradies. So rannte auch ich los.

Der Käpt'n rief uns verzweifelt hinterher: «Bleibt doch ...»

Ich hörte auch noch den dünnen Gesichtsbehaarten sagen: «Jetzt müsste man Cowboy sein, dann könnte man die mit einem Lasso einfangen.»

Der dicke Gesichtsbehaarte antwortete: «Cowboy muss ein noch besserer Beruf sein als Tierpfleger, wenn ich an die Saloons denke, den Whiskey und die Bardamen, vor allen Dingen die Bardamen ...»

Wir rannten an Schiffen und Kränen vorbei, aus dem Hafengebiet auf eine Straße heraus, die um so vieles größer war als die, die nach Cuxhaven führte, und auf der gigantische Audoos fuhren. Wir liefen den Seitenstreifen entlang, und auch wenn wir alle außer Atem waren, trieb uns Hilde immer weiter an. Sie war eine energische Anführerin, die kein «Ich kann nicht mehr» oder «Meine Hufe qualmen» oder «Ich glaub, ich muss mich gleich übergeben» als Argument für eine Pause akzeptierte. Selbst Champion hatte Mühe, mit ihr Schritt zu halten, und raunte mir zu, während neben uns die riesigen Audoos vorbeisausten: «Ich glaube, ich würde lieber dir folgen als ihr.»

Dabei lächelte er lieb. Vielleicht hätte mich das in diesem Moment sogar erfreut, aber es handelte sich bei ihm ja um Champion, und von daher wusste ich, dass ich nach so einem netten Satz nur bis drei zählen musste, bis er wieder etwas Blödes sagen würde. So begann ich, in Gedanken zu zählen: 1 ... 2 ... 3 ...

«Wenn ich dir folgen würde», lächelte Champion, «könnte ich nämlich deinen süßen Hintern ansehen.»

Hach, er war so berechenbar.

«Ich finde dich nämlich wirklich attraktiv.»

Das war schon wieder etwas Nettes, aber auch diesmal war ich mir sicher: Ich müsste wieder nur bis drei zählen müssen, bis was Dummes kam. 1 ... 2 ...

«Das liegt vielleicht daran, dass durch die Schwangerschaft deine Euter größer werden.»

Er wurde sogar schneller.

«Mal im Ernst», sagte er nun, und sein Lächeln verschwand aus dem Gesicht, «ich fände es großartig, wenn wir beide irgendwie versuchen würden, uns neu kennenzulernen, wegen des Kalbes, aber auch um unserer selbst willen.»

Das verunsicherte mich total, sollten wir es wirklich noch einmal miteinander versuchen? Anstatt mich damit ernsthaft auseinanderzusetzen, begann ich lieber erneut, in Gedanken zu zählen, denn wenn er gleich wieder etwas Bescheuertes sagen würde, und das würde er garantiert, dann müsste ich auf seinen Vorschlag nicht antworten. 1 … 2 … 3 …

Es kam nichts.

… 4 … 5 … 6 …

Er schwieg, sah mich nur erwartungsvoll an, während wir nebeneinander hertrabten.

… 7 … 8 … 9 …

Ach du meine Güte, immer noch nichts Dummes! Das bedeutete: Ich musste irgendetwas antworten. Doch was? Sollte ich es tatsächlich wagen, mich auf ihn einzulassen? Und Gefahr laufen, wieder von ihm enttäuscht zu werden?

«Das … das darf doch nicht wahr sein!», rief Hilde und blieb mit einem Male abrupt auf dem Seitenstreifen stehen. Während die anderen froh waren zu verschnaufen, war ich glücklich über die Ablenkung und sah in Hildes Richtung: Dort stand ein Gebäude am Rande der Straße, aus dem jede Menge Menschen rein und raus gingen und dabei etwas aßen oder tranken. Über dem Gebäude hing ein riesiges Bild von einem Brötchen, in dem Fleisch steckte, und neben diesem Brötchen war eine riesige, überdreht fröhlich dreinblickende Kuh zu sehen. Ich zählte Kuh und Brötchen zusammen und kam zu dem Ergebnis: «OH NEIN!!»

Wir starrten die Menschen an, die in die Kuhbrötchen bissen. Es war das eine, zu wissen, dass Menschen Kühe futterten, es war was ganz anderes, ihnen dabei zuzusehen. Wir alle hatten den starken Impuls, diese Menschen mit unseren Hörnern aufzuspießen und durch die Gegend zu schleudern, selbst wenn die meisten von ihnen so schwergewichtig waren, dass uns das Schleudern nicht leichtgefallen wäre. Dieser Impuls wurde allerdings von einem noch stärkeren übertroffen, den Radieschen und ich schon in schwächerer Form gehabt hatten, als wir das erste Mal von den Untaten der Menschen gehört hatten: Wir übergaben uns alle vor die Füße der Brötchenesser. Diese reagierten entsprechend angewidert und schrien: «Oh my god!» oder «Oh my shoes!» oder «Oh my, why do I wear sandals?»

Giacomo grinste: «Ich glaube, für die iste das jetzt keine Happy Meal.» Doch schon gleich darauf warnte er uns: «Ihr müsse abhaue!»

«Können vor übergeben», erwiderte Susi, deren Beine zitterten. «Ich kann mich keinen Schritt bewegen.»

«Wenn du nicht gehe, du lande in die Panini.»

«In was?», fragte Susi irritiert.

«Brötche!»

«Ich kann mich doch bewegen!»

So rannte Susi los. Wir anderen schauten noch mal kurz auf die Brötchen, besaßen ebenfalls wenig Neigung, in naher Zukunft mit Zwiebeln belegt zu werden, und liefen ebenfalls davon. Einer der dicken Kuhfresser fluchte noch: «Worst marketing gag ever!» Aber keiner von ihnen verfolgte uns. So unförmig, wie diese dicken Menschen waren, wären sie wohl auch nach wenigen Metern japsend zusammengebrochen.

Wir gelangten zu einer riesigen Brücke, die über einen großen Fluss führte. Auf dieser Brücke fuhren keine Audoos, es gab auf ihr nur Menschen, die zu Fuß gingen oder liefen. Die meisten interessierten sich nicht für uns, schenkten uns höchstens einen Moment der Aufmerksamkeit, ganz anders als die Menschen damals in Cuxhaven. Der Kater erklärte das mit: «Es brauche mehr als ein paar Kühe, dass eine New Yorker staune.»

Da die Menschen uns nichts taten, gingen wir nun langsamer, fast gemächlich, und betrachteten erstaunt die riesigen Häuser, die am Ende der Brücke vor uns lagen. Sie ragten so hoch in den Himmel, dass man ihre Spitzen gar nicht erkennen konnte, weil einen die Sonne so sehr blendete.

Auch wenn die Menschen uns hier nicht angafften, starrte Hilde doch einige von ihnen an. Es waren welche, die eine schwarze Hautfarbe besaßen, eine, wie wir sie noch nie gesehen hatten. Es war nicht schwer zu erraten, was in Hilde vorging: Wenn es hier Menschen mit anderer Haut gab, gab es womöglich auch Kühe mit einer anderen Farbe. Vielleicht sogar mit den braunen Flecken von Hilde. Und wenn dem so war, müsste sie sich auf der Welt nicht mehr einsam fühlen. Man konnte die Hoffnung in Hildes Kuhaugen förmlich aufleuchten sehen.

Als wir die Brücke auf der anderen Flussseite wieder verließen, raunte Giacomo mir leise zu: «Ich musse jetzt weg von euch.»

«Dein Frauchen suchen?»

«Sì.»

Dann rannte er, ohne auch nur eine einzige Abschiedsfloskel zu sagen, auf und davon. Ich konnte mich noch nicht mal richtig bei ihm bedanken, dass er unser Leben gerettet und mir gezeigt hatte, dass die Welt nicht bei den Bäumen am Ende der Wiese endete. Dass sie zwar schrecklicher, furchteinflößender, aber auch schöner, atemberaubender und bewegender war, als ich es je für möglich gehalten hatte. Magischer! Doch ich konnte auch verstehen, warum er uns verließ. Er hatte das Lebensglück mit seinem

Frauchen durch sein eigenes Verschulden verloren, und er war erpicht darauf, es wiederzufinden. Ich drückte ihm so sehr die Hufe, dass es ihm gelingen möge.

Kapitel 42

Die anderen hatten gar nicht so richtig wahrgenommen, dass der Kater uns – womöglich für immer – verlassen hatte. Sie waren viel zu überwältigt von den gigantischen Häusern, in deren Schluchten die heiße, stickige Luft wie eine Wand stand. Es war unglaublich laut von den vielen Audoos, die kaum vorankamen und die wir zu Fuß locker überholen konnten. Wie konnten die Menschen es nur ertragen, auf solch engem Raum zusammenzuleben? Richtig gesund konnte so ein Leben doch wohl kaum sein.

Hilde führte uns tiefer in diesen Wald aus riesigen Häusern, von dem ich befürchtete, dass wir aus ihm nie wieder herausfinden würden. Wir hätten an jeder Ecke einen Fladen hinterlassen sollen, so dachte ich, aber wir waren schon zu weit vorgedrungen, als dass uns diese Idee jetzt noch hätte helfen können.

Nach langer Wanderung erreichten wir einen Ort mit bunten, flimmernden Bildern an den hohen Häusern. Die Menschen, die sich auf diesem Platz befanden, eilten nicht so umtriebig umher, stattdessen hielten sie kleine Kästchen in der Hand, die sie «Handy» oder «Kamera» nannten, und ich hörte von ihnen Worte wie «Times Square», «Musicals» und «Bald gehört das alles hier den Chinesen».

Und ich vernahm eine tiefe Stimme, die fragte: «Na, bist du auch endlich da?»

Langsam, ganz langsam drehte ich mich zur Seite: Zwischen all den umhergehenden Menschen saß seelenruhig Old Dog.

Kapitel 43

«Verzeih, Lolle, ich musste schon ein bisschen was essen, weil ich beim Warten auf dich ganz hungrig wurde», erklärte der Höllenhund seelenruhig und deutete mit seiner Pfote auf eine leere Packung, die neben ihm lag. Eine, in der noch die Reste eines Kuhbrötchens lagen. Wäre noch etwas in meinem Pansen gewesen, ich hätte mich gleich wieder übergeben.

Old Dog lächelte fies, und sein nicht vernarbtes, rotes Auge funkelte dabei wie ein glühender Stern. Susi, die den Hund zum ersten Mal in ihrem Leben sah, rief aus: «Ach, du meine Güte!»

«Und meine erst», ergänzte Radieschen, vor Angst schlotternd.

«Ach du meine Güte ist noch nett formuliert», fand Hilde.

«Ach du Scheiße trifft es wohl eher», bestätigte Champion, der Old Dog ebenfalls das erste Mal begegnete. Selbst ein stattlicher kräftiger Stier wie er war von ihm völlig eingeschüchtert.

«Ich nehme dein ‹Ach du Scheiße›», sagte Hilde, «und lege noch ein ‹heilige› drauf.»

«Ach du Scheiße heilige?», verstand Champion nicht ganz.

Während meine Herde immer weiter miteinander diskutierte, welcher Ausruf angesichts des vernarbten Hundes wohl am passendsten sein mochte (man war kurz davor, sich auf «Ich will zu meiner Mami» zu einigen), wurde Old Dog immer gereizter, klopfte erst ungeduldig mit seiner Pfote auf den harten Steinboden und grollte schließlich: «Könntet ihr Kühe euch mal wieder mir zuwenden?»

Alle blickten darauf in seine Richtung, und ich stammelte: «Du ... du kannst doch gar nicht hier sein.»

«Und doch bin ich es», bestätigte er das Offensichtliche und richtete sich langsam aus seiner Sitzstellung auf. Er war zwar im Stehen nicht mal halb so groß wie wir, wirkte aber dennoch deutlich imposanter. So sehr, dass die Menschen, die mit ihren Handys in der Hand auf dem Platz herumgingen, lieber einen großen Bogen um ihn machten.

«Das ... das ist aber alles völlig unmöglich», widersprach ich.

Hilde raunte mir zu: «Ich glaube nicht, dass das Monster sich durch Logik wegdiskutieren lässt.»

Und Susi fragte: «Wer ist noch dafür, sich zu verpieseln?»

Wenig überraschend waren wir alle dafür.

Allein der Glaube fehlte, dass wir Old Dog entwischen könnten. Instinktiv spürten wir, dass er schneller wäre als wir und ein Fluchtversuch einer Einladung gleichkäme, uns sofort zu reißen. So blieben wir alle wie angewurzelt stehen.

«Wie ... wie hast du uns gefunden?», fragte ich.

«Es war ganz einfach, euch zu folgen», lachte der Hund überheblich. «Ihr habt ein Schiff nach New York bestiegen, ich hab darauf das nächste genommen. Selbstverständlich ein schnelleres.»

«Und wie bist du in meine Träume gelangt?», fragte ich ängstlich.

«Du hast von mir geträumt?», lachte er spöttisch.

«Das weißt du genau!», rief ich. Ich war mir völlig sicher, dass er irgendwie die Fähigkeit besaß, vom Reich der Wachen ins Reich der Träumenden zu wandern und mich dort heimsuchen zu können.

«Ich finde es äußerst schmeichelhaft, wenn du von mir träumst», grinste Old Dog und ging langsam auf mich zu, ohne wirklich auf meine Frage einzugehen.

Champion bekam in diesem Augenblick einen Mutanfall und stellte sich dem Hund in den Weg: «Wenn du Lolle nicht in Ruhe lässt, geb ich dir gleich schmeichelhaft auf den Kopf!»

Bei Naia, Champion wollte wegen mir kämpfen. So wie in der Sage der mächtige Hurlo gegen den Bären Praxx gekämpft hatte, um seine Naia zu retten. Dafür hätte ich Champion abschlabbern können.

«Du drohst mir?», lächelte Old Dog fies meinen Helden an, so bedrohlich, dass es mir das Blut in den Adern gefrieren ließ. «Ist das dein Ernst?»

«Ich ... ich glaube schon», antwortete Champion verunsichert und begann zu zittern. Es war zwar heiß und stickig zwischen den hohen Häusern in diesem verdammten New York. Dennoch fröstelte es uns so sehr, als sei es der harscheste Eiswinter.

«Ich mache euch ein Angebot», sagte der Hund nun in die Runde. «Ich will nur Lolle und ihr Ungeborenes, der Rest kann gehen.»

Susi fand: «Klingt nach einem total guten Angebot», und ich hätte sie am liebsten getreten.

Hilde, Radieschen und Champion hingegen schwiegen erst mal, sie hatten anscheinend gehörige Schwierigkeiten, Old Dogs Vorschlag zu verarbeiten und sich zwischen Egoismus und Tod durch Hundebiss zu entscheiden. So dauerte es etwas, bis Hilde mit so fester Stimme wie nur irgend möglich antwortete: «Wir gehören alle zusammen!»

«Genau!», bekräftigte Radieschen.

«Aber so was von!», stimmte Champion zu.

In diesem Moment war ich auf sie alle so stolz.

«Ich finde», wandte Susi ein, «da sollte jeder für sich sprechen.»

Nun, auf fast alle.

«Ihr habt es so gewollt», antwortete Old Dog. Plötzlich, ohne jede weitere Warnung, sprang er mit einem gewaltigen Satz auf Champion zu und biss ihn brutal in den Bauch. Champion schrie laut auf! Susi rannte panisch in die Menge von Menschen und riss einige von ihnen um. Radieschen begann zu weinen, Hilde war starr vor Schreck, und ich schrie: «Renn weg, Champion!»

Old Dog spuckte einen Fetzen Haut von Champion auf den Boden und fragte provozierend: «Und, hörst du auf dein Weibchen und haust ab?»

Champion blutete, wankte auf seinen eigentlich so starken Beinen, aber er rannte nicht weg. Seine Kiefer presste er vor lauter Schmerz aufeinander, und es brauchte etwas, bis er die Kraft fand, sie wieder zu lösen, um eine Antwort zu keuchen: «Eher sterbe ich, als dass ich Lolle und mein Kalb alleinlasse!»

«Du weißt, was man über Helden sagt?», fragte der Hund. Sein Auge funkelte dabei so sehr, dass man das Gefühl hatte, von einem roten Höllenfeuer geblendet zu werden.

«Sie weichen nicht», antwortete Champion und ging geschwächt auf den Hund zu.

«Sie haben keine lange Lebenserwartung», erwiderte Old

Dog und attackierte Champion erneut. Als sich die Zähne des Höllenhundes in seinen Leib schlugen, jaulte Champion lauter auf als zuvor und fiel, sein Aufprall ließ dabei den Boden regelrecht vibrieren. Der Höllenhund beugte sich mit fletschenden Zähnen über Champions Kehle. Die Menschen scharten sich neugierig um uns herum und hielten ihre kleinen Kästchen hoch, ein junger Mann rief: «Cool, they kill each other!», und ein anderer junger Mann freute sich: «We will get a lot of Youtube clicks!»

Old Dog öffnete nun sein Maul, um seine Zähne in Champions Hals zu schlagen.

«NEIN!», schrie ich.

Old Dog drehte sich nur kurz zu mir und erwiderte mit der Ruhe eines Mörders: «Doch.»

«Du willst doch nur mich!», protestierte ich verzweifelt.

Der Hund ließ vom blutenden Champion ab, der nur noch wimmerte und kein bisschen mehr in der Lage war zu reagieren, geschweige denn, mir zu helfen. Das Leben war nun mal keine Sage, in der der Held für seine Liebe das Ungetüm bezwingen konnte.

Ohne Hast schlenderte Old Dog auf mich zu.

Radieschen lief indessen zu Champion und sagte: «Ich helfe dir.»

«Wie ...?», wollte der leidende Stier, der vor lauter Schmerz kurz davor war, sein Bewusstsein zu verlieren, wissen.

«So wie einst Oma Hamm-Hamm», antwortete sie und begann, auf seine Wunde zu strullern.

«Das nennst du Hilfe ...?», stammelte Champion entsetzt. Dann verlor er das Bewusstsein. Ich wollte jetzt am liebsten zu ihm eilen, ihn wieder wach schlecken, auch wenn das dank Radieschen jetzt vielleicht etwas eklig war, aber Old Dog baute sich vor mir auf und erklärte: «Du hast recht, ich will nur dich und dein Kalb.»

«Warum eigentlich?», platzte es aus Susi heraus. Schon im nächsten Augenblick war sie total erschrocken über ihre eigene Neugier.

Der Hund drehte sich zu ihr. Ängstlich keuchte sie: «Ähem, ich habe nicht gefragt.»

«Doch, das hast du», zischte der Hund kühl.

«Nein ... das war ... ähem, sie ...», erwiderte Susi und deutete mit ihrem Huf auf Hilde. Die raunte daraufhin: «Na, vielen Dank.»

Bevor Old Dog Hilde bedrohen konnte, erklärte ich tapfer: «Ich will das aber auch wissen. Was ist an mir auf einmal so besonders, dass du durch die Welt reist, um mich zu töten?»

Im Hintergrund hörte ich irgendetwas unnatürlich jaulen. Die aufgeregt mit ihren kleinen Schachteln umherwinkenden Menschen riefen darauf unverständliche Dinge wie «Police is coming», «The animals are dangerous», «They should kill them!», «That will get us even more Youtube clicks».

Der Hund zögerte etwas, dann erwiderte er mir: «Das geht dich nichts an.»

«DAS GEHT MICH NICHTS AN, WARUM ICH STERBEN SOLL?» Ich konnte es nicht fassen.

«Es reicht, dass ich meine Gründe habe», verbarg der Hund sein dunkles Geheimnis und fauchte mich an: «Hast du etwa noch weitere Fragen?»

Mir fiel keine einzige ein, sein Irrsinn machte mich sprachlos. Aber Radieschen rief: «Stell einfach ein paar hundert Fragen, dann kommt er vor lauter Antworten nicht dazu, dich zu reißen.»

Old Dog sah nur kurz zu ihr herüber, und sie ergänzte kleinlaut: «Andererseits wird er jetzt, wo ich das laut gesagt habe, wohl kaum mehr darauf reinfallen.»

Hinter mir wurden die jaulenden Geräusche immer lauter. Die Menschen traten zur Seite und riefen «Police is here!» «And they got guns» und «Youtube, here we come!».

Old Dog ignorierte alles um uns herum und fragte mich: «Bist du bereit zu sterben?»

Wenn ich nein gesagt hätte, wäre es ihm auch egal gewesen. Ich würde jetzt sterben, ohne je das Glück gefunden zu haben.

Ich schloss meine Augen und betete, dass die Legende von Naias saftiger Wiese wahr war.

Wie Naia das Himmelreich erfand

Naia und Hurlo lebten glücklich miteinander, doch die Tiere in Naias Reich waren unzufrieden, denn es gab da etwas, was ihnen sehr missfiel: der Tod. Als Naia und Hurlo sich gerade, wie so oft, miteinander im ausgiebigen Liebesspiel befanden, kroch der Regenwurm heran, in seinem Gefolge die anderen Tiere, und er beschwerte sich lauthals: «Wir leiden durch den Tod. Was hast du dir nur dabei gedacht?»

Naia unterbrach das Liebesspiel, sah erstaunt zu den Tieren und antwortete: «Nun ... ähem ...» Dann blickte sie verschämt auf ihre Hufe.

«Jetzt sag bloß», schimpfte der Wurm, «du hast dir dabei gar nichts gedacht?!?»

Naia erwiderte erneut: «Nun ... ähem ...», und die Tiere begannen wie wild durcheinanderzuschimpfen. Naia sah dabei die Angst vor dem Tod in ihren Augen und zog sich zurück. Sie lag die ganze Nacht wach und beschloss schließlich, ein Reich zu erschaffen, das noch schöner war als die Erde und in das die Tiere gelangen würden, wenn sie einst sterben müssten. Ein Himmelreich, in dem für die Kühe die Weiden immer saftig wären und für die Regenwürmer die Böden immer nass und feucht. Nachdem Naia dieses Himmelreich errichtet hatte, berichtete sie den Tieren davon, und diese jubilierten: «Jetzt müssen wir keine Furcht mehr vor dem Tod haben!»

Naia war zufrieden und machte wieder Liebe mit Hurlo. Stundenlang, tagelang, vollmondelang. Bis sie sich arg wunderte, warum immer weniger Tiere auf der Welt herumtollten. Sie ließ Hurlo sich ausruhen, um neue Kräfte zu sammeln – er war bei weitem nicht so ausdauernd wie sie im Liebesspiel –, und fragte den Regenwurm, wohin all die Tiere verschwunden waren. Der Regenwurm erklärte kleinlaut: «Die Tiere verüben alle den Freitod.»

«Weshalb?», wollte Naia nun entsetzt wissen.

Der Regenwurm druckste, bis Naia ihn wütend durch ihre göttlichen Nüstern anschnaubte, und so reckte er sich zitternd zu der Gotteskuh hoch und verriet: «Die Tiere denken sich: Wenn es im Himmelreich so viel schöner ist, warum soll ich noch meine Zeit auf Erden verschwenden?»

Naia war bass erstaunt, so hatte sie sich das nicht ausgemalt. Sie überlegte und überlegte die ganze Nacht hindurch, und dann versammelte sie bei Morgengrauen sämtliche noch lebenden Tiere vor sich und verkündete: «Vielleicht war das mit dem Himmelreich nur ein Scherz von mir.»

Die Tiere waren daraufhin zutiefst erschrocken.

«Vielleicht», so sprach Naia weiter, «aber auch nicht.»

Nun waren alle Lebewesen auf Erden zutiefst verunsichert. Und die listige Naia gab ihnen noch einen Rat: «Ihr solltet euch genau überlegen, ob ihr eurem Leben vor der Zeit ein Ende setzen wollt oder nicht.»

Fortan traute sich dies kein Tier mehr. Alle hofften zwar auf Naias Güte, aber ganz sicher konnten sie sich nie mehr sein, ob das Himmelreich auch wirklich existierte.

Mit einem Mal ballerten Knallstäbe, und ich riss die Augen wieder auf. Links und rechts neben mir sanken meine Freundinnen zu Boden, sie waren offensichtlich von den Knallstäben getroffen worden, die von Menschen – deren Kleidung Ähnlichkeit hatte mit denen der Zollbeamten – auf uns gerichtet wurden. Old Dog ließ sich von diesen entschlossen wirkenden Männern, die von den Menschen mit den Handys «Cops» genannt wurden, kein bisschen beeindrucken oder auch nur ablenken. Er bleckte seine Lefzen und sprang mit einem gewaltigen Satz auf mich zu, um mich zu reißen.

Doch mitten im Flug donnerte wieder ein Knallstab: Der Hund wurde in der Luft getroffen und fiel vor meine Hufe. Das hätte mich erleichtern können, wenn nicht schon wieder ein Knallstab abgefeuert worden wäre, diesmal direkt auf mich. Etwas traf meinen Hals. Ich verspürte einen stechenden Schmerz, aber mein Fleisch wurde nicht, wie ich eigentlich befürchtet hatte, zerfetzt. Ich wurde einfach nur müde, unfassbar müde. Ich konnte mich nicht mehr auf meinen Beinen halten und stürzte auf den steinigen Boden. Meine Augen fielen wieder zu, und ich hörte: «Whao, die Polizisten können echt gut schießen.»

Es war der dünne Gesichtsbehaarte.

«Polizist ist sicher auch ein guter Job», fand der Dicke, «wenn nur nicht die Verbrecher wären ...»

Der Vorletzte, dessen Worte ich vernahm, war der Käpt'n: «Ich kann nur hoffen, dass die Cops nicht schießen, wenn ich ihnen gleich Geld anbiete, um die Kühe zu befreien.»

Das Letzte, was ich hörte, war Old Dog, der mir mit letzter Kraft zuraunte: «Noch einmal werden dir die Menschen nicht helfen. Ich werde dich töten. Und ich werde zu dir kommen, wenn du am glücklichsten bist!»

Kapitel 44

«Tschirp, tschirp ...»

... hörte ich, als ich wieder zu Bewusstsein kam.

«Tschirp, tschirp ...»

Ich war noch viel zu alle, um meine Augen zu öffnen.

«Tschirp, tschirp.»

Und ich fragte mich: «Tschirp? Wieso tschirp?»

«Tschirp, tschirp, tschirp», kam es, fast so, als ob es eine Antwort auf meine unausgesprochene Frage wäre. Es war eindeutig Vogelzwitschern, was verblüffend war, denn bevor ich angeschossen – oder vielleicht sogar erschossen? – wurde, hatte ich doch keinerlei Vögel bemerkt. Dafür hörte ich jetzt nichts von den Menschen, von den Audoos und von den Knallstäben, die mir zuvor noch in den Ohren gedröhnt hatten. Ich spürte auch nicht die stickige, heiße Luft der großen Stadt, dafür wehte ein leichter Wind um meine Schnauze, genau richtig, um einen zu erfrischen.

Das Tschirpen der Vögel – es schienen zwei zu sein, die sich gegenseitig verliebt becircten – ging nun über in einen fremdartigen Gesang. Der war um so vieles schöner, als ich es je zuvor von einem Singvogel gehört hatte: «Heaven, I am in heaven, and my heart beats so that I can hardly speak, when I am flying with you, cheek to cheek ...»

Ich öffnete endlich die Augen und erkannte, dass ich auf einer Wiese lag. Das Gras war so grün und wirkte so saftig, als wäre es nicht von dieser Welt. Wenn ich über seine Pracht nicht so erstaunt gewesen wäre, hätte ich sofort hineingebissen. Stattdessen richtete ich mich auf und sah direkt über mir zwei singende bunte Vögel. Sie flogen verliebt umeinander, Wange an Wange, in den wolkenlosen Himmel hinein, dessen strahlendes Blau heller und gleichzeitig schöner leuchtete, als ich es bisher kannte. Als ob es ein anderer, fremder Himmel war. Gab es womöglich zwei Himmel? Oder gar noch mehr? Ach, was wusste ich schon von der großen weiten Welt?

Ich drehte mich einmal um meine eigene Achse: Die Weide schien sich in alle Richtungen ins Unendliche auszudehnen, ohne dass man einen Bauernhof sah, einen Traktor oder irgendetwas anderes von den Menschen Errichtetes. Das Ganze ließ nur einen Schluss zu: «Das Himmelreich von Naia gibt es wirklich ... und ich olle Kuh steh mittendrin!»

Nein, halt, es ließ noch einen weiteren Schluss zu: «Wenn es das Himmelreich wirklich gibt, dann hätte ich mich im richtigen Leben gar nicht so sehr abmühen müssen. Oder besser gesagt: abmuhen.»

Während ich noch darüber nachdachte, erkannte ich mit einem Mal gegen das strahlende Licht der Sonne, dass sich mir eine Kuh näherte. Bei Naia, dies war gewiss Naia!

Mein Herz schlug mir bis zum Hals. Ach, was sag ich, bis in die Hörner! Wie sollte ich der Gotteskuh nur begegnen?

Mich ihr vor die Füße werfen? Oder ihr wegen dem ganzen Quatsch, den man in seinem Leben so aushalten musste, mal richtig die Meinung muhen?

Das Sonnenlicht blendete mich, ich konnte die näher kommende Naia nicht richtig erkennen. Ich wurde immer aufgeregter: Gleich würde ich auf die Gotteskuh treffen, und wenn ich nicht meine Zunge hütete, würde ich sie sofort gegen mich aufbringen, was sicherlich nicht zu den besten Ideen gehörte, wenn man gerade frisch im Himmelreich eingetroffen war.

Jetzt war die Kuh nur noch wenige Meter entfernt, und mit jedem Schritt, den sie auf mich zukam, erkannte ich immer deutlicher: Das war gar nicht Naia ...? Das war ja ... Radieschen?!?

«Endlich bist du auch aufgewacht ...», lachte meine Freundin.

«Sind wir alle ins Himmelreich gekommen?», fragte ich sie.

Statt einer Antwort lachte Radieschen nur: «Du bist sooo süß, Lolle!», und schlabberte mich ab. Dies tat mir zwar gut, aber meiner Verwirrung keinen Abbruch.

«Sind wir oder sind wir nicht im Himmelreich?», insistierte ich und dachte mir, dass Radieschens «Du bist sooo süß, Lolle!» ein Hinweis darauf war, dass ich irgendetwas hier ganz und gar nicht begriff.

«Wir sind in einem Paradies. Aber wir sind nicht im Himmelreich», antwortete Radieschen. Ich verstand immer noch nichts. Um ehrlich zu sein, ich verstand noch viel weniger als nichts, selbst wenn so etwas rein rechnerisch nicht möglich war.

«Komm, ich zeig es dir», lächelte Radieschen, ringelte ihren Schwanz in den meinen ein und ging dann mit mir los über das wunderbare Gras, das sich unter den Hufen unfassbar weich anfühlte und wunderbar frisch roch. Diese wundervolle Wiese, so viel wusste ich jedenfalls schon, wollte ich nie wieder verlassen, egal, wo sie sich auch befand.

Nach einer Weile erkannte ich im hohen saftigen Gras eine Herde liegen. Es handelte sich bei den Tieren unter anderem um Champion, Hilde und Susi, aber eben nicht nur: Hier grasten auch jede Menge andere Kühe, vielleicht fünfzig an der Zahl. Sie wirkten fremdartig, faszinierend, geradezu erhaben. Sie waren auch viel größer und kräftiger als wir und besaßen ein schwarzes Fell, das in der Sonne glänzte. Gegen diese Wesen wirkten wir im Vergleich richtig schmuddelig und heruntergekommen. Aber unser Aussehen schien diesen selig wirkenden Kühen nichts auszumachen. Sie alle lächelten mich lieb, wenn auch etwas entrückt, an.

«Das sind unsere neuen Freunde», erklärte mir Radieschen, «die Wagjus.»

Wagju? Das war doch ein Name, den der Käpt'n erwähnt hatte.

Eine der glänzenden Kühe, sie war bestimmt einen Kopf größer als ich, stand auf und begrüßte mich freundlich: «Ich bin Maggie, die Älteste in unserer kleinen Herde. Herzlich willkommen bei uns auf der Ponderosa-Weide.»

Maggie wirkte unglaublich lieb. Nicht auf die Art, wie Radieschen lieb war, sondern eher völlig verträumt.

«Freut mich, Maggie», antwortete ich, ohne dass es mich wirklich freute, war ich doch viel zu durcheinander.

«Das Futter hier ist großartig», jubelte Champion, dessen Wunde schon ein bisschen verheilt war, ich war wohl wirklich lange ohnmächtig gewesen.

«Und das Wasser erst», freute sich Susi.

«Und dass einen hier niemand schlachten will, ist auch nicht gerade zu verachten», fand Hilde, die sich sichtlich wohl zwischen den schwarzen Kühen fühlte. Diese hatten zwar keine braunen Flecken wie sie, aber sie besaßen eben auch eine andere Farbe als wir.

Großartiges Futter. Großartiges Wasser. Großartiges Gras. Und keine Gefahr für Leib und Leben. Kein Wunder, dass die Kühe hier um so vieles besser aussahen als wir. Aber ich verstand immer noch nicht: Wie waren wir hierhergekommen, wo genau lag diese Ponderosa-Weide? All diese Fragen sammelten sich in meinem Mund zu einem einzigen frustrierten Aufstöhner: «Arghhh!»

«Wie bitte?», fragte Radieschen.

Hilde lachte: «Lolle möchte wohl wissen, wie wir hierhergelangt sind.»

«Nein, ich möchte wissen, wie ich einen guten Balztanz mache», erwiderte ich schnippisch.

«Wieso das denn?», fragte Radieschen, für die Ironie eine Fremdsprache darstellte.

Susi lachte: «Weil Lolles Balztanz ein bisschen so aussieht, als ob sie dabei unter Durchfall leidet.»

Der blöden Kuh ging es hier anscheinend schon wieder viel zu gut.

«Ach deswegen», meinte Radieschen nun zu verstehen. «Also, Lolle, ich finde, dein Balztanz sieht nicht nach Durchfall aus, vielleicht eher ein bisschen nach Blasenproblemen und ...»

«NATÜRLICH WILL ICH ENDLICH WISSEN, WAS LOS IST!», unterbrach ich sie.

Radieschen war jetzt wirklich verwirrt. Bevor sie aber etwas neues Dummes antworten konnte, ergriff Hilde das Wort und berichtete mir, was sich zugetragen hatte: Nachdem wir alle von den Knallstäben getroffen wurden, schliefen wir lange. Vermutlich tagelang. Und ich noch mal ein paar Stunden länger als die anderen, weil mich mehr Pfeile getroffen hatten. Der Käpt'n hatte indessen anscheinend dafür gesorgt, dass die Männer mit den Knallstäben uns verschonten und wir weit, weit weg von New York gebracht wurden, eben auf diese Ponderosa-Weide. Maggie und die anderen hatten uns bereits herzlich in ihre Herde aufgenommen und schier Unglaubliches berichtet, wie gut es einem in diesem Paradies ergeht, wie lieb die Menschen zu einem sind und was sie alles für einen tun.

«Die massieren uns», ergänzte Maggie Hildes Erzählungen.

Diese Kuh, so dachte ich, hatte wohl zu viel gegärte Weintrauben gefuttert. Menschen, die Kühe massierten, das war verrückt. Ab und zu massierten wir Kühe uns gegenseitig mit der Schnauze, und Champion hatte es mal bei mir mit den Hufen versucht, was ähnlich schön war wie eine Zitzenentzündung. Aber weil er sich so viel Mühe dabei gegeben hatte, hatte ich es nicht übers Herz gebracht, ihm dies zu sagen. Doch Menschen? Die würden doch so etwas nie tun!

«Du bist dir sicher», fragte ich die freundlich entrückte Maggie, «dass dir im Wort massieren nicht ein ‹akr› fehlt?»

«Wie?», lächelte sie verständnislos.

«Du meinst doch bestimmt massakrieren?»

«Warum sollten die Menschen uns massakrieren?», fragte Maggie verwirrt, aber immer noch lächelnd.

«Weil sie uns vielleicht essen wollen?», bot ich etwas ungeduldig eine mögliche Erklärung an.

«Du redest wirres Zeug», lachte Maggie laut auf.

«Ich rede wirr? Ich bin nicht diejenige von uns beiden, die gesagt hat, dass die Menschen uns massieren», hielt ich ihr entgegen.

«Es stimmt, was sie sagt», sprang Hilde der großen schwarzen Kuh bei, «wir wurden auch schon von den Menschen so verwöhnt.»

Dann erzählte sie mir, dass die Menschen einen auch bürsteten und einem sogar das Fell mit einer nach Rosen riechenden Flüssigkeit einrieben, damit es so schön glänzte. Ich hielt dies alles immer noch für Spinnerei, aber Radieschen grinste nur: «Für solche Dienste hatte Naia doch einst die Menschen erfunden!»

Weshalb Naia die Menschen erschuf

Naia und Hurlo befanden sich mal wieder beim Liebesspiel, als die aufgebrachten Kühe vorstellig wurden. Hurlo seufzte: «Ist man denn hier nie ungestört?»

Naia unterbrach das Liebesspiel und bat Hurlo, doch alleine weiterzumachen. Hurlo blickte darauf recht verdrießlich drein, und die Kühe begannen, sich zu beklagen: über die Fliegen, die sie nicht vertreiben konnten, wenn diese auf der Nase landeten, über den Schmalz in den Ohren, den sie nicht mit den Hufen entfernen konnten, über die ganzen Fladen, die niemand für sie verbuddelte und die daher langsam, aber sicher müffelten, und über vieles, vieles mehr, gegen das sie nichts ausrichten konnten, weil ihre Hufe zu klobig waren. Sie verlangten von Naia, dass diese endlich Abhilfe schuf für all die Widrigkeiten. Naia überlegte die ganze Nacht hindurch, was sie tun könnte – sehr zum Miss-

fallen von Hurlo, dessen Hufe fürs ‹alleine weitermachen› ebenfalls viel zu klobig waren. Bei Morgengrauen schließlich hatte Naia die Erleuchtung: Es wäre doch fein, wenn sie ein Wesen mit Händen erschuf, das den Kühen auf ewig zu Diensten sein könnte und all das für sie erledigte, wozu sie selber mit ihren Hufen nicht fähig waren. Dieses Wesen sollte den Namen Mensch tragen. Die Gotteskuh setzte den Menschen in die Welt und lief sogleich zu Hurlo, damit dieser nicht mehr unbeholfen alleine weitermachen musste. Dummerweise vergaß sie, dem Menschen zu sagen, zu welchem Zwecke sie ihn erschaffen hatte.

Mein Herz quoll über vor Freude: Wir waren dort gelandet, wo Menschen und Kühe so miteinander zusammenlebten, wie es einst von Naia beabsichtigt worden war. Unsere kleine Herde musste also gar nicht mehr nach Indien, denn wir waren wahrlich bereits im Paradies angelangt. Hier konnte mein Kalb geboren werden!

Kapitel 45

Das Leben war in den nächsten Vollmonden einfach wunderbar.

Die Tage waren warm. Die Nächte lau. Und die Menschen behandelten uns wie Götter.

Bei unseren menschlichen Dienern handelte es sich allesamt um Frauen, sie hießen Jill, Jane, Mary und Poppins, Letztere waren Zwillinge. Sie nannten sich selbst «Cowgirls», was immer dies auch genau bedeutete. Sie waren braun gebrannt, trugen blaue Hosen, weiße Hemden und große Strohhüte. Die vier lachten den ganzen Tag und kümmerten sich liebevoll um uns. Nicht nur, dass sie uns massierten, uns das Fell einrieben und uns mit Köstlichkeiten versorgten, nein, frühmorgens gaben sie uns auch einen Schluck von dem wunderbarsten Wasser zu trinken, das wir je gekostet hatten, es war rötlich, und die Cowgirls nannten es Chianti. Nahm man einen Schluck, war man für kurze Zeit angenehm beschwingt oder auf süßliche Art benommen. Unser Fell wurde immer schöner, wir wurden immer dicker und unser Fleisch auf schöne, geschmeidige Art weich und zart. Vor lauter Wohlempfinden vergaß ich in dieser Zeit alle meine Sorgen: Ich dachte nicht mehr an Old Dog – wie sollte er uns auch finden, wo wir doch nicht mal selber wussten, wo genau wir uns auf der Welt befanden –, und mir war es auch egal, dass Hilde mir die Führung unserer kleinen Truppe entrissen hatte, denn hier brauchten wir keine Anführerin mehr. Ich war sogar davon überzeugt, dass Giacomo sein Glück gefunden hatte und er mit seinem Frauchen fröhlich eine rauchen würde.

Mein Bauch wurde dicker und dicker, einerseits von der guten Ernährung, andererseits aber auch, weil das Kalb in mir heranwuchs. Manchmal lächelte ich Champion zu, dessen Bauchwunde mittlerweile ganz verheilt war und der immer mal wieder mit seinen Hufen beim Grasen meine berührte – natürlich gaaanz zufällig. Ich ließ dies gerne zu und konnte mir gut vorstellen, mit ihm hier ein neues, gemeinsames Leben zu beginnen. Dass er das auch wollte, hatte er mir auf dem Weg vom Hafen nach New York ja gesagt. In diesem wohligen Paradies vergaß ich endgültig alles, was er mir angetan hatte, und wünschte mir immer mehr, dass wir wieder ein Paar würden.

Doch nicht nur Champion und ich hegten solche Gedanken, auch Radieschen unternahm nach all den Vollmonden endlich einen Versuch, Hilde ihre Liebe zu gestehen. Obwohl sie so große Angst davor hatte, Hilde als Freundin zu verlieren. Entsprechend war es kein allzu direkter, geschweige denn geschickter Versuch.

«Hilde?», fragte Radieschen, als die beiden eines schönen Tages nebeneinander in der Sonne vor sich hin dösten.

«Ja?», fragte Hilde zurück und öffnete dabei lediglich halb die Lider.

«Wenn eine Kuh und eine andere Kuh immer gerne zusammen ‹Fang den Fladen› spielen und plötzlich die eine Kuh ein ganz anderes Spiel vorschlägt, das die andere aber ganz und gar nicht spielen will, glaubst du, dass die beiden danach immer noch Freundinnen sein können?»

Auf Hildes Gesicht konnte man ein einziges Wort lesen, und das lautete: Häh?

«Glaubst du, dass eine Freundschaft so etwas aushält?», hakte Radieschen nach.

«Warum denn nicht?»

«Weil», sagte Radieschen leise, «das andere Spiel ‹Kuschel den Euter› heißt.»

«Kuschel den Euter?»

«So nannte Oma Hamm-Hamm es, wenn man den Euter kuscheln will ...»

«Aha ...», antwortete Hilde mild verstört.

«Wenn man hingegen etwas bei einem Stier kuscheln wollte, nannte Oma Hamm-Hamm das ‹Kuschel den ...›»

«Ich will es gar nicht hören!», rief Hilde und sprach mir damit aus der Seele.

Radieschen schluckte, schwieg kurz und sagte dann vorsichtig: «Du hast mir meine Frage nicht beantwortet.»

Hilde sah Radieschen an und begriff langsam, worum es bei «Kuschel den Euter» genau ging: «Bist du in eine Kuh aus der Herde verliebt?»

«Wie … wie kommst du denn auf so etwas …?», stotterte Radieschen.

Hilde betrachtete sich unser Radieschen und hätte antworten können: «Weil du gerade im Gesicht hektische Flecken bekommst», doch sie schwieg. Sie ahnte wohl, wessen Euter gekuschelt werden sollte. Hilde liebte sie zwar, aber eben nicht so, wie Radieschen sich das gewünscht hätte. Andererseits liebte sie Radieschen als Freundin so sehr, dass sie es nicht ertragen konnte, ihr weh zu tun. So brachte Hilde die Kuh vom Liebeseis, indem sie sich aufrappelte und fröhlich vorschlug: «Lass uns nicht so viel quatschen, sondern lieber ‹Fang den Fladen› spielen!»

Radieschen nickte, und statt weiter nachzubohren, kickte sie mit Hilde fröhlich die Fladen umher, sehr zum Missfallen von Susi, die einen voll ins Gesicht bekam und motzte: «Manchmal stinkt es mir mit euch!»

Radieschen wirkte erleichtert, dass sie sich keine direkte Abfuhr hatte einhandeln müssen, denn ohne diese konnte sie in ihrem Herzen die Illusion bewahren, dass Hilde sie vielleicht doch lieben könnte. Illusionen bereiteten einem eben manchmal mehr Freude als die Realität.

Kapitel 46

In diesen Vollmonden war unser kleines Paradies für mich perfekt. Auch die anderen dachten keine Sekunde mehr an Indien. Die Einzige, die hier ganz und gar nicht glücklich war, war eine kleine merkwürdige Wagju-Kuh namens Cassie, die immer abseits lag und viel schlechter genährt war als wir alle, weil sie das großartige Futter aus irgendwelchen Gründen verabscheute. Eines Morgens, ich schlabberte gerade mal wieder dieses wundervolle Chianti-Wasser und dachte bei mir, dass heute ein guter Tag sein würde, um mich mit Champion zu versöhnen, trat die kleine Kuh zu mir und sagte: «Als Hochschwangere würde ich das nicht trinken.»

«Warum denn nicht?», wollte ich wissen.

«Um zu vermeiden, dass mein Kind mit zwei Köpfen auf die Welt kommt.»

Ich schluckte.

«Zwei Köpfe, die beide nicht vernünftig sprechen können.»

Ich schüttelte mich, was besaß diese Cassie doch für eine beklemmende Phantasie.

«Cassie, du hast was Unangenehmes an dir», ranzte ich sie an, ohne mir Gedanken darüber zu machen, ob ich vielleicht unhöflich war. Ihr war es ja schließlich auch völlig egal, dass ihr Gerede einem auf den Pansen schlug.

«Ich bin hier nicht das Unangenehme. Du glaubst doch nicht wirklich, dass die Menschen das hier alles aus Nettigkeit tun?» Auf ihrem Gesicht zeichnete sich das erste Mal ein Lächeln ab, doch es wirkte schief und verbittert.

«Warum sollten sie es denn sonst tun?», fragte ich.

«Weil unser Fleisch dann weicher ist und den Menschen besser schmeckt», antwortete die kleine Wagju und trottete davon.

Mir wurde ganz flau, konnte es etwa sein, dass die lieben Cowgirls genauso mies waren wie unser Bauer? Nein, diese Frauen waren anders! Sie besaßen sonnige Gemüter, waren freundlich und wohl riechend. Der Bauer aber war stets missgelaunt gewesen, rüde, und sein Gestank hätte an schlechten Tagen einen Eber einschläfern können.

Maggie trat zu mir und erklärte lachend: «Nimm Cassie nicht ernst, sie ist als kleines Kind aus Versehen in einen ganzen Trog mit Chianti-Wasser gefallen.»

In diesem Augenblick beschloss ich, meinem Kalb zuliebe nichts mehr von dem wunderbaren rötlichen Wasser zu trinken. Mein Kleines sollte nicht so werden wie die übelgelaunte kleine Wagju.

Maggie legte sich wieder ins weiche Gras, doch ich blieb verunsichert stehen. Das Paradies hatte den ersten Riss bekommen.

Am Abend wollte ich diesen kitten und mich endlich wieder mit Champion versöhnen. Die Sonne ging gerade unter – und muh, selbst der Sonnenuntergang war hier, in dem, was die Cowgirls «das Herz der USA» nannten, noch farbenfroher und intensiver als auf dem Meer.

Champion hatte das schöne kleine Ritual, einen kleinen Abendspaziergang über die Weide zu machen, alleine, ohne die Herde. Ich löste mich von den anderen, um ihm zu folgen, wollte ich doch ungestört mit ihm sein. Ich spürte das weiche Gras unter den Hufen und malte mir in Gedanken aus, wie Champion und ich mit unserem Kälbchen über diese Wiese tollen würden, als ein glückliches Elternpaar, das es geschafft hatte, alle Fehler der Vergangenheit zu vergessen. Ich, indem ich Champion verzieh, und er … nun, er hatte ja eh alles vergessen.

Ich ging über eine kleine Anhöhe, und hinter der sah ich Champion in den Sonnenuntergang blicken, und neben ihm stand … Susi?!?

Mit einem Mal ahnte ich, dass das Vergessen doch nicht so einfach würde wie erhofft.

Die beiden standen mit ihren Hinterteilen so zu mir, dass sie mich gar nicht bemerkten. Dafür bekam ich genau mit, was Susi zu meinem geliebten Stier sagte: «Komm, du willst es doch auch.»

Mit «es», so befürchtete ich, war nicht «Fang den Fladen Spielen» gemeint, sondern eher «Kuschel den Euter» oder «Kuschel noch ganz andere Dinge».

«Nein ... ich will es nicht», antwortete Champion.

Brav.

Schade nur, dass das unsichere Zittern in seiner Stimme den Satz weniger überzeugend wirken ließ, als ich es mir gewünscht hätte.

«Du willst es also nicht so richtig schamlos mit mir treiben?», lächelte Susi auf eine Art, die sie selbst sicherlich für verführerisch hielt, die ich aber eher als vollschlampenhaft bezeichnet hätte.

«N... n... nö...», hauchte er schwach.

Ich hätte mir doch etwas mehr Entschiedenheit gewünscht als so ein schwächliches «N... n... nö...».

Susi fragte: «Wann hast du es denn das letzte Mal mit jemandem gemacht?»

Eine hochinteressante Frage, deren Antwort noch interessanter wurde, weil Champion zögerte, sie zu geben. Bei Naia, hatte er womöglich mit einem Wagju-Rind Liebe gemacht, ohne dass ich dies mitbekommen hatte?

«Ich kann mich nicht erinnern ...»

War das jetzt nur eine schwache Ausrede?

«... es muss gewesen sein, bevor ich das Gedächtnis verlor.»

Es klang glaubwürdig, kein bisschen nach einer Ausrede. Braver Champion.

«Also», stellte Susi fest, «war es das letzte Mal mit mir.»

Doch nicht so braver Champion.

«Vor vielen, vielen Vollmonden!», lachte Susi.

Das missfiel Champion jetzt auch.

«Und du willst es jetzt nicht mit mir machen, weil ...?», ließ Susi nicht locker. Ihr ging es wirklich in diesem Paradies wieder viel zu gut. Alles, was sie an Selbsterkenntnissen in ihren schwachen Momenten hatte, schien wieder vergessen.

«Wegen Lolle.»

Jetzt hätte ich ihn wieder vor Freude abschlabbern können.

«Wegen einer trächtigen Kuh, die dich nicht an sich ranlässt?»

«Hmm ...», bestätigte Champion nuschelnd.

«Die dich vielleicht nie wieder ranlässt.»

«Hmm ...» Er wurde kleinlauter.

«Für die nimmst du in Kauf, so zu leben wie ein Ochse?»

«Hmm ...» Er war kaum noch zu hören.

«Obwohl du ein stattlicher Stier bist, der mich sofort haben kann?»

«So, wie du das sagst», fand Champion, «kling ich irgendwie blöd.»

FIND ICH NICHT!, dachte ich.

«Das liegt daran, dass du blöd bist», lächelte Susi. «Überlege mal, du kannst nach all der Zeit der Enthaltsamkeit endlich mal wieder Spaß haben.»

Champion schluckte.

Susi wedelte verführerisch mit ihrem Euter: «Willst du darauf etwa verzichten?»

«Fblmf ...», stammelte Champion.

«Heißt fblmf ja, oder heißt fblmf nein?»

Das wollte ich jetzt auch gerne wissen.

«Fblmf ...»

«Also ja», lächelte Susi.

«Fblmf», antwortete Champion schwach, aber zustimmend.

«Lolle wird es auch nie erfahren ...», lächelte Susi maliziös.

«DA WÄRE ICH MIR NICHT SO SICHER!», rief ich von hinten.

Beide drehten sich erschrocken um.

«Lolle?», fragte Susi entsetzt.

«Fblmf?», fragte Champion noch viel entsetzter.

«Hör mir auf mit fblmf!», drohte ich wütend und mit Tränen in den Augen.

«Frudulu?», versuchte er unsicher, mich zu beschwichtigen.

«Und das Frudulu kannst du dir dahin stecken, wo die Sonne nicht mehr scheint!»

«In einen Maulwurfshügel?», wollte er eingeschüchtert wissen.

Ich verdrehte die Augen.

«Also», merkte Susi spitz an, «ich finde dein Verhalten etwas unsachlich.»

«Und ich deins arg schlampig!»

«Wenn du ihn nicht an dich ranlässt, musst du dich nicht wundern, wenn es jemand anderes tut!», hielt sie dagegen.

«Fblmf», gab Champion ihr recht.

«Schnauze!», ranzte ich ihn an.

«Du wirst ja immer sachlicher», spottete Susi.

«Frudulu!», stimmte Champion ihr zu, plötzlich etwas nachdrücklicher. Er sah mich nun herausfordernd an, als ob er der Ansicht wäre, ich behandele ihn ungerecht. Vor wenigen Minuten noch wollte ich mit ihm wieder ein Paar werden und hätte auch gerne mit ihm Liebe gemacht, aber jetzt …?

Wütend blitzte ich ihn an. Er blitzte zurück und sagte mit klarer Stimme: «Ich habe viele Vollmonde auf dich gewartet. Jetzt sag mir endlich, ob wir zusammen sind oder nicht?»

Womöglich hätte ich trotz allem sogar doch noch «ja» gesagt, wenn da nicht Susi so überheblich grinsend gestichelt hätte: «Bestimmt lässt sie sich mit der Antwort noch ein paar hundert Vollmonde Zeit!», woraufhin Champion mich wütend anschnaubte. Jedenfalls hätte ich gewiss nicht «Wir werden nie im Leben zusammenkommen!» gebrüllt, so wie ich es nach seinem Schnauben tat, und ich wäre wohl auch nicht so wütend davongestapft.

Als Letztes hörte ich Susi gelassen zu Champion sagen: «Also, dann können wir es ja jetzt miteinander tun.»

Ich war zu schwach und zu gedemütigt, um zu protestieren. Und ich wagte auch nicht, mich umzuschauen, ob Champion jetzt mit ihr fblmfen würde oder nicht.

Kapitel 47

Schon wieder! Schon wieder! Schon wieder!

Ich saß wieder mal am Wasser und hätte schon wieder am liebsten wegen Champion geheult. Und doch war es diesmal ganz anders als damals, als ich ihn das letzte Mal mit Susi erwischt hatte, und auch anders, als ich alleine in Cuxhaven unter den Kran gekrochen war. Just, als ich gerade weinen wollte, trat das Kleine, das sich in meinem Bauch befand, als wolle es sagen: «Hey, es gibt nicht nur eine Liebe und auch nicht nur ein Glück auf der Welt!»

Das Kalb in meinem Bauch war gewachsen und besaß nicht nur einen Herzschlag, sondern mittlerweile eine ganz eigene, besondere Seele, das spürte ich in diesem Augenblick genau. Diese Erkenntnis machte mich zutiefst glücklich, und ich begann leise, ein altes Lied zu singen, das die Schwangeren in unserer Herde immer sangen, wenn die Tragezeit sich langsam dem Ende näherte:

Can you feel the Kalb tonight?
Sein Herz schlägt in mir.
Es zu spür'n, lindert alles Leid.
Wer braucht da noch 'nen Stier?

Das Kalb in meinem Bauch trat mich zustimmend. Und ich sang noch weiter:

Can you feel the Kalb tonight?
Wie sein Herz so schlägt?
Es zu spüren, macht mich zu 'ner Kuh,
die alles erträgt …

Ja, ich hatte die Kraft, dieses Kalb in die Welt zu setzen. Das wusste ich nun genau.

Es zu spüren, macht mich zu 'ner Kuh,
die nun endlich lebt …

Während ich dies sang, wurde mir klar: Ich würde jetzt Champion keine einzige Träne mehr nachweinen. Nicht aus Stolz oder so. Nein, ich war mit ihm jetzt endgültig durch!

Die Liebe zu dem kleinen Wesen in meinem Bauch war

so groß, dass sie mich in diesem Moment mit einem tiefen inneren Frieden erfüllte.

Ich ahnte ja nicht, dass dies unser letzter Abend auf dieser saftigen Wiese sein würde. Und wir uns schon morgen auf den Weg zu einem Ort machen würden, den die Menschen Gourmet-Restaurant nannten.

Kapitel 48

Es mussten die Karotten gewesen sein. Oder das Chiantiwasser. Oder dieses auf der Zunge kitzelnde Getränk namens Dom Pérignon, das die Cowgirls uns ausnahmsweise als Nachttrunk gegeben hatten. Jedenfalls hatten sie uns alle eingeschläfert. Hilde, Radieschen, Susi, Champion, mich, die Wagjus ... einfach alle. Auf dieser Welt gab es nun mal keine hinterlistigeren Wesen als die Menschen.

Als wir wieder aufwachten, fuhren wir in etwas, das Maggie, die Herdenälteste, als einen Zugwagen bezeichnete. In so einem wurde sie einst auf die paradiesische Weide gebracht, und sie mutmaßte, dass wir alle jetzt auf eine noch tollere Wiese transportiert würden, woraufhin Hilde abfällig murmelte: «Zu viel Chiantiwasser beeinflusst anscheinend das Urteilsvermögen.»

Benommen versuchte ich, mich zu orientieren: Der Zugwagen ratterte laut, und man hörte einen irren Fahrtwind. Dieser rollende Stall bewegte sich schrecklich schnell, womöglich noch schneller als ein Audoo. Wir standen auf hartem Holz, das spärlich mit Stroh bedeckt worden war. Ein bisschen fahles Licht fiel durch kleine vergitterte Fenster, die so weit oben lagen, dass man durch sie nicht aus dem Wagen herausschauen konnte. Als ich dieses schwache Licht sah, wusste ich: Den strahlenden Himmel über der Ponderosa würde ich nie wieder sehen. Und: Wir waren nicht etwa auf dem Weg in ein Paradies, sondern in die Verdammnis.

Cassie, die kleine düstere Wagju, warf mir einen «Was hab ich dir gesagt?»-Blick zu.

Ich antwortete mit einem «Niemand mag Klugscheißer»-Gesicht.

Sie sah mich darauf mit einem «Niemand mag schlechte Verlierer»-Ausdruck an.

Woraufhin ich traurig und laut antwortete: «Wie es aussieht, sind wir alle Verlierer.»

«Dafür habe ich mir nichts vorgemacht», erwiderte Cassie.

«Aber im Gegensatz zu uns hast du dir damit auch noch die letzten Vollmonde auf Erden versaut», hielt ich dagegen. Ihre Besserwisserei ging mir entsetzlich auf die Nerven.

Diese Erkenntnis traf die Kleine. Hart. Traurig blickte sie auf den Boden und stellte fest: «Dann war ich wohl doch nicht so weise, wie ich gedacht habe.»

Das wollte ich nicht bestätigen, hatte plötzlich sogar Mitleid mit ihr, weil sie das ganze Leben lang in Erwartung des Verrats durch die Cowgirls gelebt hatte und dadurch nichts hatte genießen können. Das Wissen um das eigene Schicksal konnte auch ein Fluch sein.

«Ich bin», schnäuzte Cassie, «wohl die dümmste Klugscheißerin der Welt.»

Hilde, die das alles mitbekommen hatte, sah zu der kleinen Wagju. Ich hoffte, sie würde eine nette Bemerkung machen. Aber sie sagte nur zu Cassie: «Heul doch!»

Etwas netter hätte ich es mir dann doch gewünscht.

«Sei lieb zu ihr», schnauzte ich Hilde an. In mir stieg all

die Wut auf, die ich in den letzten Vollmonden verdrängt hatte. In meinem Inneren, so stellte ich fest, war ich immer noch sauer, dass sie mir die Führung der Herde abspenstig gemacht hatte.

Hilde sagte zu der Wagju: «Halt die Luft an und zähl bis 400 000.»

«Das ist nicht wirklich lieb», schnaubte ich. Ich wurde immer gereizter.

«Und wenn sie nur bis 399 999 zählt?», fragte Hilde mit beißender Stimme, während Cassie schon die Tränen über die Wange liefen.

«Kleine Kühe fertigmachen hilft gar nichts, große Anführerin», ranzte ich sie an. «Ohne dich und deine Entscheidungen wären wir doch gar nicht hier!»

Das traf Hilde in ihrer Ehre. Giftig erwiderte sie: «Und wo hättest du uns hingeführt?»

Ich dachte nach: Anstatt nach New York zu gehen, wäre ich bei dem Käpt'n geblieben, und der ... hätte uns sofort zu den Cowgirls gegeben. Es wäre also auf das Gleiche herausgekommen, wenn ich die Herde angeführt hätte. Entsprechend betreten blickte ich an meinem dicken, schwangeren Bauch vorbei auf den Boden.

Hilde und ich schwiegen etwas, bis sie etwas versöhnlicher sagte: «Wir sind wohl beide nicht gerade super, wenn's ums Anführen geht.»

Ich lächelte ihr süßsauer zu: «Nun, es gibt da vermutlich sehr viel Bessere als uns.»

Wir blickten uns um, sahen auf Champion, Susi, Radieschen und auf die ziemlich verstörten Wagjus, woraufhin Hilde feststellte: «Es mag Bessere als uns geben ...»

«... aber nicht in diesem Wagen», vollendete ich.

Nun lächelten wir uns beide süßsauer an.

«Friede?», schlug ich ihr vor.

«Wir schaffen das nur, wenn wir beide zusammenhalten», stimmte Hilde mir zu. Zur Bekräftigung stießen wir mit den Hörnern gegeneinander. Für einen kurzen Moment fühlte ich mich gut, schöpfte gar wieder Hoffnung.

Für einen kurzen Moment.

Denn dann sah ich mir wieder die Wände des ratternden Zugwagens an.

«Eine Idee, wie wir hier herauskommen», meinte Hilde, «wäre nicht schlecht.»

«Wenn die Idee etwas taugte, wäre es sogar noch besser», stimmte ich ihr zu.

«Ich habe noch nicht mal eine schlechte», seufzte sie.

«Frag mich mal.»

«Hast du wenigstens eine schlechte?»

«Nein, ich habe keine einzige», gestand ich ein.

Wir schwiegen wieder. Schließlich seufzte ich: «Wenn es Naia wirklich gibt, dann liebt sie uns nicht.»

«Wenn es sie gibt», sagte meine Freundin, «dann findet sie uns sogar richtig scheiße.»

«Na, dann iste es gut, dass ich euch liebe!», hörten wir plötzlich eine Stimme von oben sagen.

Wir blickten blitzartig hoch: Dort, zwischen den Gitterstäben eines der kleinen Fenster, saß Giacomo und lächelte uns breit an.

Kapitel 49

«Giacomo! Was machst du denn hier?», rief ich erfreut aus.

«Ich sitze zwische die Gitterstäbe von eine kleine Fenster und lächele euch breit an», lächelte er uns noch breiter an.

«Und machst dabei alberne Sprüche», seufzte Hilde, die sich, obwohl sie die Augen rollte, auch über das überraschende Auftauchen Giacomos freute. Sein Anblick gab uns Hoffnung. Eine völlig alberne Hoffnung, zugegeben, denn wie sollte uns so ein kleiner Kater aus dieser furchtbaren Situation schon befreien können, aber nichtsdestotrotz Hoffnung.

Giacomo sprang auf meinen Rücken und sah in die Runde: «Mamma mia, ihr seie ja geworde noch fetter.»

«Und du noch charmanter», gab Hilde zurück.

«Jetzt weiß ich», schnaubte Susi, «was ich all die Vollmonde nicht vermisst habe.»

«Und Ihr, Signorina», lächelte Giacomo sie an, «seie geworde die Fetteste von alle.»

Susi schnaubte, doch bevor sie etwas kontern konnte, drängelte sich Radieschen durch die Wagju zu uns hindurch und lächelte: «Ich finde es schön, dass du da bist.»

«Und ich finde», mischte sich nun Champion ein, «dass wir darüber reden sollten, wie wir hier rauskommen.» Er kam ganz und gar nicht mit der Enge hier im Zugwagen klar, war er doch schon mal so eingesperrt gewesen, damals in dem Audoo von dem Bauern. Auch wenn sein Gedächtnis sich nicht daran erinnern konnte, irgendetwas in seinem Körper tat es: Das konnte man daran erkennen, dass seine Augen hektisch hin- und herwanderten und Schweiß auf seine Stirn trat.

«Ah», lachte Giacomo, «Trottelo ist auch da.»

«Wen nennst du hier Trottelo?», schnaubte Champion.

«Nur ein Trotello würde diese Frage stellen», lachte der Kater nun noch lauter und irgendwie künstlich.

Ich bemerkte, dass Giacomo uns irgendetwas verheimlichte. Nicht dass dies schwer zu bemerken war: Immerhin war er weit weg von seinem Frauchen – hatte er sie überhaupt gefunden? Aber sei es drum, dachte ich mir, Trottelo … äh … Champion hatte recht: Wir hatten dringlichere Probleme als das merkwürdige Verhalten des Katers. Daher fragte ich ihn: «Kannst du uns hier heraushelfen?»

Er schaute sich in dem Wagen um, sah die ganzen Kühe, und sein Gesicht verfinsterte sich dabei. Sehr, sehr ernst antwortete er: «Sì, aber no.»

«Geht es vielleicht ein bisschen klarer?», fragte Hilde.

«Ja, aber auch nein», antwortete der Kater.

«Das nennst du klarer?»

Er flüsterte nun leise: «Ich kann euch rausbringe, aber nicht alle.»

«Das», stammelte Radieschen, «war mir jetzt etwas zu klar.»

«Was heißt nicht alle?» Ich begriff es nicht so schnell wie meine Freundin.

«Die meiste müsse bleibe hier.»

Susi reagierte am schnellsten: «Wenn ich nicht zu ‹die meiste› gehöre, geht das voll in Ordnung!»

Ja, so war sie, die Susi, hatte immer ein Herz für ihre Mitkühe.

Uns andere beschlich ein mulmiges Gefühl: Andere sterben zu lassen, während wir selbst überlebten? War das in Ordnung? Falls wir überhaupt zu denjenigen gehören würden, die es schafften zu fliehen?

Anstatt über diese Fragen weiter nachzudenken, schob ich sie erst mal weit von mir und fragte den Kater das Naheliegende: «Wie kommen wir überhaupt hier heraus?»

Giacomo hüpfte zu der großen Tür des Zugwagens,

durch die wir vermutlich alle von den Cowgirls hereingebracht wurden, als wir bewusstlos gewesen waren. An dieser Holztür war ein ganz kleiner Eisenbalken befestigt. Giacomo deutete auf ihn, nannte ihn «Riegel» und grinste: «Es iste ganze einfach, ihr müsse den nur mit eure Schnauze hochdrücke.»

Ich eilte sofort hin und drückte den Riegel hoch. Die Tür schob sich ganz leicht zur Seite, und durch den schmalen Spalt zog ein unglaublich starker Wind hinein. Die Menschen hatten uns Kühen wohl nicht so viel Intelligenz zugetraut, dieses Riegel-Dingsbums zu durchschauen, womit sie ja auch leider völlig richtiggelegen hatten; ohne den Kater hätten wir nie begriffen, wie diese Tür zu öffnen war. Ich wollte mich gerade dranmachen, sie ganz aufzudrücken, da warnte Giacomo: «Attenzione!»

Mittlerweile wusste ich ja, was dieses Wort zu bedeuten hatte: Gleich gibt's jede Menge Scherereien mit irgendeinem Mist, den ich bis jetzt noch nicht kannte.

Ich drückte die Tür also vorsichtig auf. Der Wind blies mir heftig ins Gesicht, toste in meinen Ohren und zog mich fast hinaus. Doch das war bei weitem nicht das Schlimmste: Bäume sausten an meinen Augen vorbei, in einer unfassbaren Geschwindigkeit. Mir wurde bei ihrem Anblick schlecht, und ich verlor fast die Orientierung. Instinktiv blickte ich nach unten. Dort sah ich Steine in einer ebenso unglaublichen Geschwindigkeit vorbeisausen, dass mir immer schwindeliger wurde. Mir wurde schon etwas schwarz vor Augen, da begriff ich: Nicht die Bäume und die Steine sausten an uns vorbei ... der Wagen raste mit uns auf den Steinen an den Bäumen vorbei! Gleich darauf begriff ich noch etwas wesentlich Übleres: Wenn ich aus dem Wagen auf diese Steine fallen würde, wäre ich platt wie ein Borkenkäfer, dessen letzte Worte lauteten: «Ist der Schatten über uns etwa der Huf einer Kuh ...?»

Ich wich ein paar Schritte von der Wagenkante zurück und drehte mich zu den anderen Mitgliedern meiner kleinen Herde um, die völlig stumm auf die vorbeiziehenden Bäume starrten, während die Wagju sich verängstigt an die Wände pressten, um möglichst weit weg von der Tür zu sein. Allesamt waren sie viel zu entsetzt, um etwas zu muhen. Die Erste, die ihre Sprache wiederfand, war Hilde: «Da können wir unmöglich rausspringen.»

«Oh doch, das ihr könne», widersprach der Kater und übertönte dabei den lauten Fahrtwind.

«Entweder», fand Susi, «hat der Kater einen an der Klatsche oder ich.»

«Wieso ist das eine Entweder-oder-Frage?», merkte Hilde an.

«In wenige Minute», erläuterte der Kater, «diese Zuge fahre auf eine riesige Brücke drauf, und dann ihr könne springe raus.»

Champion fand nun: «In jedem Fall hat der Kater einen an der Klatsche.»

Hilde gab ihm recht: «Von einer Brücke fallen wir ja aus noch mehr Höhe auf die Steine.»

«Ihr falle in die Wasser. Die Brücke gehe über die Mississipi.»

Radieschen war erstaunt: «Die geht über Pipi?»

«Das würde deiner Oma Plem-Plem gefallen», sagte Susi.

«Nenn sie nicht immer Plem-Plem!»

«Beknackt-Beknackt.»

«Auch nicht so!»

«Gegen den Baum gelaufen – Gegen den Baum gelaufen?»

Radieschen wollte wütend etwas erwidern, da erklärte der Kater: «Die Mississipi iste eine Fluss.»

Wir atmeten nun alle tief ein: Wir sollten aus diesem fahrenden Wagen von einer Brücke in einen Fluss springen? Jetzt war es gewiss: Der Kater hatte wirklich einen an der Klatsche.

«Was ihr habe zu verliere?»

«Unser Leben?», kiekste Susi.

«Das ihr dadurch nur könne gewinne.»

«Auch wieder wahr», musste ich zugeben. Wir waren auf dem sicheren Weg in den Tod. Wir hatten also nur die Wahl zwischen Maul- und Klauenseuche oder Blauzungenkrankheit.

Doch falls wir den Aufprall überlebten, hätten wir eine Chance, denn wir Kühe konnten ja schwimmen. Wie gesagt: falls wir den Aufprall überlebten. Falls ist ja so ein blödes Wort.

«Aber die Brücke iste nichte lange ...», mahnte Giacomo, «ihr müsse seie schnell und die andere Rinder zurücklasse.»

«Was soll denn dann aus ihnen werden?», fragte Radieschen.

«Die Wagju lande auf die Teller von die Gourmets», seufzte Giacomo, kaum hörbar, über den Fahrtwind.

Wenn Gourmets sich so etwas einfallen ließen – erst die Kühe so zu verwöhnen, damit sie mehr auf den Rippen haben und ihr Fleisch weicher wird –, dann mochte ich diese Gourmets noch weniger als die normalen Menschen.

Ich rief den anderen zu: «Wir müssen so viel von den Wagju mitnehmen, wie es geht!»

«Müssen wir?», fragte Susi, die nur ihr eigenes Fell retten wollte.

Ich sah sie böse an.

«Man wird ja noch fragen dürfen», sagte sie leise.

Giacomo seufzte: «Da werde du nicht viele Glück habe. Die seie nicht so erfahre mit die Lebe wie ihr. Ihre Hoffnung werde größer sein als ihre Angst, und deswegen werde sie auf eine Happy End hoffe und im Wage bleibe.»

«Was ist ein Happy End?», fragte Radieschen. «Klingt irgendwie schön.»

«Etwas, was es nur gebe in Phantasie», seufzte der Kater, und man merkte, dass er dabei an etwas ganz anderes dachte als an die Wagjus, dem traurigen Blick nach zu urteilen vermutlich an sein Frauchen. Dann riss er sich zusammen, reckte seinen Hals aus der offenen Tür und rief: «Die Brücke komme! Bereitet euch vor auf die Sprunge!»

Wir – das heißt diejenigen von uns, die nicht Wagjus waren – traten an die Tür und lugten vorsichtig heraus. Der Wind blies uns fast den Kopf weg. Hinter einer Kurve sahen wir die Brücke, sie war unfassbar hoch, mindestens fünfzig Kuhlängen.

«Da spring ich nicht herunter!», rief Susi.

«Denk an die Alternative!», antwortete Hilde.

«Ich würde lieber an eine saftige Wiese denken!»

«Kann ich verstehen», fand Hilde.

«Alles besser, als in diesem Wagen zu bleiben», erklärte Champion, der jetzt am ganzen Leib schwitzte und zitterte und vermutlich selbst in den größten brennenden Fladen gesprungen wäre, nur um der beklemmenden Enge des Wagens zu entkommen.

Die Brücke kam immer näher, Hilde wandte ihre Schnauze zu meiner und fragte mich: «Wer von uns beiden soll denn jetzt anführen und als Erste springen?»

«Mach du das», rief ich über den Fahrtwind, «ich geh als Letzte und sorg dafür, dass möglichst viele mitkommen.»

Hilde sah mich an wie noch nie zuvor und antwortete mit einem starken Hauch von Ehrfurcht in der Stimme: «Du denkst bis zuletzt an die anderen, ich nur daran, voranzugehen. Du bist die einzige, wahre Anführerin!»

Ich schluckte, es war klar, dass sie mir damit wieder die Verantwortung für die Herde übertragen hatte. Weil sie mich für die Bessere hielt. Hoffentlich würde ich sie, und uns alle, nicht enttäuschen.

Der Zug erreichte die Brücke, Hilde atmete durch und sprang mit einem riesigen Kuhsatz aus dem Wagen. Sie fiel ... und fiel ... und schrie «AHHH!» und fiel und schrie noch mehr und machte platsch ... und tauchte nicht mehr auf.

«Plötzlich», schluckte Radieschen, «bin ich mir nicht so sicher, ob das mit dem Springen eine so gute Idee ist.»

«Ich fand die schon immer kacke», bestätigte Susi.

Doch da tauchte Hilde mit einem Male aus dem Wasser wieder auf und schnappte nach Luft.

«Na gut», sagte jetzt Champion tapfer und hüpfte, ohne lange zu zögern, als Nächster ins Wasser. Dabei schrie er, typisch Kerl: «ARSCHBOMBE!»

Wir hatten inzwischen die Mitte der Brücke erreicht. Radieschen war nun an der Reihe, sie murmelte zu sich, für uns kaum hörbar: «Jetzt bin ich mal gespannt, ob ich auch diesen Augenblick genießen kann.»

Sie rang sich ein Lächeln ab, dann sprang auch sie.

Während Radieschen ins Wasser platschte, sah ich zu Susi, die neben mir an der Türkante stand. Die Angst quoll aus ihren weit aufgerissenen Pupillen. Doch für gutes Zureden war keine Zeit mehr, also ging ich ein paar Schritte zurück in den Wagen und rammte Susi meine Hörner in den – dank des guten Futters der letzten Vollmonde – wahrlich sehr fett gewordenen Hintern. Sie schrie auf, stolperte aus dem rasenden Zug, fiel und rief dabei: «Ich kann dich echt nicht ausstehen, Lolle!»

Ihren Aufprall wartete ich erst gar nicht ab, sah mich nur hektisch zu den mittlerweile völlig erstarrten Wagjus um und bat sie flehentlich: «Ihr müsst auch springen!»

«Ihr seid wahnsinnig», erwiderte Maggie, die Wagju-Älteste.

Ihre ganze Herde nickte zustimmend.

«Aber nicht so wahnsinnig wie ihr, wenn ihr bleibt!»

«Ich vertrau den Cowgirls», erwiderte Maggie mit zitternder Stimme. Ob sie dies wirklich tat, war schwer zu beurteilen, zumindest hatte sie ihr Vertrauen noch nicht so restlos verloren, dass sie ihrer Herde den Sprung ins Wasser befehlen würde.

Ich sah zu Cassie, der kleinen Wagju. Gewiss würde ich sie überzeugen können: «Was ist mit dir? Du hast den Menschen doch schon immer misstraut?»

Cassie zögerte mit der Antwort. Ich sah indessen wieder aus dem Wagen heraus. Im Fluss schwammen Hilde, Radieschen, Champion und Susi und reckten ihre Hälse nach oben, um zu sehen, wo ich denn bleibe. Und das Ende dieser blöden Brücke kam immer näher. In nicht einmal dreißig Sekunden würden wir es erreicht haben, dann würde ich mit den Wagjus in den Tod fahren.

«Wir haben nicht mehr viel Zeit!», rief ich nun Cassie zu, wenigstens sie wollte ich unbedingt retten.

«Ich gehöre zu meiner Herde», antwortete sie kaum hörbar.

Das war ehrenhaft. Und blöd. Und beides zugleich. Was

die Frage aufwarf, ob ehrenhaft und blöd nicht meistens ganz eng beieinanderlagen.

Vielleicht hätte ich die Kleine noch überzeugen können, wenn ich noch Zeit gehabt hätte, womöglich aber auch nicht. Es war auch völlig müßig, darüber nachzudenken, denn ich hatte ja überhaupt gar keine Zeit mehr. Ich nickte ihr noch kurz zu und trat dann an die Tür: Die Brücke war fast zu Ende, nur noch fünf Sekunden, und ich würde den Absprung verpassen und zum Edelfutter werden. Fünf ...

Whao, da ging es wirklich tief runter ...

Vier ...

Und das Wasser sah auch verdammt kalt aus ...

Drei ...

Und wenn ich mit dem Bauch aufpralle, dann könnte das Kalb Schaden nehmen ...

Zwei ...

Also gab es nur eine Möglichkeit ...

Eins ...

«ARSCHBOMBE!!!!!!!!!»

Kapitel 50

Wer auch immer meine Geschichte gerade vernimmt: Kuh, Schwein, Mensch, Hamster oder Wanderlaus, ich gebe ihm einen Rat fürs Leben: Wenn es sich irgendwie vermeiden lässt, mache nie, aber auch wirklich nie, aus fünfzig Kuhlängen Höhe eine Arschbombe!

Beim Aufprall spürte ich am Po nur einen harten Schmerz, der aber erst mal von einem viel dringlicheren Problem überlagert wurde: dem außerordentlichen Mangel an Luft. Ich tauchte immer weiter in den unendlich tiefen Mississippi ein, und dass das kalte Wasser meinen schmerzenden Hintern für den Moment kühlte, war kein wirklicher Trost. Meine Luftblasen trieben nach oben, zu den Hintern der anderen, die an der von Sonnenlicht beschienenen, funkelnden Oberfläche schwammen. Wie verrückt versuchte ich, diese mit hektischem Paddeln zu erreichen, aber die Wucht des Falles ließ mich immer tiefer sinken, egal, wie sehr meine vier Beine auch dagegen anstrampelten. Meine Lungen brannten, aus meinem Mund traten schon keine Luftblasen mehr aus, da erst hatte ich mit meinem Mühen Erfolg: Ich sank nicht mehr herab und bekam sogar Auftrieb. In einer Mischung aus Hoffnung und Panik strampelte ich nun umso stärker. Meine Lungen schienen jetzt schier zu zerplatzen, aber ich näherte mich der Wasseroberfläche. Mit jedem Beinschlag schmerzten meine Muskeln mehr, ich war kurz davor, das Bewusstsein zu verlieren, aber ich war schon zu nah an der rettenden Luft, nicht mal eine Kuhlänge entfernt von ihr, um aufzugeben. Ich musste einfach durchhalten. Ich musste! Für mein Kalb!

Meine Beine bewegten sich nur noch schwach und unkoordiniert, doch ich trieb weiter nach oben, bis ich mit meinem Kopf gegen etwas stieß. Von jenseits der Oberfläche hörte ich durchs Wasser gedämpft Susi meckern: «Du doofe Kuh. Das ist mein Hintern!»

Es wäre echt blöd, so dachte ich, wenn ausgerechnet dieser Po das Letzte sein sollte, was ich auf Erden sehen würde.

Diese Horrorvorstellung verlieh mir die Kraft, um Susis Hinterteil herumzuschwimmen, was allerdings etwas dauerte, war es ja in den letzten Vollmonden gigantisch gewachsen. Ich streckte meinen Kopf durch die Wasseroberfläche, spuckte Wasser, nahm dabei gerne in Kauf, dass das Susi traf, und saugte japsend die Luft in meine brennenden Lungen ein. Als ich wieder halbwegs bei Atem war, blickte ich erst zu den nassen Kühen, die neben mir paddelten, und dann hinauf zu der Brücke. Auf der war nichts mehr zu sehen, der Zug – und damit all die Wagjus – war weg. Nur das Rattern der Wagenräder war noch zu hören, aber selbst dieser Lärm entfernte sich schnell, wurde leiser und war schließlich gar nicht mehr zu vernehmen. Es war unerträglich: Wieder einmal hatten wir uns gerettet, und wieder mal fuhren andere Kühe in den Tod.

«Was machen wir jetzt?», fragte Hilde mich. Alle anderen sahen mich ebenfalls an, dank Hildes Verhalten begriffen sie, dass ich wieder die Anführerin war. Also musste ich mich auch als solche verhalten, egal, wie schwer es mir gerade fiel, und so antwortete ich: «Wir schwimmen ans Ufer.»

«Da wäre ich noch gerade selbst draufgekommen», kommentierte Susi, mehr müde als bissig. Wir schwammen alle zu dem steinigen Ufer herüber, krabbelten an Land, sanken zu Boden und trockneten unser Fell in der hochstehenden Mittagssonne.

«Au, mein Hintern!», stöhnte Champion dabei, der verfluchte, dass er eine Arschbombe gemacht hatte. Dies erinnerte mich sofort an meinen Hintern, der ebenfalls unglaublich brannte.

«Eure Pos sehen ganz schön rot aus», fand Radieschen. «Meine Oma Hamm-Hamm hat für so etwas ein Geheimrezept, wollt ihr das mal hören?»

«Nein!!!», riefen Champion und ich im Chor.

Wer hätte gedacht, dass wir uns noch mal so im Gleichklang befinden würden?

Hilde sah zu mir und fragte mich: «Was willst du jetzt machen?»

Am liebsten hätte ich «Mir einen neuen Hintern besorgen» geantwortet. Ansonsten fiel mir nur mein ursprünglicher Plan ein: «Wir müssen nach Indien.»

Susi schnaubte verächtlich: «Und wie willst du dahin kommen? Du weißt ja nicht mal, wo wir jetzt sind!»

Da hatte ich wahrlich keine Ahnung. Doch dies wollte ich nicht zugeben, da meine ganze Truppe von dem Erlebten völlig erschöpft und niedergeschlagen war. In diesem Moment hörten wir den Kater spotten: «Sporte iste Morde.»

Er hoppelte uns auf den Steinen am Ufer entgegen, offensichtlich war er etwas später aus dem Zug gesprungen, für ihn hatte nun mal keine Notwendigkeit bestanden, waghalsig von der Brücke zu springen, konnte er doch mit seinen geschmeidigen Beinen überall landen – ja, eine Katze müsste man sein (obwohl, dann hätte man immer diese blöden Schnurrbarthaare im Futter).

«Es iste sehr, sehr weite bis nach die Indie ...», verkündete Giacomo etwas, was ich befürchtet hatte, aber nicht laut ausgesprochen hören wollte.

«... aber ich schwöre, ich euch bringe dahin», verkündete er mit einem Ernst, der so gar nicht zu dem Kater passte, den ich kannte. Irgendetwas hatte ihn in den letzten Vollmonden, in denen er nicht bei uns gewesen war, verändert.

«Und ich wisse auch, wie», erklärte er weiter und forderte uns mit seiner Tatze auf, ihm zu folgen. Mühsam rappelten wir uns auf und trotteten ihm lustlos hinterher, immer entlang des Ufers. Um genau zu sein: Champion und ich eierten hinterher. Unsere Hintern taten bei jeder Bewegung weh, und ich stellte fest, dass Schmerz wohl das Dümmste war, das Naia je erfunden hatte.

Radieschen bot mir an: «Soll ich vielleicht pusten?»

«Was?», fragte ich irritiert.

«Damit dein Hintern besser wird», erklärte sie.

«Der ist so groß», ätzte Susi, «so viel Puste haste gar nicht.»

Sie schnaufte beim Gehen ganz schön. So wie wir alle, unser Übergewicht machte uns zu schaffen, und mein schwangerer Bauch ließ die Wanderung für mich sogar noch beschwerlicher sein als für die anderen. Um mich von meinem Schmerz und meinem Ächzen abzulenken, schloss ich zu dem hoppelnden Giacomo auf und wollte von ihm wissen: «Wie hast du uns eigentlich gefunden?»

«Nach ein paar Woche in die New York ich habe von andere Katze gehörte, dass Kühe gefange worde. Ich wusste, dass nur ihr das gewese sein könne. Ich habe erfahre, dass ihr gebrachte wurde zu die Wagju-Ranch. Dann ich bin euch nachgereiste und bin angekomme, gerade als die Mensche euch gebrachte habe in die Zug.»

«Und warum bist du nicht bei deinem Frauchen?», fragte ich vorsichtig.

Er antwortete nicht, sah beim Laufen nur auf seine Pfoten.

Noch während ich überlegte, ob ich weiter nachhaken sollte oder aus Höflichkeit mir stattdessen doch von Radieschen den Hintern pusten lassen sollte, antwortete er leise: «Ich sie nicht habe gefunde.»

«Das tut mir so leid», antwortete ich und vergaß komplett meinen brennenden Hintern. Giacomo hatte sein Frauchen gesucht, um sein Glück wiederzufinden, und jetzt hatte er es anscheinend für immer verloren.

«Das es nicht musse tun», erwiderte der Kater. «Mir werde es schon wieder besser gehe.»

«Ah ja?», fragte ich, war ich mir doch nicht sicher, wie er das meinte.

«Es gebe Dinge in die Lebe, die kann man nicht direkte wieder mache gut. Aber ich kann woanders etwas mache gut. Ich kann euch bringe nach die Indien. Ich habe meine Frauche in die Stich gelasse, aber euch, euch ich werde nicht enttäusche!»

Es war mir nun klar, was Giacomo sich erhoffte: Wenn er uns helfen konnte, dann würde er damit auf eine gewisse Weise seine Schuld gegenüber seinem Frauchen abtragen. Wenn wir nach Indien gelangen würden, könnte er sich selber verzeihen und endlich wieder glücklich werden. Der Kater hatte sein Lebensglück mit dem von uns Kühen verknüpft.

Ob das so eine schlaue Entscheidung war, wagte ich allerdings zu bezweifeln.

Ich sah mir meine Herde an: Die Augen aller waren leer, als hätte man hinter ihnen das Feuer der Leidenschaft gelöscht. Wir waren übergewichtig und, was noch viel schlimmer war, niedergeschlagen. Wir waren aus einem falschen Paradies vertrieben worden, und das hatte uns wohl endgültig den Glauben genommen, dass wir jemals ein richtiges finden könnten. Wenn sich unsere Stimmung nicht bald änderte, so viel war gewiss, würden wir niemals in Indien ankommen.

Kapitel 51

Ächzend und schwitzend stapften wir im Sonnenschein am Ufer des Mississippi entlang. Riesige Bäume ragten in den Himmel und flößten uns mit ihrer Erhabenheit Respekt ein. Immerhin brannte mein Hintern nicht mehr ganz so schlimm. Die Einzige, die der ganzen Situation etwas Positives abgewinnen konnte, war natürlich Radieschen: «Wenigstens nehmen wir durch das Schwitzen wieder etwas ab.»

«Schön für diejenigen von uns, die das nötig haben», motzte Susi, wirkte beim Schimpfen jedoch arg bemüht. Jetzt, wo wir uns ungeschützt in einer unbekannten Wildnis befanden, hatte sie wieder mit all ihren Unsicherheiten zu kämpfen.

Ich verstand also, warum sie so übel gelaunt war. Aber es gibt Tage, da kann man die Schwächen des anderen verstehen und möchte ihm dennoch das Maul mit einem Fladen stopfen.

Nach einem zweistündigen, schleppenden Marsch endeten mit einem Mal die Bäume, wir gingen eine Böschung hoch und trafen dort auf weite Wiesen. Ich machte den Vorschlag, ein bisschen zu grasen, schließlich knurrte Champions Magen so laut, dass Eichhörnchen bei dem Geräusch vor Schreck die Flucht ergriffen. Das Gras hier war bei weitem nicht so saftig wie das auf der Weide unserer letzten Farm. Aber es war in Ordnung, und vor allen Dingen: Wir aßen es in Freiheit. Vielleicht, so dachte ich müde, sollten wir einfach hierbleiben. An einem Ort, der zwar nicht paradiesisch war, der uns aber mit Wasser und passablem Futter versorgte.

«Da!», schrie Susi und riss mich damit aus meinen Gedanken. Aufgeregt deutete sie mit der Schnauze auf einen Stier, der sich uns näherte. Er war viel imposanter als Champion oder jeder andere Stier, den wir in unserem Leben gesehen hatten. Ein großes, mächtiges, schönes Tier. Sein blendendes, imponierendes Aussehen war jedoch nicht das Beeindruckendste an ihm. Nein, das Beeindruckendste war die Farbe seiner Flecken.

«Braun!», rief Hilde.

Das erste Mal in ihrem Leben sah sie jemanden, der ebenfalls braune Flecken hatte. Und dann war es auch gleich noch ein Stier!

«Braun ... braun ... braun ...», stammelte sie. Noch nie hatte ich sie so durcheinander, so aufgewühlt erlebt.

Der Stier trat eleganten, geradezu erhabenen Schrittes zu uns. Neugierig starrte er uns Schwarzgefleckte an. Ein bisschen, so hatte ich den Eindruck, von oben herab. Er wandte sich direkt an Hilde und stellte fest: «Baby, ihr kommt nicht von hier.»

Sie war ganz und gar nicht in der Lage, ihm zu antworten. Er war ihr geheimer Traum. Ein Stier, der so gefleckt war wie sie. Ein Stier, in den sie sich verlieben konnte!

«Ich heiße Boss und du, Baby?», fragte er sie.

«Braun», stammelte Hilde.

«Schön, dich kennenzulernen, Braun.»

«Braun.»

«Kannst du auch was anderes sagen als braun, Braun?»

«Haben wollen.»

«Haben wollen?» Boss wirkte amüsiert. «Meinst du etwa mich?»

«Braun!»

Oje, wir mussten Hilde helfen, bevor sie sich um Kopf und Kragen redete. Ich trat hinzu und erklärte: «Meine Freundin ist gerade etwas durcheinander ...»

«Ach, Baby», grinste der braune Boss, «das ist eine ganz normale, kuhliche Reaktion auf meinen Anblick.»

«Er leide nicht gerade unter Minderwertigkeitskomplexe», stellte Giacomo fest.

«Warum auch?», bemerkte Susi, sichtlich begeistert von seinem imposanten Körper.

«Warum auch?», grinste der Stier ebenfalls.

«Braun», nickte Hilde zustimmend.

«Warum redet sie so?», fragte Boss uns jetzt. «Waren ihre Eltern Geschwister?»

«Nein», antwortete ich, «aber sie sieht das erste Mal einen braun gefleckten Stier.»

«Na, dann wird es Zeit, dass sie einen mal so richtig kennenlernt», grinste Boss eindeutig zweideutig und sehr selbstsicher. Dieser Stier war gar nicht zum Selbstzweifel fähig.

Hilde sah zu Boden, sie brachte es nicht mal fertig, ihm in die Augen zu schauen, so verlegen war sie. Der Kerl hatte ihr Herz in Windeseile erobert. Unglaublich! Dass ich Hilde mal so verwandelt erleben würde, hätte ich im Leben nicht erwartet.

«Also so toll», murmelte Radieschen eifersüchtig vor sich hin, «sieht der gar nicht aus.»

«Finde ich auch», schnaubte Champion, der es nicht mehr gewohnt war, einen anderen Stier um sich zu haben. Und dann auch noch einen, der so viel größer war als er. «Der ist viel zu eitel.»

«Hört, wer da spricht», rutschte es glatt aus mir heraus.

Champion sah mich wütend an. Es war nicht nur die Bemerkung, über die er sich ärgerte. Nein, sein Zorn auf mich saß noch viel tiefer. Aber das war mir egal, ich war ja endgültig fertig mit ihm.

«Was macht ihr hier?», wollte Boss wissen und schob mit einem Seitenblick auf Champion nach: «Außer neidisch auf mein Geschlecht zu gucken.»

«Ich guck nicht neidisch!!!», protestierte Champion.

«Wäre aber verständlich», meinte Susi, beeindruckt von dem durchaus imposanten Anblick, «mit dem Ding kann man ja Bäume fällen!»

«Braun», stimmte Hilde zu, die sich bisher doch noch nie für solche Fragen interessiert hatte. Wenigstens hatte sie nicht wieder «haben wollen» geantwortet.

Champion schnaubte wütend, wollte am liebsten seine Hörner mit dem anderen Stier kreuzen, um seine Männlichkeit zu behaupten. Doch bevor es dazu kam und er vermutlich von diesem starken Kerl verletzt werden würde, trat ich zwischen die beiden und erklärte: «Wir suchen nach einem neuen Zuhause.»

«Aha», erwiderte Boss und starrte uns an, besonders uns Frauen. «Wir haben hier noch keine Schwarzgefleckten, nur Braungefleckte. Und die haben auch nicht solche dicken Rundungen wie ihr, meine Freunde werden sich über euch freuen ...»

Dabei lächelte er anzüglich. Ich fühlte mich auf mein Äußeres reduziert.

«Gibt es bei euch etwa noch mehr Stiere?», fragte Susi hoffnungsvoll, der es mal wieder gar nichts ausmachte, auf Äußerlichkeiten reduziert zu werden.

«Oh ja, Baby, wir sind insgesamt zehn!»

«Whao!», sagte Susi.

«Braun-Braun-Braun!», jubelte Hilde.

«Ihr könnt euch gerne unserer Herde anschließen», schlug der Stier vor und deutete mit seiner Schnauze in die Ferne. Dort konnte man gegen die Abendsonne einige braun gefleckte Kühe erkennen. Ein Anblick, bei dem Hilde vor Freude fast das Herz stehenblieb.

«Wir leben auf unserer Weide frei und ohne Menschen», erklärte Boss.

Ohne Menschen? Wenn dem so war, dann müssten wir ja wahrlich nicht den mühseligen Weg nach Indien auf uns nehmen, für den uns ohnehin die Kraft und der Wille fehlten.

«Wir bleiben hier!», jubelte Susi.

Champion war weniger begeistert, ihm schien die Aussicht, dass auf dieser Weide ein paar größere und vor allen Dingen besser bestückte Stiere lebten, nicht zu schmecken. Radieschen missfiel natürlich, wie Hilde den Stier anstrahlte. Meine kleine Herde war also in der Frage, ob wir bleiben sollten oder nicht, ganz und gar nicht einer Meinung. Als Anführerin musste ich daher die Entscheidung treffen. Auch wenn ich stets von Indien geträumt hatte, war es womöglich besser, hier, auf einer ordentlichen Weide, beschützt von starken Stieren, in Freiheit zu leben. Wer wusste schon, welche Gefahren noch auf uns warteten und ob wir Indien jemals erreichen würden.

Boss erklärte: «Ihr müsst euch bei uns nur an ein paar simple Regeln halten.»

«Kein Problem», antwortete ich entschlossen und sehr zum Ärger von Radieschen und Champion. In diesem Moment hatte ich die Entscheidung für uns alle gefällt, hierzubleiben.

«Ihr müsst die Alten ehren!», forderte Boss.

«Selbstverständlich», nickte ich.

«Und ihr dürft euch mit den anderen Kühen beim Grasen nicht streiten.»

«Auch das ist klar!»

«Und die Kühe müssen auf die Befehle von uns Stieren hören.»

«Ähem, wie bitte, was?», fragte ich irritiert.

«Ihr müsst alles tun, was wir Männer euch sagen.»

«BRAAUUUN???», stieß Hilde aus.

«Ähem», stutzte ich, «wieso sollten wir das tun?»

«Weil wir die Männchen sind und ihr die Weiber», antwortete Boss in einem Tonfall, als würde er ein Naturgesetz verkünden.

«Eine recht komische Argumentation», fand Radieschen.

«Und das ist noch nett formuliert», erklärte Champion.

Worauf Boss ihn provozierend fragte: «Was bist du denn für ein Weichei?»

«Ich habe in den letzten Vollmonden erfahren, was Kühe alles draufhaben», erwiderte er. «Die Frauen sind zwar manchmal komisch ... eigentlich häufiger als manchmal ... sehr viel häufiger ... aber die bringen Dinge zustande, die wir Stiere nie hinkriegen würden.»

Jetzt war ich doch wieder stolz auf Champion. Komisch, da dachte ich, ich hätte endgültig mit ihm abgeschlossen, und schon überraschte er mich aufs Neue.

«Wenn ihr euch uns unterordnet», sagte Boss, «wird es das Paradies für euch werden. Ihr Kühe werdet uns Stiere lieben lernen.» Dabei lächelte er unglaublich anzüglich. Es war das widerlichste Lächeln, das ich je von einem Stier gesehen hatte.

Da platzte es aus Susi heraus: «Hat jemand was dagegen, wenn ich mich übergebe?» Anscheinend wollte sie nicht mehr ein Leben führen, in dem sie von Stieren nur benutzt wurde.

«Tu dir keinen Zwang an», antwortete Radieschen angewidert.

«Möglichst auf seine Hufe», bat ich.

«In sein Gesicht wäre auch in Ordnung», ergänzte Champion.

Wir waren uns einig: Das hier konnte nicht unser neues Zuhause werden. Es wäre noch schlimmer als auf dem Bauernhof oder bei den Cowgirls, denn hier würden uns nicht die Menschen das Leben zur Hölle machen, sondern unseresgleichen!

Die Einzige, die schwieg, war Hilde.

Boss warf uns anderen einen vernichtenden Blick zu, dann wandte er sich an sie: «Was ist mit dir, Braun? Willst du wie deine bescheuerten Freundinnen auf das gute Leben mit echten Kerlen verzichten?»

Hilde schwieg weiter.

Oh nein, sie würde doch nicht bei ihm bleiben wollen, nur weil er ihre Fleckung besaß? Das durfte sie nicht!

Sie schwieg noch immer.

Was würde ich tun, wenn Hilde bei diesen Monster-Stieren bleiben wollte? Dann müsste ich meine Freundin hier zurücklassen, oder ich müsste sie mit Gewalt zwingen, mit uns zu kommen. Würde das überhaupt gehen? Hatte ich überhaupt das Recht dazu? So eine Herde war ja schon immer ihr Lebenstraum gewesen.

«Also, Braun, was ist jetzt, bleibst du bei uns?», fragte der Stier.

Hilde öffnete den Mund zur Antwort. Ich hielt die Luft an und hoffte, dass sie nicht «braun» sagen würde.

Sie muhte: «Rot.»

«Du heißt Rot?», fragte Boss irritiert. Immer noch selbstsicher. Aber irritiert.

«Nein, ich heiß nicht so, das sehe ich jetzt!», schnaubte Hilde böse und trat mit ihrem Huf genau in jene Gegend seines Körpers, auf die er so stolz war.

Champion kniff die Augen zu: «Das tut ja schon vom Zusehen weh.»

«Diese Laute», stimmte Giacomo zu, «habe jetzt eine Flaute.»

Boss jaulte auf und rannte mit eingezogenem Schwanz (und damit ist nicht der gemeint, mit dem er normalerweise die Fliegen verscheucht) zu seiner Herde. Dabei kiekste er uns noch zu: «Na, dann werdet ihr eben alleine verrecken!»

Champion rief ihm noch hinterher: «Und du wirst nie glücklich mit einer Kuh leben!»

Er überraschte mich schon wieder.

Über die Warnung von Boss dachte ich hingegen gar nicht erst nach. Ich war viel zu erleichtert, dass Hilde bei uns bleiben würde. Dabei fiel mir wieder etwas ein, was Giacomo mir über das ferne Indien erzählt hatte.

«Sag mal», wandte ich mich an ihn, «in Indien sind Stiere und Kühe doch gleichgestellt, oder?»

«Sì!», bestätigte er.

«Dann», so rief ich den anderen zu, «auf nach Indien, egal, wie lang es dauert!»

«Egal, wie lang es dauert!», bestätigten meine anderen Kühe im Chor.

Das Feuer in unseren Augen leuchtete wieder!

«Viva la Emancipatione!», rief Giacomo.

Wir sahen ihn an, wussten nicht, was das heißen sollte. Er aber staunte nur über sich selbst: «Ich hätte nie gedachte, dass ich so etwas mal rufe.»

Dann muhten wir alle noch kräftiger: «AUF NACH INDIEN!»

Kapitel 52

Noch am gleichen Abend flogen über uns große silberne Vögel hinweg.

Giacomo hatte uns über Weiden, Feldwege und abgelegene Landstraßen zu einem Ort geführt, der Minneapolis International Airport genannt wurde. Von einer Anhöhe aus beobachteten wir aus sicherer Entfernung, wie Riesenvögel abhoben und landeten. Auf unserem alten Hof hatten wir bereits solche gigantischen Vögel hoch oben am Himmel fliegen sehen und, weil sie immer so laut donnerten, stets vermutet, dass sie eine noch viel schlechtere Verdauung besaßen als Pups-Onkel. Doch aus der Nähe erkannten wir, dass mit diesen Biestern irgendetwas ganz und gar nicht stimmte.

«Die futtern Menschen!», rief Radieschen entsetzt aus, als sie sah, wie Männer, Frauen und Kinder in dem Schlund eines der Vögel verschwanden. Merkwürdig war, wie gefasst die Menschen dabei ihr Schicksal akzeptierten. Ob die Vögel sie so übel austricksten wie die Menschen uns Kühe?

«Geschieht denen recht», fand Hilde. Die Menschen standen mittlerweile für uns in der Rangfolge der Lebewesen irgendwo zwischen den Zecken und den Bandwürmern.

«Die spucken die aber auch aus», deutete Champion mit der Schnauze auf einen anderen Vogel, aus dessen Schlund Menschen herausströmten.

«Die schmecken ja bestimmt auch fürchterlich», schüttelte sich Radieschen.

Giacomo lachte uns aus und erklärte, dass es sich bei diesen Riesenvögeln nicht um Lebewesen, sondern um Maschinen handele, ähnlich den Audoos. Die Menschen flögen damit um die ganze Welt. Und wir würden auch damit fliegen. Wir erklärten ihm, dass uns in so ein Ding keine zehn Pferde, geschweige denn ein Kater bringen könnten, woraufhin er fragte, ob wir nun nach Indien wollten oder nicht, worauf wir wiederum nicht viel entgegenzusetzen hatten und er lachend erklärte, dass er uns noch diese Nacht an Bord eines solchen Vogels führen würde, was Hilde veranlasste festzustellen, dass das Leben die Eigenschaft besaß, immer genau dann absurder zu werden, wenn man glaubte, es könne sich in dieser Hinsicht gar nicht mehr steigern.

Giacomo bedeutete uns, auf der Anhöhe zu warten, während er in den nächsten Stunden den Flughafen erforschte. In dieser Nacht schlichen wir uns dann zu einem Gebüsch, das sich circa dreißig Kuhlängen entfernt von einem Schlagbaum befand. Der wurde bewacht von zwei Männern mit Knallstäben, die gegen den Schlaf ankämpften.

Der Kater deutete auf einen wahrlich riesigen Vogel, der hinter dem Schlagbaum stand und den er Frachtflugzeug nannte. Der Schlund dieses monströsen Dings stand weit offen, und Giacomo flüsterte uns zu: «Da wir müsse rein, wir müsse nur vorher an die beide Wache vorbei.»

«Und wie sollen wir das anstellen?», fragte ich leise.

«Ihr müsse die Wache umrenne.»

«Welch ausgeklügelter Plan», kommentierte Susi spitz. Es war ein Satz, der auch von Hilde hätte stammen können, aber seit der Begegnung mit dem braun gefleckten Stier hatte sie kein Wort mehr gesagt. Langsam machte ich mir Sorgen um sie.

Champion schnaubte: «Klingt wie ein Plan nach meinem Geschmack», dann wandte er sich an uns: «Ihr bleibt hier in Sicherheit.»

Noch bevor irgendjemand von uns reagieren konnte, rannte er aus dem Gebüsch. Champion stürzte sich für die Herde ganz alleine in die Gefahr. Ich vermutete, er wollte sich – und wohl auch uns – seine Männlichkeit beweisen.

Die Wachen schrien auf und zückten ihre Knallstäbe, versuchten, sie auf Champion zu richten, doch der war schneller und riss sie um. Sie fielen zu Boden und verloren durch den Aufprall das Bewusstsein. Wir durchbrachen den Schlagbaum und liefen, so schnell wir konnten – was dank unserer Schwabbelbäuche nicht sonderlich schnell war –, über das Gelände zu einer Rampe in den Bauch des Riesenvogels hinein. In dem kamen wir zwischen lauter Kisten keuchend zum Stehen. Als wir wieder halbwegs ruhig atmen konnten, wunderte sich Radieschen: «Warum sind die Kisten denn so festgebunden?»

«Das ihr werde noch erlebe», antwortete der Kater, und es klang ganz so, als ob dieses Erlebnis kein großer Spaß würde.

Gleich darauf hörten wir ein lautes Knarzen. Der Schlund des Riesenvogels schloss sich. Im Inneren war es jedoch nicht stockfinster, denn durch die Fenster leuchteten die Laternen des Flughafens herein. Plötzlich begann der große Vogel zu brummen, dabei vibrierte es in meinem Magen. Wir waren alle viel zu ängstlich, um an die Fenster zu treten und nachzuschauen, was vor sich ging. Dass Giacomo fröhlich «Jetzt es gehte los!» sang, ließ uns eher schlucken denn mutiger werden. Der Frachtvogel setzte sich langsam in Bewegung, wurde immer schneller und raste schließlich über das Gelände.

«Halte euch feste!», rief Giacomo und umschlang mit seinen Pfoten einen jener Gurte, mit denen die Kisten befestigt waren.

«Warum?», wollte ich wissen.

Der Vogel stellte sich schräg, und wir flogen gegen die Kisten.

«Darume», antwortete Giacomo, während der Vogel vom Boden abhob.

Wir purzelten durch den Bauch des Vogels und lagen schließlich alle in einem Haufen in einer Ecke an der Wand. Starr vor Schreck sahen wir aus den Fenstern und erkannten, dass sich der Vogel immer weiter vom Erdboden entfernte. Unter uns leuchteten jede Menge Lichter in der Nacht, und ich meinte sogar, den Mississippi zu erkennen, an dessen Ufer wir mittags noch entlangmarschiert waren.

Der Frachtvogel stieg immer höher, zu einem weißen Nebel, der von Sekunde zu Sekunde dichter wurde. Radieschen realisierte als Erste, um was es sich bei diesem Nebel handelte: «Das ... das sind die Wolken ...»

So hoch flogen normale Vögel nicht. Unserer aber flog sogar durch die Wolken hindurch. Dabei ruckelte es enorm. Kurz darauf legte er sich waagerecht und flog friedlich durch die Lüfte. Der Anblick, der sich uns jetzt bot, war atemberaubend. Die Sonne ging über den Wolken auf, und diese lagen rot beschienen unter uns. Bei Naia, sie lagen wirklich unter uns!

«Wir Kühe gehören hier nicht hin ...», schluckte Susi.

«Die Menschen aber auch nicht ...», meinte Champion.

«Und dennoch sind wir hier ...», stellte ich staunend fest.

«Und es ist großartig», fand Radieschen ehrfurchtsvoll.

Ja, das war es.

Wir waren fliegende Kühe.

Dem Himmel so nah.

Kapitel 53

Die Sonne war bereits komplett aufgegangen und leuchtete durch die Wolken hindurch auf ein unendliches blaues Meer, das der Vogel überflog. Erst jetzt konnte ich mich langsam von dem Fenster losreißen. Und das auch nur, weil Susi nölte: «Nach einer Weile wird so ein Anblick aber auch langweilig.»

Sie ging sich hinlegen, Radieschen war ebenfalls müde und kuschelte sich in der gleichen Ecke ein. Champion hingegen starrte weiter stumpf aus einem der Fenster, dabei schien er ganz in Gedanken versunken zu sein. Ich ließ ihn in Ruhe und ging zu der schweigsamen Hilde, die versonnen das Meer betrachtete.

«Alles in Ordnung?», fragte ich sie, war ich doch recht besorgt, dass die Sache mit dem schrecklichen braun gefleckten Stier bei ihr tiefe Wunden hinterlassen hatte.

«Es war noch nie so in Ordnung wie jetzt», strahlte sie über die ganze Schnauze.

«Wirklich?», fragte ich überrascht.

«Mein ganzes Leben habe ich gedacht, ich gehöre nirgendwo richtig hin, weil ich anders war als ihr alle. Deswegen habe ich einen Zaun um mein Herz gezogen und mich nie jemandem ganz geöffnet. Ich hatte mir mein eigenes Gefängnis gebaut.»

«Und jetzt?», fragte ich verwirrt. Ich hatte befürchtet, dass sie sich noch viel verlorener fühlen musste als zuvor.

«Jetzt weiß ich, dass ich den falschen Traum geträumt habe. Ich brauche keinen Zaun um mein Herz mehr. Ihr seid meine Herde! Ich gehöre zu euch!»

Und dann schnäuzelte sie mich, so lieb, so zärtlich, wie ich sie noch nie erlebt hatte und wie ich es bei ihr auch nie für möglich gehalten hätte. Sie schnäuzelte so, wie es nur eine Kuh vermochte, die aus ganzem Herzen glücklich war.

Man konnte das Glück also auch finden, wenn ein Lebenstraum zerplatzt. Und man dadurch erkennt, was man am Leben hat.

Mit diesem überraschenden Gedanken legte ich mich ebenfalls in die Ecke, und auch Hilde kuschelte sich dazu. Schnell fielen mir nach den ganzen Anstrengungen des letzten Tages die Augen zu, und ich schlief ein. Im Traum merkte ich zu meinem Bedauern, dass über den Wolken die Freiheit zwar grenzenlos war, aber nicht alle Ängste, alle Sorgen darunter verborgen lagen und das, was uns groß und wichtig erscheint, nicht nichtig und klein wurde, nein, leider verfolgte es einen auch über die Wolken. Und es kam sogar näher. Immer näher:

Old Dog hatte jetzt eine blutige Schnauze, das Rot des Blutes vermischte sich mit dem Weiß des Schnees in seinen Haaren. Panisch sah ich mich um, mein kleines weißes Kalb war nirgendwo zu sehen.

Doch ich suchte es auch nicht weiter, ich war fest entschlossen, die Kontrolle über diesen Traum zu erlangen, egal, wie schrecklich er war. Und so schleuderte ich Old Dog entgegen: «Du kannst uns gar nicht folgen. Du bist in New York geblieben. Und wir sind eigentlich in einem Frachtvogel, den du gar nicht kennen kannst, weil wir bis vorhin auch nicht ahnten, dass wir in ihn steigen würden …»

«Ich habe dir nach New York folgen können. Und in deine Träume. Wie kommst du darauf, dass ich dich nicht überall auf der Welt finden kann?»

Das war leider ein guter Einwand.

«Ich werde dich und dein Kleines hier im Himalaja töten ...»

Unter anderen Umständen hätte ich womöglich mal nachgefragt, was und wo dieser Himalaja genau war, aber ich war viel zu sehr damit beschäftigt, vor Angst gegen mein Bein zu strullern. Das wiederum könnte ein Hinweis darauf sein, dass ich nicht die Kontrolle über diesen Traum erlangt hatte.

Old Dog lachte: «Und ich werde es tun, wenn du am allerglücklichsten bist!»

Dabei stupste er mit seiner Schnauze gegen meine Schnauze.

Wieder und immer wieder!

Ich fragte mich, was das jetzt schon wieder sollte. Aber er hörte einfach nicht mit dem Stupsen auf ...

... bis ich aufwachte und feststellte, dass Champion es war, der im wirklichen Leben mit seiner Schnauze meine anstupste. Leise bat er mich: «Können wir miteinander reden?»

Er fragte dies in einem Tonfall, der ein «Nein» als Antwort nicht zuließ. Außerdem war ich von meinem schrecklichen Traum noch viel zu durcheinander, um zu widersprechen. Champion forderte mich auf, mit ihm zu kommen, damit wir die anderen nicht weckten. Wir gingen an das andere Ende des Frachtvogelbauches. Dabei erkannte ich durch die Fenster, dass das Meer unter uns mittlerweile Land gewichen war und wir uns gigantischen felsigen Hügeln näherten.

«Es wäre schön», meinte Champion, als wir an der anderen Wand stehen blieben, «wenn du das Leben mal mit anderen Augen betrachten könntest.»

«Mit welchen?», fragte ich.

«Mit meinen zum Beispiel.»

«Dann würde ich durch sie auf Susis Hintern gaffen.»

Die Angst, die mir von dem Traum noch in den Knochen steckte, wurde von der Wut über all die Verletzungen, die er mir zugefügt hatte, verdrängt.

«Würdest du nicht», erwiderte Champion.

«Auf ihren Euter?»

«Auf gar nichts von Susi», erwiderte er. «Ich gaffe sie überhaupt nicht an!»

«Du schließt die Augen, wenn du mit ihr fblmfst?»

«Wenn ich was mit ihr mache?», fragte er irritiert.

«Ach, vergiss es», seufzte ich.

«Das tu ich gerne», erwiderte er ernst. «Ich mach gar nichts mit Susi. Ich habe auch nichts mit ihr oder sonst wem gemacht, seitdem ich mein Gedächtnis verloren habe. Und willst du auch wissen, warum?»

«Ja», antwortete ich mit einem Mal unsicher, Champion wirkte so entschlossen.

«Weil ich tief in mir glaube, dass wir gemeinsam glücklich werden können. Und mit ‹wir› meine ich auch dich. Aber du stehst dir immer selbst im Weg, weil du nach dem Perfekten suchst. Nach dem perfekten Paradies, nach dem perfekten Stier, der ich ganz offensichtlich nicht bin ...»

«Offensichtlich ...», sagte ich mit einem bisschen Rest-Widerspenstigkeit.

«Nicht das Gute ist der Feind vom Besseren. Sondern das Bessere vom Guten.»

Irgendwie mochte ich es nicht, wenn er so schlau daherredete. Und dann wieder doch.

«Wenn man immer nur nach dem Besten strebt, genießt man nicht das Gute, das man hat.»

Das machte Sinn.

«Gib uns eine Chance», bat er mich jetzt. Innig. Durchdringend.

Völlig verwirrt sah ich von ihm weg, der Frachtvogel flog jetzt über den Riesenhügeln, auf denen Schnee lag. Sicherlich hätte ich den schrecklichen Zusammenhang dieser weißen gigantischen Hügel mit meinem Traum erkannt, wenn ich nicht so durcheinander gewesen wäre. Ich sah zu den anderen: Hilde hatte das Glück gefunden, Radieschen trug es immer schon in ihrem Herzen, Giacomo hatte zumindest eine Idee, wie er wieder glücklich werden konnte, Susi würde es wohl werden, wenn sie endlich wahres Selbstbewusstsein fand. Warum war es bei den anderen einfacher zu sehen, was sie wirklich brauchten, um glücklich zu sein? Und Champion ... Champion rang mit mir um sein Glück. Ernst und aufrichtig. Er war auf dieser Reise erwachsen geworden.

Wann, bei Hurlo, war denn das genau geschehen?

In all jenen Augenblicken, so die Antwort darauf, in denen er Rührendes oder Wahres gesagt hatte. Oder etwas Mutiges getan. Als er zum Beispiel unserer toten Herde gedachte, als er Boss widersprach, als er sich in New York auf Old Dog stürzte oder als er Verantwortung für die Herde übernahm und ganz alleine die Wachen überrannte, damit wir uns nicht deren Knallstäben aussetzen mussten.

Augenblicke, die ich alle nicht richtig gewürdigt hatte.

Vielleicht wurde es an der Zeit, dass ich auch langsam mal erwachsen wurde.

Doch dazu bekam ich keine Gelegenheit ...

... denn der beknackte Riesenvogel stürzte ab.

Kapitel 54

Erst mal nur ein paar Sekunden.

Champion und ich knallten dabei mit unseren Schnauzen voll auf den Boden.

Die anderen purzelten ebenfalls durcheinander und wurden davon wach.

Da fing der Vogel sich wieder.

Susi schrie: «Hat man denn niemals seine Ruhe?»

Hatte man nicht: Zwei Männer kamen hereingerannt.

«Captain, das sind ja Kühe!», schrie der eine.

«Ach, und ich dachte, das wären Hamster!»

«Wirklich?»

«NEIN!»

«Ach so.»

«Kein Wunder, dass wir bei so viel Übergewicht nicht mehr genug Benzin haben!»

«Wie sind die Viecher hier nur reingekommen?»

«Ist das nicht völlig einerlei?»

«Wenn man bedenkt, dass wir nur noch wenige Minuten haben, ja!»

Die beiden Menschen rannten panisch wieder raus.

«Was ist hier los?», fragte ich Giacomo.

Als Antwort faltete er seine Pfoten und murmelte: «Dio mio, vergebe mir meine Sünde …»

«Warum nur gefällt mir seine Reaktion nicht?», fragte Hilde.

Der Vogel stürzte wieder, diesmal noch schneller.

Für wenige Momente schwebten wir schwerelos zwischen Boden und Decke.

Jetzt waren wir wirklich fliegende Kühe.

Und das war …

... ein absolutes Scheißgefühl.

Einige von uns trudelten dabei unkontrolliert auf dem Rücken.

Andere machten vor Schreck Pipi.

Besonders blöd für die, die direkt unter ihnen schwebten.

Mit dem Gesicht nach oben.

Kein Wunder also, dass wir panisch muhten.

Und einige von uns auch angewidert.

Dann fing der Riesenvogel sich wieder.

Aber das beruhigte uns nicht.

Nicht mal ansatzweise.

Was wohl auch daran lag, dass ein Flügel des Riesenvogels brannte.

«Das ist wohl kein gutes Zeichen», schluckte Champion.

«Blitzmerker», rief Hilde.

«Ich habe doch gesagt», weinte Radieschen, «wir Kühe gehören hier oben nicht hin.»

«Und die Menschen sind auch nicht mehr hier!», deutete Susi mit der Schnauze aus dem Fenster: Dort segelten neben dem Flugzeug die beiden Menschen an so etwas wie Schirmen durch die Luft.

«Ich befürchte», meinte Champion, «das ist auch kein gutes Zeichen.»

«Wie sind die nur rausgekommen?», fragte Susi.

«Und woran hängen die?», wollte Radieschen wissen.

Hilde antwortete: «Keine Ahnung. Aber was immer das auch ist, ich will auch so ein Ding!»

Der Vogel neigte sich jetzt langsam senkrecht mit der Schnauze nach unten.

«Das ist erst recht kein gutes Zeichen», meinte Champion.

«Kannst du mal aufhören», motzte Hilde schwer gereizt, «immer das zu sagen, was wir uns ohnehin schon denken?»

Der Vogel neigte sich immer schneller.

Die Flammen des Flügels schlugen gegen das Fenster.

«Dio mio, vergebe, dass ich die Kühe geführte habe in die Tode ...»

Dann stürzte der Vogel senkrecht zur Erde.

Wir fielen nach unten, durch den ganzen Bauch des Vogels.

Und schrien.

Und schrien.

Bis wir nicht mehr schrien.

Ich knallte mit der Schnauze gegen eine der Kisten.

Mir wurde schwarz vor Augen.

«Ich weiß nicht, wer dieser Dio mio sein soll», hörte ich Susi noch rufen. «Ich jedenfalls vergebe dir nicht!»

Kapitel 55

Etwas biss in meinen Schwanz. Es tat unglaublich weh, fast so wie die Hitze, die gegen mein Gesicht schlug. Ich öffnete langsam die Augen: Vor mir, keine zehn Kuhlängen entfernt, brannte der zertrümmerte Riesenvogel lichterloh. Gut, dass er kein wirkliches Lebewesen war, sonst hätte er Höllenqualen erleiden müssen. Blöd, dass ich eins war, denn die Flammen züngelten gefährlich in meine Richtung, und ich war viel zu schwach, um mich zu bewegen, geschweige denn zu fliehen. Die Funken, die von dem Vogel herüberschlugen, versengten mein Fell, aber das war nichts gegen den Schmerz in meinem Schwanz. Was verdammt noch mal hatte sich da nur so festgebissen?

Was immer es auch war, es begann jetzt, an meinem Schwanz zu ziehen, mit geradezu unkuhlicher Kraft. Ich wurde, seitlich auf dem Boden liegend, von den Flammen weggezerrt über große Steine hinweg, einige von denen waren spitz, andere wiederum verdammt spitz. Den Schmerz ertrug ich jedoch fast gerne, begriff ich doch allmählich, dass irgendwer hier gerade versuchte, mein Leben zu retten und damit auch das von dem kleinen Kalb in mir. Gewiss war es Champion!

Erst in ausreichender Entfernung von dem Vogel wurde ich losgelassen und lag zwischen anderen bewusstlosen Kühen: Hilde, Radieschen, selbst Kater Giacomo lag mit geschlossenen Augen da. Und auch ... Champion? Das bedeutete ... das bedeutete, Susi hatte mich gerettet?

«Meine Fresse», hörte ich sie fluchen, «du bist so fett, ich hab mir fast den Kiefer ausgerenkt!»

Ich blickte hoch: Es war tatsächlich Susi, und sie verzog ihre Schnauze in alle Richtungen, als ob sie ihren Kiefer wieder zurechtrücken wollte.

Ich versuchte, mich vom Boden aufzurappeln, aber kaum hatte ich meine Hinterbeine durchgedrückt, hörten wir einen ohrenbetäubenden Knall. Der Riesenvogel ging in einem riesigen Flammenball auf, der in Richtung Himmel flog, und ich wurde durch eine machtvolle Welle heißer Luft wieder von den Hinterbeinen zu Boden geschleudert. Der Lärm war ohrenbetäubend, meine Ohren schienen zu zerplatzen, oder taten sie es sogar wirklich? Ich hörte jedenfalls kaum noch etwas, außer einem Fiepen. Neben uns knallten brennende Teile des Vogels zu Boden.

Als der Regen die brennenden Teile gelöscht hatte und nur noch Rauch von den qualmenden Überresten aufstieg, begriff ich: Ohne Susi wäre ich jetzt auch ein qualmender Überrest.

Ich rappelte mich erneut auf, die anderen taten es mir nach. Sie hatten Schrammen, blutende Schürfwunden und verbranntes Fell – aber niemand war ernsthaft verletzt. Das Fiepen in meinen Ohren ließ allmählich nach, und wie aus großer Entfernung hörte ich Susi sagen: «Ich hätte nicht gedacht, dass ich euch alle da rausbekomme.»

Moment mal, zuckte es mir durch den Kopf, wenn sie damit gerechnet hatte, nicht alle zu retten, und sich dafür entschieden hatte, mich bis ganz zuletzt liegen zu lassen, dann bedeutete das ... dass es undankbar war, über so etwas überhaupt nachzudenken. Susi hatte ihr Leben für uns riskiert, auch für mich, stattdessen hätte sie sich auch allein vom Acker machen können.

Susi strahlte über das ganze Gesicht, so stolz war sie auf sich. Das erste Mal so richtig, richtig stolz. Und das hatte rein gar nichts damit zu tun, ob sie für einen Stier begehrenswert war oder nicht. Sie war über sich hinausgewachsen im Moment der allergrößten Not und hatte dabei in ihrem Inneren etwas entdeckt, von dem weder sie noch wir vermutet hatten, dass sie es besaß: den Mut zu handeln, wenn sie ganz alleine auf sich gestellt war. Einen Mut, den man nur in dem Moment der größten Krise in sich finden kann, wenn aus Feiglingen Helden werden und aus Helden Feiglinge. Diese Entdeckung verlieh Susi echtes Selbstbewusstsein. Und das ließ sie so strahlen und von ganzem Herzen glücklich sein.

Glück ist also auch, herauszufinden, was alles in einem steckt.

«Wie kommen wir jetzt hier weg?», fragte Hilde den Kater. «Hier ist kein anderer Vogel in Sicht.»

«Und selbst wenn einer da wäre», sagte Champion, «ich würde nie wieder in so ein Ding steigen!»

Giacomo zwirbelte mit der Pfote an seinem angebrannten Schnurrbarthaar und erklärte: «Ich habe nicht die blasseste Schimmer, wo wir seie.»

Ich blickte mich um und sah die gigantischen steinigen, schneebedeckten Hügel um uns herum. Die Kälte, die hier herrschte, hatte ich dank des brennenden Vogels bisher nicht wahrgenommen, doch allmählich fröstelte ich. Vor uns lag der steinige enge Pfad aus meinen Träumen. In diesem Augenblick hätte ich am liebsten auch keinen blassen Schimmer gehabt, wo wir uns befanden. Doch natürlich erkannte ich, dass wir an jenem Ort waren, den Old Dog in meinem letzten Albtraum als Himalaja bezeichnet hatte. Leider wusste ich daher auch, wo es jetzt für uns langzugehen hatte. Ich deutete mit meinem Huf auf den verschneiten Weg, der in den Himmel zu führen schien, und erklärte: «Wir müssen da rüber.»

Eigentlich hatte ich erwartet, dass die anderen mir erklärten, dass ich nicht mehr alle Fliegen im Schwarm hatte. Doch Susi war so voller Energie, dass sie verkündete: «Das schaffen wir auch noch!»

Hilde ergänzte: «Unsere Herde schafft alles!»

Radieschen lachte: «Ich genieße jeden Moment mit euch!»

Und Giacomo, der entschlossen war, uns nach Indien zu führen, rief: «Eine für alle, alle für eine.»

So muhten die anderen drei: «ALLE FÜR EINE, EINE FÜR ALLE!»

Nur Champion war ganz still. Er warf mir einen intensiven Blick zu, und mir war klar: Hier im Himalaja würde auch über unser Liebesglück oder -unglück entschieden.

Kapitel 56

Wir stapften mit unseren Hufen durch den Schnee, der tiefer wurde, je höher wir kamen. Zuerst war es nur eine kleine nasse Schicht auf dem Geröll, jetzt versanken unsere Hufe darin. Auch der Pfad wurde immer enger, konnten wir anfangs noch zu mehreren nebeneinandermarschieren, ging es jetzt nur noch in Zweierreihen. Über uns zogen sich Wolken zusammen, würde nachher der Schnee fallen, den ich im Traum gesehen hatte? Andererseits: Mein Kalb war ja noch nicht auf der Welt – bis zur Geburt waren es noch zwei, drei Wochen –, und in meinem Traum war es schon da gewesen. Von daher konnte ich hoffen, dass der Traum keine böse Vorahnung war, wir Old Dog also nicht begegnen müssten und ich in Indien, in der warmen Sonne, mein Kleines zur Welt bringen würde.

Wir stapften alle tapfer durch den Schnee. Susi wirkte dabei wie ausgewechselt, die Kälte kommentierte sie gelassen: «Gut, dass wir jetzt so fett sind, da frieren wir weniger.»

Hilde lachte: «Pass auf, wenn du so weitermachst, beginne ich noch, dich zu mögen.»

Die beiden waren glücklich und zickten sich nicht mehr an. Ihre Streitereien hatten also nicht ihre Ursache darin, dass sie so unterschiedlich waren, sondern darin, dass jede für sich selbst unglücklich gewesen war und das an der jeweils anderen gerne mal ausgelassen hatte.

Radieschen betrachtete sich Hilde und raunte mir zu: «Es ist schön, Hilde so befreit lachen zu sehen.»

Tatsächlich, wir waren in einer unwirtlichen Gegend, in der wohl noch nie eine Kuh zuvor gewesen war, aber Hilde lachte. Der Zaun, den sie um ihr Herz all die Jahre gezogen hatte, war endgültig eingerissen.

Radieschen liebte sie und konnte sich ganz selbstlos an deren Glück erfreuen, egal, ob Hilde ihre Gefühle erwiderte oder nicht. Radieschen suchte nicht nach dem Perfekten, sondern war glücklich mit dem Guten.

Susi ließ sich zu mir zurückfallen und freute sich über sich selbst: «Ich habe euch gerettet.»

«Danke», erwiderte ich aufrichtig.

«Ohne mich wärt ihr draufgegangen.»

«Danke», erwiderte ich noch mal.

«Du auch.»

«Ich weiß», antwortete ich und versuchte, gegen den undankbaren Gedanken anzugehen, sie als ein bisschen penetrant zu empfinden.

«Du wärst total gegrillt worden ohne mich», lachte sie.

«Das kann gut sein», nuschelte ich und versuchte, gegen den Gedanken anzugehen, dass ich sie ohne Selbstbewusstsein netter fand.

«Ich hab es echt mehr drauf als du!», lachte sie laut.

«Hmm …», biss ich mir auf die Zunge.

«Komm schon, komm schon, gib's zu!»

Ich schwieg weiter und versuchte, gegen den Gedanken anzugehen, dass es vielleicht schöner gewesen wäre, wenn sie mich nicht gerettet hätte. Oder wenn sie spontan an einer Stimmbandentzündung erkrankte.

In diesem Moment machte es peng.

«Peng?», fragte Susi.

«Peng?», fragte ich mich auch und blieb stehen.

Was war das für ein Knall gewesen?

Und was war das für eine Flüssigkeit, die da an meinem Bein hinab in den Schnee lief?

Radieschen lachte, während die anderen ebenfalls stehen blieben: «Ich weiß, was das ist.»

«Und was?», fragte ich, mit einem Mal sehr unsicher, ob ich es wirklich wissen wollte.

«Über das, was dir gerade passiert ist», lächelte sie, «kannte meine Oma Hamm-Hamm ein Lied. Möchtest du es hören?»

«Nein!», antwortete ich.

«Es geht so», sagte Radieschen unbeirrt und begann zu singen:

Fruchtblas has broken,
like the first Fruchtblase ...
The Kalb has spoken,
like the first Kalb ...

Ach du Scheiße, war es etwa so weit?

Lobet den Muttermund,
lobet die Wehen ...

Die Wehen???

Lobet das Kälbchen, seine Geburt.

Die erste Wehe setzte ein. Bei Naia, es war wirklich so weit!

Süß das neue Leben,
es findet die Welt
von dem Moment,
wo's zu Boden fällt.

Mein Kalb kam früher.

Lobet das Kalb,
bestrahlt vom Himmel.
Es wird ein Mädchen,
oder es hat 'nen …

Immerhin sang Radieschen die Zeile nicht zu Ende.

Dein wird die Wehe,
dein wird der Schmerz.
Das wird kein Spaß,
keine Kuh, die das mag.

Ich würde es wohl auch nicht mögen.

Lobe die Wehe,
beweise dein Herz.
Freu dich aufs Leben,
es wird ein großer Tag!

Zumindest würde es ein sehr, sehr interessanter Tag werden.

Kapitel 57

Das tat so weh!

Warum nur, warum nur tat das so unfassbar weh?

Wir Kühe bekamen ja stehend unsere Kälber, aber am liebsten wäre ich vor lauter Schmerz in den Schnee gesunken und da für immer liegen geblieben.

Die anderen standen um mich herum, wollten mir im wahrsten Sinne des Wortes beistehen.

«Du schaffst das!», spornte mich Hilde an.

Es tat so unfassbar weh, dass ich das nicht glauben konnte.

«Wir sind bei dir!», sagte Radieschen lieb.

Ich war mir nicht ganz sicher, ob es schön war, vor so vielen Zeugen zu gebären. Es war doch eher unangenehm, dass alle mir dabei zusahen, wie ich langsam, aber sicher die Kontrolle über mich verlor.

«Wenn man das so sieht», meinte Susi, «möchte man eigentlich keine Kälber bekommen.»

In Susis Fall war ich mir ziemlich sicher, dass ich sie gerade nicht dabeihaben wollte.

«Und ich seie froh, dass ich bin eine Manne», meinte Giacomo.

Eine besonders schwere Wehe durchfuhr mich, und ich muhte vor Schmerz laut auf.

«Soll ich dir was zur Beruhigung singen?», fragte Radieschen mich lieb.

«Bloß nicht!»

«Ich kenn da aber ein aufmunterndes Lied.»

«NEIN!!!!»

«Es geht so ...

Here comes my baby ...»

Zwischen zwei Wehen schrie ich sie an: «WENN DU NOCH EINE SILBE WEITERSINGST, BRINGE ICH DICH UM!»

Für eine Sekunde war sie still.

Dann sagte sie: «Ich kenne da auch ein gutes Gedicht ...»

Ich sah sie böse an.

«… das du, glaube ich, nicht hören willst», schluckte sie darauf.

«Du biste sehr einfühlsame», meinte Giacomo ironisch.

«Danke», erwiderte Radieschen, die die Ironie mal wieder nicht verstand.

Der Einzige, der dankenswerterweise die ganze Zeit über seine Schnauze hielt, war Champion.

Die Wehen wurden immer stärker, ich hatte das Gefühl, mein ganzer Unterleib würde zerreißen. Dabei dachte ich daran, wie es kam, dass wir Kühe bei der Geburt so unkuhliche Qualen zu durchleiden hatten.

Warum Naia die Wehen erfand

Der Regenwurm kam zu Naia, die just in der Sonne graste. Die göttliche Kuh staunte ob der Tatsache, dass der Wurm ganz grün im Gesichte war. Sie begehrte zu wissen, was mit ihm geschehen sei, und er antwortete: «Deine Kühe sind mir geschehen.»

Naia verstand diese Replik nicht, und der Regenwurm begann mit seiner Wehklage:

«Naia, die Kühe verehren dich und nehmen dich zum Vorbilde. Sie machen die ganze Zeit Liebe, genau wie du und Hurlo.»

Naia musste lachen: «Wunderbar! Dann haben sie doch Freude!»

«Oh ja, das haben sie, aber wir nicht!», gab der Regenwurm bitter zurück. «Die Kühe vermehren sich schlimmer als die Karnickel. Nun gibt es mehr Kühe als alle anderen Wesen. Sie essen ihnen das Futter weg, aber das ist noch nicht das Schlimmste.»

«Was denn dann?», fragte Naia besorgt.

«Die Gase.»

«Die Gase?» Naia war verwirrt.

«Deine Kühe sind so viele, dass sie uns anderen durch ihre Verdauung die Luft zum Atmen nehmen.»

Jetzt verstand sie, warum er so grün im Gesichte war. Mit einem Male vernahm Naia aus einiger Entfernung einen lauten Knall und sah einen Feuerball. Sie begehrte, vom Wurme zu erfahren, was geschehen sei, und der antwortete: «Da ist wieder mal ein Glühwürmchen in eine Gaswolke geflogen.»

Naia war still vor Schreck, und der Wurm verriet: «Von allen Tieren hassen die Glühwürmchen die vielen Kühe am meisten.»

Dies konnte Naia recht gut verstehen. Sie bat den Regenwurm um einen Rat, was sie tun solle. Doch was er empfahl, verschlug ihr schier die Sprache: «Du und Hurlo machen am besten keine Liebe mehr.»

Das war für Naia undenkbar. So erfand sie lieber jene innere Bewegung, die dafür sorgte, dass Kühe nicht allzu oft Kälber bekommen mochten … die Wehe. Und obwohl die Wehe für das große Wohl der Welt so wichtig war, mochte Naia sich wegen ihrer Schöpfung selber nicht leiden.

Leiden war ein verdammt gutes Stichwort. Die Schmerzen waren für mich nicht mehr zu ertragen. Und ich konnte Naia jetzt noch viel weniger leiden als sie sich selbst. Hätte die blöde Nuss nicht einfach irgendeine Pflanze erfinden können, die die Empfängnis verhindert, wenn eine Kuh sie futtert?

Ich litt unendlich und muhte und muhte und muhte, so

laut wie noch nie in meinem ganzen Leben. Giacomo sah dabei auf die schneebedeckten Berge und meinte: «Hoffentlich löse das Gemuhe nicht aus eine Lawine.»

«Was ist eine Lawine?», fragte Hilde.

«Eine Gelato, die uns alle mache platto!»

Die Wehen kamen in immer kürzeren Abständen, und ich brüllte noch lauter.

«Ich befürchte», meinte Hilde zu dem Kater, «Lolle wird in den nächsten Minuten nicht unbedingt leiser.»

Ich schrie nun aus vollen Lungen, kurz davor, dem Wahnsinn zu verfallen. Da sagte Champion leise und dennoch mit fester Stimme zu mir: «Ich bin bei dir, für immer.»

Es war ein Satz.

Nur ein einziger kleiner Satz.

Doch er ließ mich mit einem Mal alle Schmerzen ertragen.

Kapitel 58

Das Kalb platschte unter mir in den Schnee und begann gleich nach dem Aufprall zu muhen, damit seine kleinen Lungen sich das erste Mal mit Luft füllen konnten. Ich hörte mein Kind also, bevor ich es sehen konnte. Kaum vernahm ich sein süßes, unbeholfenes Gemuhe, waren all meine höllischen Schmerzen wie weggeblasen.

Ich trat zur Seite, um mir mein Kleines anzusehen: Es richtete sich auf seinen dünnen wackeligen Beinchen auf und muhte mit seinem schwachen Stimmchen. Obwohl es ganz verklebt war und seine Augen daher noch nicht mal richtig öffnen konnte, war es wunderschön anzusehen. Sofort ging ich wieder auf das Kleine zu, um es mit meiner Zunge abzuschlabbern. Darauf beruhigte es sich sogleich und hörte auf zu muhen. Es genoss meine Nähe und schenkte mir von der ersten Sekunde an seine unbedingte Liebe. Und ich ihm die meine.

Während ich gerade seine Augen säuberte, meinte Giacomo leise: «Die Abgeschlabbere iste schon ein bisschen ekelige ...»

Susi ergänzte angewidert und ohne sich dabei auch nur ansatzweise zu bemühen, leise zu sprechen: «Jetzt weiß ich ganz bestimmt, dass ich keine Kinder bekommen will.»

Doch nicht mal sie schaffte es, mir diesen wunderschönen Moment kaputtzumachen.

Hilde lachte: «Es ist ein Mädchen ...»

Ja, es war ein Mädchen. Ein wunderschönes kleines Mädchen mit ganz weißem Fell, ohne einen einzigen schwarzen Fleck, als sei es aus Schnee gemacht. Dieses Kalb war etwas ganz Besonderes. Nicht nur, weil es meins war.

Auch Champion sagte leise: «Ein Mädchen.» Dabei lagen in seiner Stimme Liebe und Ehrfurcht vor dem neugeborenen Leben.

Stolz, glücklich, aber auch vorsichtig trat er auf uns zu. Als ich fertig damit war, die Kleine zu säubern, schlabberte er meine Schnauze ab. Liebevoll und behutsam. Nie hätte ich für möglich gehalten, dass er so sanft sein konnte.

«Das werde ja immer ekeligere», kommentierte Giacomo.

Die ersten Schneeflocken wirbelten umher, und die Kleine zitterte im Wind. Instinktiv hoppelte sie ungelenk unter meinen Bauch, um Schutz vor der Kälte zu suchen.

«Sie ist so süß!», kiekste Radieschen fröhlich. «Bitte, darf ich Tante sein, auch wenn ich keine echte Tante bin?» Dabei hüpfte sie ganz aufgeregt um mich und das Kalb herum und schaute mich dabei aus großen Augen an: «Bitte, bitte, bitte!»

Ich musste lachen: «Du wirst die beste Tante der Welt!»

«Oh ja, das werde ich!», jubelte Radieschen.

«Was iste denn die Name von die Kleine?», fragte Giacomo.

Darüber hatte ich mir bisher keine Gedanken gemacht, es war immer zu viel los gewesen, und sie war ja auch früher zur Welt gekommen als erwartet. Unwillkürlich sah ich zu Champion, doch der lächelte nur verlegen, offensichtlich hatte er darüber auch noch nicht nachgedacht.

Immer mehr Schneeflocken fielen, und Hilde stellte fest: «Ich möchte ja nur ungern die Namensfindung unterbrechen, bevor sie überhaupt richtig losgeht, aber wir brauchen einen geschützten Schlafplatz.»

Susi ergänzte: «Sonst braucht die Kleine auch keinen Namen mehr.»

Es klang brutal, aber sie meinte es durchaus besorgt. Wir fetten Kühe konnten die Kälte gut vertragen, aber mein kleines, dünnes Kälbchen nicht. In diesem Moment erfuhr ich das erste Gesetz des Mutterseins: Je mehr man sein Kalb liebt, desto mehr macht man sich Sorgen.

«Nicht sehr wahrscheinlich», meinte Susi, «dass hier irgendwo ein geeigneter Schlafplatz ist.»

«Dennoch müssen wir einen suchen», erklärte Champion entschlossen, und niemand widersprach ihm.

Die Herde setzte sich in Bewegung. Champion und ich nahmen die Kleine zwischen uns, damit sie möglichst windgeschützt war, und gingen ganz langsam, um sie nicht zu überfordern. Sie fror und bibberte, aber dennoch fühlte sie sich zwischen Mama und Papa geborgen.

Mama und Papa …

... das klang wunderbar.

Während wir so langsam durch den immer stärker fallenden Schnee den Pfad weiter nach oben zur Bergspitze wanderten, betete ich: «Liebe Naia, in den letzten Vollmonden hast du mir immer weniger Anlass gegeben, an deine Güte zu glauben, geschweige denn an deine Intelligenz. Oder überhaupt nur an deine Existenz. Ich bin immer wütender auf dich geworden, und, ehrlich gesagt, du kannst echt froh sein, dass du mir zwischendrin nicht im Dunkeln begegnet bist. Aber jetzt wende ich mich an dich: Bitte, bitte, bitte, lass mein Kleines nicht erfrieren! Lass uns einen Unterschlupf finden. Wenn du auch dieses Gebet nicht erhörst, dann verspreche ich dir: Ich werde nie wieder an dich glauben! Oder auch nur einen einzigen Gedanken mehr an dich verschwenden.»

In diesem Moment rief Hilde: «Da ist eine Höhle!»

Ich blickte hoch in den verschneiten Himmel, in dem ich Naia vermutete, und lächelte dankbar. Vielleicht hätte ich ihr schon früher mal drohen sollen.

Champion und ich führten unser Kalb langsam zum Eingang der Höhle, die tief ins Gestein ging. Wir traten ein, freuten uns, dem Schnee und dem schneidenden Wind entkommen zu sein, und begannen, uns aufzuwärmen. Die Kleine fror zwar noch, aber sie würde die Nacht überleben. Sie trat an meinen Euter, und ich wusste genau, was sie wollte. Ich gab ihr Milch – ein Vorgang, der ebenso ungewohnt wie großartig war. Ungewohnt, weil ein lebendes Wesen aus mir die Milch zog und nicht ein kalter Melksauger, und großartig, weil ich meine Kleine nährte, ihr Leben und Kraft spendete und dabei mit ihr eine zärtliche Nähe herstellte, wie ich sie noch nie zuvor empfunden hatte.

Als sie sich satt getrunken hatte, legten wir beide uns auf den steinigen Höhlenboden hin, sie kuschelte sich an mich ran, bibberte aber dennoch weiter und fand daher nicht in den Schlaf. Zwar konnte ich sie etwas wärmen, aber es reichte nicht, damit sie sich ganz wohl fühlen würde. Mein Blick fiel auf Champion: Das Kalb brauchte in diesem Moment für die Geborgenheit nicht nur die Mama, sondern auch den Vater. Champion verstand sofort und legte sich zu uns, sodass wir beide die Kleine wärmten. Sie hörte auf zu zittern und schlief zwischen uns ein.

Der Rest der Herde schnarchte auch schon vor sich hin, während draußen vor der Höhle der Schnee aufhörte zu fallen. Die Nacht brach an, das Sternenlicht fiel schwach auf uns, da betrachteten wir Eltern immer noch unser kleines weißes, schlafendes Kind. Wir konnten uns einfach nicht an ihm sattsehen.

«Ich liebe sie», sagte ich zu Champion leise, damit ich die Kleine nicht aufweckte.

«Ich auch», erwiderte er, «so sehr, dass es schon weh tut.»

«Auf eine unfassbar schöne Art und Weise», stimmte ich ihm zu.

«Dich liebe ich auch», flüsterte Champion.

Dies ließ mich für einen Moment verstummen. Das hatte er noch nie gesagt. Auch nicht in der Zeit, in der er sein Gedächtnis noch nicht verloren hatte und wir auf dem Hof gelebt hatten.

Aber wir waren jetzt ja auch zwei ganz andere Kühe als früher.

Er war nicht mehr der ungestüme Stier, der nur an sich selber dachte. Und ich nicht die verträumte dumme Kuh, die auf ihre eigene Art und Weise mit ihrem großen Lebenstraum von einer Familie auch nur an sich selbst gedacht hatte.

So antwortete ich: «Ich liebe dich auch.»

Wir blickten uns tief in die Augen, voller Liebe. Und unser kleines Kalb lag dabei zwischen uns. So glücklich war ich in meinem ganzen Leben noch nicht gewesen.

Kapitel 59

«Sicherlich erinnerst du dich daran, was ich dir gesagt habe?», grinste Old Dog mit seiner blutverschmierten Schnauze. Er stand mir gegenüber, hier auf dem Pfad im Himalaja, direkt neben der eingefrorenen Blume.

«Dass ich ein Muhsical machen soll?», antwortete ich schwach, während mir der Schnee ins Gesicht wehte.

Er lachte über meine ausweichende Antwort und stellte fest: «Du erinnerst dich also noch!»

«Du kommst, wenn ich am glücklichsten bin ...», bestätigte ich leise.

Diesmal wachte ich nicht schreiend auf, sondern zitternd. Nicht etwa, weil es draußen wieder schneite, ich schlotterte vor Furcht. Ich war sicher, dass ich heute noch Old Dog begegnen würde. Er wusste, wo ich war, weil er in meine Träume wandern konnte. Davon war ich jetzt endgültig überzeugt. Und er hatte genug Zeit, von New York hierherzukommen, während wir bei den Wagjus waren. Mein Schicksal würde sich heute entscheiden. Und das von meinem Kind. Und von meinem Stier.

Mein Stier ...

… auch das hörte sich gut an.

Die Kleine öffnete vor allen anderen ihre Äuglein und wollte gleich wieder gestillt werden. Von dem leisen, saugenden Geräusch wurde Champion geweckt. Er beobachtete uns beide liebevoll und lächelte: «Ich sehe jetzt Euter mit ganz anderen Augen.»

Trotz meiner Furcht musste ich grinsen. Es war so schön: Ich lag hier mit meiner Familie.

Meine Familie …

… das hörte sich am allerbesten an.

Ich hatte eine Familie, wie ich sie mir immer gewünscht hatte, seitdem ich die Eintagsfliegen Summ und Herum gesehen hatte. Nur ganz anders als gedacht. Besser. Viel besser! Mit einem süßen Kälbchen. Mit Schwestern wie Hilde, Radieschen und, ja, auch Susi (es muss auch Schwestern geben, die ein bisschen nervig sind), einem Kater als Onkel und einem aufrecht liebenden, zärtlichen Stier. Das machte mich glücklich, selbst wenn dies bedeutete, dass Old Dog mir erscheinen würde.

Die anderen wachten ebenfalls langsam auf, wir beiden Eltern nahmen aber kaum Notiz von ihnen, weil wir so von unserer Kleinen gefangen waren.

«Ähem», fragte Susi, unangenehm berührt, «hat jemand das da gesehen?»

Champion und ich achteten gar nicht auf sie.

«Ihh!!!», erschrak sich Radieschen.

Darauf achteten wir dann doch.

Ich setzte die Kleine vom Euter ab – sie hatte sich schon satt getrunken und nuckelte nur noch – und sah zu den anderen, die wiederum auf einen Haufen Knochen in einer Ecke starrten, in die wir am gestrigen Abend, erschöpft, wie wir gewesen waren, nicht geschaut hatten.

«Irgendjemande hatte hier gemacht die Happa-happa», schluckte Giacomo.

«Ganz schön viel Happa-happa», meinte Hilde eingeschüchtert. «Die Knochen gehören zu einem riesigen Tier.»

«Gehörten», korrigierte Champion.

«Das muss von einem noch größeren gefressen worden sein», schlussfolgerte Susi, und ihre Stimme vibrierte dabei vor Angst.

«Oder einem brutaleren», erwiderte ich leise, konnte ich mir doch schon denken, wer hier so gewütet hatte.

«Auf jeden Fall», meinte Hilde, «sieht das nicht gut aus.»

Susi korrigierte sie: «Lolle sieht nicht gut aus, jetzt, wo nach der Geburt alles bei ihr schwabbelt. Das hier sieht absolut fürchterlich aus.»

Ich ging auf ihre Unverschämtheit gar nicht ein, denn in diesem Moment hörten wir ein fürchterliches Brüllen.

Radieschen schluckte: «Und das hört sich nicht gut an.»

Mein kleines weißes Kalb wollte vor lauter Schreck wieder in meinen Bauch zurückkrabbeln. Aber zum einen war dies nicht möglich (sonst würden es wohl viele Kälber machen, wenn sie die Welt erst mal ein bisschen kennengelernt hatten), und zum anderen wäre auch mein Körper kein sicherer Zufluchtsort vor dem reißenden Maul des Höllenhundes gewesen.

«Alles wird gut», flunkerte ich mein Kleines an. Es glaubte mir die Lüge, weil ich ja seine Mama war, und schmiegte sich an mein Bein.

Wir hörten wieder das furchterregende Brüllen, das eine unglaublich schlechte Eigenheit besaß:

«Es kommt immer näher», stellte Hilde fest.

Sollte ich die anderen warnen, dass es wohl von Old

Dog stammte? Würde es helfen oder eher ihre Angst vergrößern und sie zu einer Panikreaktion verleiten, die uns erst recht verriete? Vielleicht würde Old Dog uns gar nicht in dieser Höhle entdecken und einfach weiterziehen, wenn wir ganz leise wären. Mein Blick fiel bei diesen Gedanken auf die Knochen, und ich dachte: Vielleicht wachsen uns ja auch Flügel, und wir fliegen alle davon wie süße kleine Schmetterlinge ... das ist vermutlich ähnlich wahrscheinlich.

Das Brüllen war jetzt ganz nah.

«Das hört sich übel an», flüsterte Hilde.

Schon im nächsten Augenblick erschien im Eingang der Höhle ... nicht Old Dog, sondern ein gigantisches Wesen mit zotteligem weißem Fell. Es sah aus wie eine Mischung aus einem riesigen Menschen, einem Bär und irgendetwas, mit dem nicht gut Kirschen zu essen war. Dafür wohl aber Kuhfleisch.

«Und es sieht auch übel aus», schluckte Hilde.

«Vor allen Dingen riecht es übel», ekelte sich Susi vor dem stinkenden Monster.

«Das iste eine Yeti!», bekam es Giacomo nun richtig mit der Angst zu tun und hüpfte vor lauter Schreck auf Hildes Nacken.

«Was ist ein Yeti?», wollte Hilde darauf berechtigterweise wissen.

«Eine Wese, die eigentlich nicht existiere», antwortete Giacomo.

«Vielleicht hätte man ihm das auch mal mitteilen sollen», meinte Hilde.

Der Yeti betrat die Höhle und fauchte uns wütend an.

Susi bibberte vor Angst: «Ich befürchte, er wohnt hier.»

«Und er nicht möge Untermieter», brabbelte der Kater.

Der Yeti fauchte wieder, noch lauter.

«Wenn er uns nicht mit seinen Reißzähnen tötet», sagte Hilde, mulmig berührt, «dann tut er es mit seinem Mundgeruch.»

Sie alle hatten Angst. Auch Champion, obwohl er versuchte, sich dies nicht anmerken zu lassen, und seinen Kopf beugte, um die Hörner in Kampfstellung zu bringen. Mein Kleines fürchtete sich jedoch nicht, denn ich war jetzt ganz ruhig, und dadurch fühlte es sich bei mir sicher. Ich war geradezu erleichtert, diesen Yeti zu sehen, denn es war nun mal nicht Old Dog. Erst wenn wir diesem Hund begegnen sollten, würde sich unser Schicksal entscheiden. Das bedeutete im Umkehrschluss: Wir würden die Begegnung mit dem Yeti in jedem Falle überleben.

Es sei denn natürlich, meine Träume von Old Dog irrten.

Der Yeti stapfte nun auf uns zu, und Champion raunte mir zu: «Ich werde nicht zulassen, dass er meiner Familie etwas antut.»

Dann rannte er, mit den Hörnern voran, auf das zottelige Ungetüm zu. Mutig. Entschlossen. Kraftvoll ...

Der Yeti fegte ihn mit nur einem Hieb seiner Pranke quer durch die Höhle.

Champion knallte gegen die Steinwand und rutschte von da benommen zu Boden. Mein Kleines begann zu weinen, da ich es nun doch mit der Angst zu tun bekam. Dennoch flüsterte ich meinem Kälbchen zu: «Alles wird gut.»

«Ja, ich muss nur aufstehen», murmelte Champion und fiel endgültig in Ohnmacht.

Der Yeti kam immer näher, sein Brüll-Atem ließ uns dabei fast vergehen.

«Wisst ihr, was jetzt nicht schlecht wäre?», fragte Hilde.

«Ein Wunder», wusste Radieschen die Antwort.

Da erlebten wir tatsächlich ein Wunder. Und der Yeti erst recht. Es war kein schönes und auch kein blaues, sondern ein rabenschwarzes. Etwas sprang das Zottelwesen aus dem Nichts an und zerfetzte ihm die Kehle. Aus der sprudelte das Blut nur so heraus, der Yeti brach auf dem Höhlenboden zusammen. Und dort biss Old Dog ihn zu Tode.

Kapitel 60

«Ich glaube», schluckte Radieschen, «ich fall in Ohmacht.»

«Ich falle mit», antwortete Susi, und der Kater bibberte: «Ich mache auch gerne mit bei die Plumps.»

Nur Hilde wandte sich direkt an Old Dog und fragte ihn: «Warum hast du uns gerettet?»

Auch sie war sichtlich geschockt von dem brutalen Vorgehen des Höllenhundes.

«Nur ich habe das Recht, euch zu töten», lächelte der.

«Also kommen wir vom Regen in die Traufe», stellte Hilde fest.

«Was ist eine Traufe?», fragte Radieschen.

«Wie bitte?», antworteten Hilde und Old Dog gleichzeitig.

«Was ist eine Traufe?», fragte Radieschen noch mal, ihr Hirn schien sich mit dieser Frage von dem grausamen Anblick des toten Yetis und von der Bedrohung durch den Hund ablenken zu wollen.

Old Dog wusste darauf keine Antwort. Es war das erste Mal, dass ich ihn irritiert erlebte.

«Ich hab mich das schon immer gefragt», plapperte Radieschen, «und wenn so ein komisches Wort sich erst mal in meinem Kopf festsetzt, dann geht das darin rund und rund und rund und macht mich ganz kirre, das ist nicht nur mit der Traufe so, sondern auch mit schnurzpiep und mit Daus ...»

«Daus?», fragte Old Dog, noch irritierter.

«Von Ei der Daus. Was soll das sein, ein Daus? Und was deren Ei?»

«Es reicht!», fuhr Old Dog sie an.

«Und was bitte schön soll ein Eumel sein?»

«ES REICHT!!!»

Old Dog konnte die Lage nicht kontrollieren, ein völlig ungewohntes Gefühl für ihn. Radieschen war wohl das einzige Wesen auf der ganzen weiten Welt, das ihn so aus der Fassung bringen konnte.

«Und was ist eine Lümmeltüte?»

«Das ich kanne dir erkläre», bot der Kater an.

«SEID ALLE STILL!!!!!!!!!!!!», schrie Old Dog.

Darauf plapperte Radieschen erst recht, weil sie jetzt komplett verängstigt war: «Ich bin ja schon still, ich halte meinen Mund, ich mache keinen Piep, was ja auch albern wäre, ich bin ja eine Kuh, und wieso sollte ich also piepen oder trillern oder gar tirilieren, wobei ich sowieso nie genau weiß, wann das Trillern aufhört und wann das Tirilieren beginnt. Egal, ich werde auch nicht muhen, eigentlich mache ich gar keinen Laut mehr, ich bin mucksmäuschenstill ...»

Old Dog war kurz vorm Durchdrehen, gleich würde er sie töten, nur damit sie endlich die Klappe hielt.

«Aber wenn ich mucksmäuschenstill bin», schnatterte sie weiter, «was soll das überhaupt heißen? Was soll denn das sein, ein Mucksmäuschen ...?»

Jetzt war dieser Augenblick gekommen.

Old Dog spannte die Beinmuskeln und …

… ich sprang dazwischen und schrie: «Nicht!»

Der Hund blickte mit seinem blutroten Auge zu mir, und ich erklärte hastig: «Du willst doch nur mich! Lass die anderen in Ruhe! Verschone sie, und ich wehre mich nicht.»

«Einverstanden», nickte Old Dog, einfach so, ohne groß dagegenzureden, es ging ihm wirklich immer nur um mich.

«Nichts da!», rief Hilde aus und rief den anderen zu: «Was haben wir gestern noch gesagt?»

Susi antwortete unsicher: «Dass so eine Geburt ganz schön ekelig ist?»

«Nein, du hohles Horn. Wir haben gerufen: eine für alle …!»

Jetzt erinnerten sie sich alle wieder an unser großes Versprechen, und Radieschen, Giacomo, selbst Susi riefen wie aus einem Maul: «… ALLE FÜR EINE!»

Sie wollten mich nicht alleine in den Tod ziehen lassen. Das war großartig von ihnen. Leider war es auch dämlich. Denn dies würde bedeuten, dass auch sie sterben müssten. Niemand besaß doch auch nur den Hauch einer Chance gegen den Höllenhund.

«Ihr bleibt hier!», befahl ich ihnen deswegen entschlossen. Es war das erste und einzige Mal, dass ich meiner Herde einen echten Befehl gab. Zu ihrem eigenen Schutz.

«Aber …», protestierte Hilde.

«Ihr kümmert euch um die Kleine!», erklärte ich. Dabei schossen mir die Tränen in die Augen, und meine Unterlippe begann zu zittern. Alle sahen nun zu meiner Tochter, die sich ängstlich an mein Bein schmiegte, und sie verstanden: Alleine würde sie in den Bergen verenden, nur mit ihrer Hilfe könnte sie überleben.

«Ähem», fragte Susi, unangenehm berührt, «bedeutet das auch, dass wir sie stillen müssen?»

Hilde warf ihr einen vernichtenden Blick zu.

«War ja nur eine Frage», verteidigte sich Susi. «Und selbst wenn es so ist, mach ich das natürlich gerne. Keine Frage.»

Ich schnäuzelte meine Kleine. Ob sie dabei spürte, dass es das letzte Mal sein würde? Jedenfalls zitterte sie am ganzen Leibe. Ich stupste sie erst sanft und, als sie nicht von mir weichen wollte, etwas rüder von meinen Beinen weg, hin zu Radieschen, ihrer Tante. Dabei rang ich noch mehr mit meinen Tränen. Der Tod bereitete mir keine Angst, aber dass ich meine Tochter nicht aufwachsen sehen würde, brach mir das Herz.

«Sagt Champion, dass ich ihn liebe!», bat ich meine Freundinnen, und dabei begann nun auch meine Oberlippe zu zittern. Gleich würde ich losheulen.

«Ich liebe dich auch», stammelte Champion, meine Worte schienen ihn geweckt zu haben. Er richtete sich mühsam auf. Er war zu schwach, um ruhig zu stehen, geschweige denn gegen den Hund zu kämpfen. Aber dennoch wollte er mich gegen ihn verteidigen. Er war mein Held!

«Ich mach dich fertig ...», drohte er Old Dog, dann ging er ein paar Schritte und brach wieder zusammen.

Old Dog verzog sein Gesicht zu einer lächelnden Grimasse. Mein Held konnte mich nicht retten. Niemand konnte es.

Bei Radieschen flossen nun die Tränen. Damit ich nicht sofort mitheulte, blickte ich von allen weg und sagte leise zu Old Dog: «Bitte, lass uns nach draußen gehen.»

Die Kleine sollte nicht Zeuge davon werden, wie ihre Mutter getötet wurde.

Old Dog nickte knapp, und ich folgte ihm aus der Höhle in den wirbelnden Schnee heraus, ohne mich noch einmal umzublicken, denn mein Kalb sollte mich auch nicht weinen sehen. Hinter mir hörte ich das verzweifelte, klägliche Muhen der Kleinen. Bei Naia, ich hatte noch nicht mal die Zeit gehabt, ihr einen Namen zu geben! Draußen endlich weinte ich. Das letzte Mal in meinem Leben.

Kapitel 61

Der Wind wirbelte mir den Schnee ins Gesicht. Es war wie in meinen Träumen. Old Dogs Schnauze war mit dem Blut des Yetis verschmiert. Genauso wie in meinen Träumen. Nur der Pfad, auf dem wir gingen, war etwas anders. Ich hörte meine Kleine in der Höhle noch kläglicher muhen und bat Old Dog, während mir selbst die Tränen die Schnauze runterliefen, ob wir uns ein Stück entfernen könnten. Die Kleine sollte nicht nur nicht sehen, wie ich gerissen wurde, sie sollte es auch nicht hören. Ohne auf meine Bitte direkt zu antworten, ging Old Dog voran, und ich folgte ihm durch den tiefen Schnee, ungefähr zweihundert Kuhlängen den Pfad hinauf, der immer schmaler wurde. Von Schritt zu Schritt wurde ich ruhiger, schicksalsergebener. Ich hörte auf zu weinen, trocknete mit der Zunge die Tränen auf meiner Schnauze und schmeckte dabei den klaren Schnee, der auf sie fiel. Nachdem wir um eine Ecke gebogen waren, kamen wir schließlich nach vielleicht zwanzig weiteren Kuhlängen zum Stehen. Es war genau die Stelle aus meinen Träumen. Rechts neben uns ragte das Gestein in die dunklen Wolken hoch, links lag der tiefe Abgrund. Wie im Traum konnte ich auch jetzt nicht erkennen, wie tief genau es herunterging, da der Schneesturm mir so stark ins Gesicht wirbelte. Nur die eingefrorene Blume am Wegrand war anders als in meinen Träumen, sie sah in echt noch viel, viel trauriger aus.

«Warum willst du mich töten?», fragte ich Old Dog, während mir der Schnee ins Gesicht wehte. Ich fand, ich hatte endlich das Recht, es zu erfahren.

Old Dog zögerte mit der Antwort, rang mit sich, irgendetwas in ihm wollte sein Herz, oder besser gesagt, das bisschen, was von seinem Herzen noch übrig war, ausschütten. So antwortete er schließlich: «Wegen Tinka ...»

«Deiner Pudeldame», erinnerte ich mich an seine große Liebe, die von dem Rattengift des Bauern gefressen hatte und daran gestorben war.

«Sie war schwanger, als sie starb», gestand Old Dog.

Das hatte ich nicht gewusst!

Seine Stimme wurde jetzt sogar etwas brüchig: «An jenem Tag starb nicht nur sie, sondern auch mein Kind ...» Der Hund war nun ganz in sich gekehrt, als ob er diesen schrecklichen Moment noch mal durchlebte, wie er es wohl immer und immer wieder tat, in jeder wachen Stunde und erst recht in seinen Albträumen in der Nacht, «... und mit den beiden starb mein Traum vom Glück.»

«Deswegen wolltest du dir auch das Leben nehmen», begriff ich. Old Dog hatte ja danach selbst das Gift gefressen, an dem seine Tinka und das Ungeborene verendet waren.

«Ich wollte zu ihnen.» Seine Stimme erstickte jetzt fast an seinem unterdrückten Schmerz. Niemals hätte ich gedacht, dass ich Mitgefühl mit Old Dog haben könnte. Ich würde zwar durch ihn sterben, aber ich wusste, dass Champion und mein Kalb überleben würden. Jedoch am

Leben zu bleiben, wenn die eigene Familie gestorben war, ist ein noch schrecklicheres Schicksal als der Tod.

«Die dunklen Hundegötter», erzählte der Hund, «erschienen mir. Sie ließen mich nicht sterben, denn sie haben eine solche Freude an meinem unendlichen Leiden.»

Wenn es diese Hundegötter wirklich gab und Old Dog sie sich in seinem Wahnsinn nicht einbildete, dann konnten wir Kühe wirklich froh sein, dass wir nur Naia und Hurlo hatten. Die waren zwar nicht gerade die fähigsten Götter, aber immerhin ergötzten sie sich nicht an dem Leid ihrer Geschöpfe.

«Tinka hatte sich immer eine Familie gewünscht», erzählte Old Dog weiter, ohne mich dabei auch nur anzuschauen, «seit dem Augenblick, in dem sie die zwei Eintagsfliegen gesehen hatte ...»

«Summ und Herum ...», erinnerte ich mich.

«Wie kommst du denn auf so bescheuerte Namen!», fuhr mich der Hund aggressiv an. «Tinka nannte sie Fliegi und Eintag!»

Das sollten jetzt bessere Namen sein?, hätte ich am liebsten geantwortet, aber mir erschien es nicht sonderlich ratsam, ihn noch mehr zu reizen. Auf der anderen Seite, was hatte ich schon zu verlieren, er wollte mich ja sowieso reißen?

«Du verstehst also», fragte mich der Hund, «warum ich dich töten muss?»

Ich entschloss mich, nicht weiter vorsichtig zu sein, und erwiderte patzig: «Weil ich keinen Geschmack bei der Namensgebung von Fliegen habe?»

«Werde nicht frech!»

«Du willst mich doch eh töten. Was kann mir also noch passieren?»

«Ich kann es besonders grausam tun», lächelte er böse.

Ich musste schlucken: «Das ist allerdings ein ziemlich gutes Argument gegen das Frechsein.»

«Du musst sterben, weil eine dusselige Kuh wie du nicht das Glück leben darf, das Tinka und mir verwehrt blieb.»

«Du gönnst anderen das Glück nicht?» Ich konnte es kaum fassen. Mir stand das Maul so weit vor Staunen auf, dass mir der Schnee hereinwirbelte.

«Ja», antwortete er knapp.

«So simpel ist das?»

«So simpel ist das», bestätigte er.

Das Glück hatte seine Feinde, das begriff ich nun. Seine größte Bedrohung kommt stets von außen, nicht von den eigenen Unzulänglichkeiten. Das vergisst man nur zu leicht, wenn man zu sehr mit sich beschäftigt ist.

Aufgewühlt fragte ich: «Hätte Tinka das gewollt?»

Old Dog hielt inne. Jetzt hatte ich geschafft, was bisher nur Radieschen hinbekommen hatte: ihn zu irritieren.

«Nein», antwortete er zögerlich, «das hätte sie wohl nicht.»

Ich spürte Hoffnung in mir emporsteigen, er liebte seine Tinka so sehr, wenn Old Dog ihr Andenken bewahren wollte, dann würde er mich womöglich verschonen.

«Vermutlich», sagte ich sanfter, «würde sie es sogar schrecklich finden.»

«Vermutlich», gestand er ein.

Meine Hoffnung stieg ins Unermessliche. Es war eine Hoffnung, wie sie nur dem Untergang Geweihte spüren, wenn sie glaubten, dem Tode noch mal von der Schippe springen zu können.

Noch sanfter legte ich nach: «Wenn Tinka noch leben

würde und sie auch nur ein bisschen so ist wie ich, würde sie es sogar fürchterlich finden.»

«Sie ist aber kein bisschen wie du!», fuhr er mich an.

In diesem Moment ahnte ich schon, dass ich verspielt hatte.

«Und sie ist auch nicht mehr am Leben!», jaulte er mit allem Schmerz und all der Wut über das Schicksal, das ihm so übel mitgespielt hatte. Er jaulte und jaulte und jaulte, immer lauter, immer wahnsinniger, sein Geschrei hallte in den riesigen Felsen verzerrt wider. Hier und da löste sich dadurch bereits Schnee von den Hängen und fiel in den Abgrund. Mein letztes Fünkchen Hoffnung, dass er mich verschonen würde, erlosch.

Es dauerte, bis Old Dog sich wieder beruhigte. Dann standen wir uns eine Weile im Schneesturm gegenüber. Schweigend. Und während wir so dastanden, er vor Schmerz wahnsinnig, ich auf seinen Biss wartend, begriff ich etwas: «Du hast verloren.»

«Wieso?» Old Dog war sehr überrascht.

«Weil ich das Glück erlebt habe», erwiderte ich mit einem Mal ganz ruhig. «Das kannst du mir nicht mehr nehmen.»

Diese Bemerkung traf ihn, und er wusste dem auch nichts entgegenzusetzen.

Ich hatte wirklich gewonnen.

Auf meine Art.

Dachte ich.

Denn mit einem Mal lachte der Hund: «Oh, wen haben wir denn da?»

Er deutete mit seiner großen Pfote hinter mich. Ich drehte mich auf dem engen Pfad um und musste aufpassen, dass ich auf dem eisigen, steinigen Boden nicht mit den Hufen ausrutschte und in den Abgrund fiel. Wieder war es genau wie in meinen Träumen: Die Gestalt, die sich mir von weiter unten des geschlängelten Pfades näherte, war mein kleines, zartes Kalb.

Kapitel 62

«Ich werde dich verschonen», lachte Old Dog mir zu.

Ich konnte es nicht glauben. Sollte der Anblick meiner Kleinen ihn an sein eigenes Ungeborenes erinnern und ihn daher milder stimmen?

«Ich werde dein Kalb töten und deinen Mann, aber dich ... dich werde ich verschonen. Du wirst ein Leben führen wie ich», grinste er, und sein rotes Auge glitzerte dabei noch unheimlicher als zuvor. «Dann haben wir beide gleich verloren!»

Hätte ich doch nur mein Maul gehalten!

Noch stand ich zwischen ihm und meinem Kind auf dem schmalen Pfad, er musste also über mich hinweg. Und dafür setzte er auch schon zum Sprung an.

«Lauf weg!», schrie ich der Kleinen verzweifelt zu.

Sie zitterte nur verstört in dem Schneesturm.

«LAUF!!!», schrie ich mit aller Kraft, die meine Lungen hergaben, so laut, dass der erste Schnee auf dem Felsen über mir sich löste und auf den Weg rieselte.

Der Instinkt der Kleinen setzte ein: Dankenswerterweise lief sie nicht zu mir, um bei ihrer Mama Schutz zu suchen, sondern auf dem schmalen Weg nach unten, um die Felsenecke herum. Doch selbstverständlich würde auch dies ihr Verderben bedeuten, könnte so ein kleines Wesen doch niemals einem Höllenhund entkommen, er würde nur Sekunden brauchen, um sie einzuholen.

Old Dog sprang mit einem Satz über mich, nahm die Jagd auf, da kam von der anderen Seite Radieschen um die Ecke gerannt und japste: «Tut mir leid, Lolle, ich hab die Kleine nicht aufhalten können …»

Sie erblickte den Hund, der vor ihr abbremste. Mit einem Mal war sie mucksmäuschenstill, auch wenn sie keine Ahnung hatte, was ein Mucksmäuschen überhaupt war.

Hinter ihr lugten Hilde und Susi um die Ecke, wie auch der Kater, der bei Hilde zwischen den Hörnern hockte. Sie alle wagten es nicht, auch nur ein Wort zu sagen. Champion aber war nicht bei meinen Freunden, vermutlich war er immer noch bewusstlos von dem Schlag, den der Yeti ihm verpasst hatte.

Old Dog lachte mich beim Anblick meiner Herde an: «Deinen Freunden werde ich auch allen den Garaus machen. Dann wirst du sogar noch viel mehr verloren haben als ich!»

Sein lautes Lachen ließ weiteren Schnee von den Gebirgsfelsen auf den Weg fallen.

Langsam ging der Hund auf Radieschen zu, die ihm am nächsten stand. Vor lauter Angst begann sie wieder, durchgedreht zu plappern: «Ich habe da mal eine Frage …»

«Was?», fragte Old Dog, bis aufs äußerste gereizt.

«Was ist ein Garaus?»

Old Dog konnte es nicht fassen.

«Ist das was Ähnliches wie Daus?»

Schaum trat vor den Mund des Hundes.

«Hat es auch ein Ei?»

Seine Augen blitzten vor Wahnsinn.

«Heißt es dann Ei des Garaus? Oder Ei der Garaus?»

Rasend vor Wut sprang er auf Radieschen zu und schrie dabei: «DU STIRBST ALS ERSTE!»

Obwohl sein Schrei nicht ganz so laut war wie zuvor meine verzweifelte Warnung an mein Kind, reichte er aus, um den bereits gelockerten Schnee in dem Felsen über dem Weg endgültig zu lösen.

«Attenzione, Lawine!», rief der Kater entsetzt.

Unmengen von Schnee stürzten mit einem gewaltigen Lärm auf Old Dog ein.

Und auf Radieschen.

Und die Lawine riss beide in den Abgrund.

Kapitel 63

«RADIESCHEN!», schrie ich, als die Lawine sich legte. Sie hatte den ganzen Weg zwischen mir und den anderen, die an der Ecke standen, meterhoch versperrt, sodass ich meine Freunde auf der anderen Seite gar nicht mehr sehen konnte.

«Es iste, glaube ich, keine gute Idee», rief Giacomo von der anderen Seite zaghaft, «bei Lawinegefahre weiterzuschreie.»

«Aber Radieschen …», klagte ich verzweifelt und versuchte, einen Blick in den tiefen Abgrund zu werfen. Doch in dem erkannte ich nichts, weil der Schneesturm darin weiterwirbelte. Vielleicht war es aber auch besser so: Ihre Leiche wäre ein unfassbar schrecklicher Anblick gewesen.

«Ich lebe noch», hörten wir Radieschens Stimme.

Mein Herz klopfte vor Aufregung.

Sie hatte es geschafft.

Mein Radieschen hatte es tatsächlich geschafft!

Naia sei Dank!

Ich war der Gotteskuh so dankbar, ich wollte mein Kalb nach ihr benennen.

Doch da ächzte Radieschen: «Die Betonung liegt auf noch.»

Ich trat an den Rand des meterhohen Schneeberges und erkannte, dass sie vielleicht vier Kuhlängen von mir entfernt am Felsen hing, genauer gesagt: Mit ihren Vorderbeinen, ihrem Kopf und dem Hals lag sie gerade noch so auf einem Vorsprung, während der Rest des Körpers frei in der Luft über dem Abgrund baumelte. Radieschen fehlte ganz offensichtlich die Kraft, sich hochzuhieven.

Mein Herz zog sich zusammen, lange würde das nicht gutgehen, so viel war gewiss.

«Old Dog», lächelte sie mir zu, «ist abgestürzt. Er wird dir nie wieder etwas tun.»

Vor einigen Sekunden noch hätte ich mir nichts mehr gewünscht, aber jetzt war mir der Tod des Hundes völlig egal. Mein Radieschen war in Lebensgefahr, und ich musste sie retten. Doch wie? Selbst wenn ich es schaffen würde, ohne abzurutschen und in den Abgrund zu fallen zu ihr zu gelangen, wie sollte ich sie hochziehen? Wir Kühe besaßen dummerweise nur Hufe, keine Hände, mit denen man ineinandergreifen konnte. Und selbst mit Händen hätte ich ihr Gewicht wohl gar nicht auf den Weg hieven können, so kräftig war ich nicht, so kräftig war keine Kuh auf der ganzen weiten Welt. Dennoch musste ich es versuchen. Ich stieg also mit den Vorderhufen auf den Schneeberg und rief: «Ich bin gleich bei dir!»

«Nein, Lolle», protestierte Radieschen, «das ist zu gefährlich.»

«Ich rette dich», widersprach ich und betrat nun auch mit den Hinterhufen den Berg. Schon schlitterte ich gefährlich ab. Nur mit Mühe bekam ich wieder Halt, aber es war unmöglich, auch nur einen Schritt weiter zu gehen, ohne selbst in den Abgrund zu stürzen.

«Lolle, sei nicht naiv», sagte ausgerechnet das naive Radieschen. «Stirb nicht unnötig. Du musst für deine Familie da sein!»

Ich hielt inne. Durcheinander. Ich wusste, dass sie recht hatte, und dennoch, ich konnte sie doch nicht einfach so sterben lassen!

Die Zeit lief uns davon. Radieschen ächzte immer mehr. Ihre Muskeln schmerzten, die Anstrengung, sich irgendwie auf dem Vorsprung zu halten, war für sie ungeheuerlich.

Von der anderen Seite des Hügels hörte ich Hilde rufen: «Ich liebe dich, Radieschen!»

Hilde hatte also damals bei den Wagjus begriffen, was sie Radieschen bedeutete, auch wenn sie es sich nicht hatte anmerken lassen. Jetzt, im Angesicht des Todes, wollte sie Radieschen die Worte sagen, nach denen diese sich so sehr gesehnt hatte. Auch wenn jene Worte nicht die Wahrheit waren, versuchte sie ihrer Freundin doch, mit ihnen einen letzten glücklichen Moment auf Erden zu schenken.

«Hilde, du bist eine schlechte Lügnerin ...», lachte Radieschen freundlich. Jeden Augenblick würde sie abgleiten, «... aber du musst nicht mir zuliebe schwindeln ...», redete sie weiter.

Ihre Kräfte schwanden.

«... ich hatte ein glückliches Leben. Es war perfekt, selbst wenn es nicht immer perfekt war ...»

Es war ihr nicht mehr möglich, sich zu halten.

«... weil ich jeden Augenblick gelebt habe ...»

Sie hörte auf zu kämpfen.

«... tut ihr es auch.»

Jetzt wehrte sie sich nicht mehr gegen das Unvermeidliche.

Mein Radieschen lächelte mir noch einmal zu.

Dann fiel sie in den Tod.

Kapitel 64

Dieser Moment war wie eingefroren in der Zeit.

Noch nie zuvor verspürte ich einen solchen Schmerz.

Ich konnte noch nicht mal weinen, so sehr tat es weh.

Mein Radieschen war tot.

Es würde nie mehr singen.

Nie mehr blödes Zeug plappern.

Nie mehr mich schnäuzeln.

Es war fort.

Für immer.

In diesem Moment der eingefrorenen Zeit beschloss ich, meine Tochter Radieschen zu nennen.

Und dann war dieser Moment vorbei.

Denn ich hörte die Stimme von Old Dog.

Die Zeit beschleunigte sich wieder auf Normaltempo. Old Dog schrie irgendwo aus der Ferne hasserfüllt: «Ich werde euch alle töten!»

Ich blickte den Abgrund hinab: Der Schneesturm war mittlerweile etwas schwächer geworden, und so konnte ich erkennen, dass der Hund – vielleicht zehn Kuhlängen unter uns – auf einem Felsvorsprung lag. Er blutete aus vielen Wunden, aber er lebte.

Oh nein!

Er lebte wirklich!

Bis Radieschen auf ihm landete.

Das brach dem Höllenhund endgültig das Genick.

Und rettete ihr das Leben.

Das Monster, das das Glück vernichten wollte, wurde endgültig besiegt.

Von einer glücklichen Kuh.

Die unten auf dem Felsvorsprung jubelte: «Gut, dass ich so gut gepolstert bin!»

Kapitel 65

Die nächsten Tage waren hart: Die dünne Luft in den Bergen machte uns beim Anstieg auf den Gipfel genauso zu schaffen wie die Kälte, der Schnee und der Hunger. Wir ernährten uns von den wenigen eingefrorenen Bergblumen am Wegesrand. Glücklicherweise hatten wir uns aber bei den Wagjus ein solches Fettpolster angefressen, dass wir davon zehren konnten und es mir möglich war, meiner Kleinen weiter Milch zu geben. Und jedes Mal, wenn eine von uns vor Erschöpfung aufgeben wollte, waren die anderen mit Aufmunterungen zur Stelle, denn wir waren nun eine richtige Herde. Ach, was sage ich, wir alle hatten jetzt das Gefühl, eine große Familie zu sein. Alle für eine, eine für alle!

In den Nächten, wenn wir uns in Höhlen oder hinter Felsen Schutz vor Schnee und Wind suchten, erzählten wir uns Geschichten, um uns von der Kälte und der Todesangst abzulenken. Jedoch handelte es sich bei diesen Geschichten nicht um die Legenden von Naia und Hurlo, es ging um ganz andere Helden. Unsere neuen Sagen trugen Namen wie diese:

Das weiße Kalb

Das wunderbar weiße Kalb erklomm den Himalaja. Mit jedem Meter wurde der Wind schneidender, der Pfad glatter und die Luft dünner. Jedes andere Kalb hätte vor Furcht jämmerlich geweint, nicht aber so das weiße, denn es hatte tapfere Gefährten bei sich, die ihm Mut spendeten. Da war die Braungefleckte, der mittlerweile jegliche Farbe egal war und die aus dem Gemächt eines furchtbaren Stieres Eiersalat gemacht hatte. Da war die ehemals Eitle, die todesmutig die Herde vor dem Feuervogel gerettet hatte und nun so selbstlos war, dass sie sogar dem Kalb ihrer einstmals größten Feindin Milch gegeben hätte. Und es gab die stets Liebe, die den Höllenhund geplättet hatte und den Mut gefunden hatte, zu gestehen, dass sie paah-didel-dideli-dideli-dam ist.

Natürlich waren auch die liebenden Eltern bei dem weißen Kalb. Der Stier, der sein Gedächtnis verloren hatte, aber seinen Charakter entdeckt. Und die Kuh, die das Glück gesucht hatte und es schon so gut wie gefunden hatte, obwohl dazu noch etwas fehlte, eine neue Heimat. Aber dorthin führte sie ja der fremdländische Kater, der einst stets vor der Gefahr weglief, sich aber dann entschloss, direkt auf sie zuzulaufen, um die Herde vor den schrecklichen Wesen namens Gourmets zu bewahren.

Diese Gefährten, die das weiße Kalb begleiteten, waren in der Lage, alles zu tun: Sie konnten über das große Meer fahren, hoch über den Wolken fliegen und, wenn es denn unbedingt sein musste, auch auf Frösche pinkeln. Sie waren unschlagbar und würden das weiße Kalb über die Berge führen, so viel war gewiss!

Eines Tages begegnete der Regenwurm dieser tapferen Herde und fragte: «Und wo ist in dieser Geschichte die Gotteskuh Naia?»

Die Mutter des weißen Kalbes antwortete ihm: «Die ist für diese nicht vonnöten.»

«Aber ich will mich beschweren», meckerte der Wurm, «dass das Wetter immer so unterschiedlich ist. Mal ist es heiß, mal ist es kalt, mal regnet es, mal scheint wieder zu stark die Sonne ... ich meine, was soll das?»

«Wer», unterbrach die Braungefleckte, «hat das Geschimpfe von diesem Wurm auch so satt?»

«Er kann», so die Liebe, «leider gar nichts genießen.»

«Immer nur am Meckern», bestätigte die ehemals Eitle.

«Das», sprach der Stier, «liegt wohl an seinem merkwürdigen Liebesleben.»

Die Kalbsmutter beugte sich mit ihrer Schnauze runter zu dem Wurm: «Du darfst nicht für alles bei Naia vorstellig werden.»

«Wieso nicht?»

«Weil jeder für sein Glück selbst verantwortlich ist.»

Der Regenwurm war bass erstaunt: «Das hätte mir Naia auch mal sagen können!»

Dann ringelte er schimpfend davon. Das weiße Kalb jedoch hatte seiner Mutter ganz aufmerksam zugehört. Damit hatte es schon als Kind etwas gelernt, wofür seine tapferen Beschützer ein halbes Leben lang gebraucht hatten, um es zu begreifen: Das Glück kommt zu denjenigen, die das Leben selbst in die Hufe nehmen.

Diese neuen Legenden bedeuteten uns viel, denn sie handelten nicht von irgendwelchen übernatürlichen Wesen, sondern davon, wozu wir Kühe aus echtem Fleisch und Blut fähig waren. Dadurch verliehen sie uns den Mut, die dunklen Nächte durchzustehen.

Dank dieser Geschichten schöpften wir sogar die Kraft, den Gipfel des Himalajas zu erklimmen. Ja, wir Kühe standen auf dem Dach der Welt!

Zwar vor Eiseskälte zitternd, in dünnster Luft, dem Tode daher nahe, aber voller Stolz, denn keine Herde vor uns hatte je so etwas erreicht. Und Menschen wären nackt hier oben gewiss verendet.

«Mann, sind wir gut!», meinte Radieschen, und ihr dünner Atem gefror dabei in der eisigen Luft zu Kristallen, die leise zu Boden rieselten.

«Das tut schon weh, so gut sind wir!», bestätigte Hilde.

«Aua, aua, aua!», ergänzte Champion.

«Miaua!», fügte der Kater lachend hinzu.

«Ich frier mir hier den Arsch ab», fand Susi, die das Meckern doch nicht ganz seinlassen konnte, weil sich nun mal niemand in Gänze ändert.

Vom Gipfel stiegen wir hinab ins Tal. Mit jedem Schritt wurde es wärmer, immer, immer wärmer.

Und dann … Indien.

Endlich waren wir angekommen.

Wir hatten die alten Götter hinter uns gelassen.

Die Berge, den Schnee, die Kälte.

Das Leid, die Trauer und die Gefahr.

Und wir besaßen wieder Normalgewicht.

Kapitel 66

Erst jetzt erkannte ich, dass ich mir nie eine richtige Vorstellung gemacht hatte, wie es in Indien überhaupt aussieht. Niemand von uns hatte auch nur die kleinste Idee davon, wie unser Paradies wohl sein mochte, mal abgesehen von seiner nicht ganz unbedeutenden Eigenheit, dass uns hier niemand grillen und uns zusammen mit einem traurigen Gürkchen zwischen zwei Brötchenhälften stecken wollte.

Eben weil wir keine Vorstellung hatten, war Indien für uns so überwältigend: Es war wunderbar warm, und wir wussten instinktiv, dass wir hier niemals mehr frieren würden. Überall wuchsen fremdartige, faszinierende Blumen, und anstatt der Fliegen gab es Schmetterlinge in den schillerndsten Farben, die so schön und sanft surrten, dass wir gegen sie niemals unseren Schwanz einsetzen würden, um sie zu vertreiben.

In einem kleinen Dorf begegneten wir lieben Menschen. Sie versorgten uns mit Wasser und pflegten uns aufrichtig, ohne mit dem Hintergedanken, uns in einen Zug zu sperren oder uns essen zu wollen. Sie verzichteten sogar auf unsere Milch und überließen sie dem Zweck, zu dem die Natur sie bestimmt hatte: zur Ernährung der Kleinen.

In diesem Dorf namens Amoda trafen wir auch auf indische Kühe, sie waren so zufrieden und ausgeglichen, wie es nur Wesen zu sein vermochten, die niemals Hunger, Leid oder Angst um ihr Leben erleiden mussten. Sie trugen Namen wie Vishniruth, Vishniweg und Vishnipopoab. Und sie nahmen uns freundlich und liebevoll auf. Von der ersten Sekunde an war dieses Dorf für uns eine wundervolle Welt. Hier konnten wir uns niederlassen. Hier konnte mein Kalb groß werden. Und niemand von uns würde hier jemals mehr weinen müssen.

Indien war so wundervoll, so überwältigend, dass es uns alle erst mal sprachlos machte. Aber wenn wir Kühe nicht die richtigen Worte fanden, dann hatten wir ja immer noch unseren Gesang.

An unserem ersten Abend lagen wir alle gemeinsam mit unseren neuen Freunden, den indischen Kühen, im warmen Sand des Dorfplatzes – ja, die Menschen ließen uns wirklich überall sein, wo wir wollten. Wir sahen der Sonne zu, wie sie hinter den Bergen des Himalajas unterging. Da begann Radieschen leise, ein Lied zu singen:

Oh happy Kuh

Und Hilde und Susi stimmten den Chor an:

Oh happy Kuh

Die drei wippten dabei mit ihren Köpfen hin und her und sangen lauter:

Oh happy Kuh – oh happy Kuh.
Weil Lolle uns gebracht,
nach Indien gebracht,
machen wir vor Freude muh.
Oh happy Kuh – oh happy Kuh.

Meine kleine Tochter begann zu trällern:

La, la, la, la, la, la, la, la, la.

Der Kater lachte und meinte: «Eine abwechslungsreiche Texte iste etwas anderes.»

Sie alle änderten den Wortlaut daraufhin, und dabei stimmte auch Champion kräftig in den Gesang mit ein:

Muh, muh, muh, muh, muh, muh

Der Kater grinste: «Das iste natürlich jetzt gleich viel abwechslungsreicher.» Dann sang er ebenfalls fröhlich mit:

Muh, muh, muh, muh, muh, muh

Alle sangen immer lauter. Sie waren mir so dankbar, dass ich vor Rührung einen melonengroßen Kloß im Hals bekam.

Meine große Familie rappelte sich auf und fing an, ausgelassen zu tanzen. Die indischen Kühe ließen sich von ihrem Überschwang mitreißen und machten es uns nach. Alle hüpften tanzend im Kreis, und die freundlichen Menschen um uns herum klatschten vor Freude dazu.

Oh happy Kuh – oh happy Kuh

In diesem Augenblick begriff ich endgültig, dass für jeden von uns Glück etwas anderes bedeutete:

Für Hilde war es das Glück, nicht mehr den falschen Träumen nachzuhängen.

Für Susi war es das Glück, an sich selbst zu glauben.

Für Giacomo, eine Schuld abgetragen zu haben.

Für Radieschen, jeden Augenblick zu genießen.

Oh happy Kuh – oh happy Kuh

Für Champion war das Glück, endlich erwachsen zu sein und eine eigene kleine Familie zu haben.

Für die indischen Kühe war es das friedvolle Leben, in das sie hineingeboren waren.

Und für mich ...

... für mich war es mein Stier und mein Kalb.

Oh happy Kuh – oh happy Kuh

Ja, dank meiner Entscheidung, den Hof zu verlassen, hatte meine ganze Herde ihr Glück gefunden. Es war wunderbar, sie alle so zu sehen: Radieschen flirtete mit einer liebreizenden indischen Kuh namens Himm-Himm, die einen ganz bezaubernden Wimpernaufschlag hatte, Hilde tanzte mit Vishniweg, der hell war und überhaupt keine Flecken besaß. Susi flirtete mit Vishnipopoab, dem elegantesten Stier weit und breit, dabei strotzte sie nur so vor Selbstbewusstsein. Und der Kater becircte mit einem Tanz, den er Boogie-Woogie nannte, gleich mehrere schöne indische Katzen gleichzeitig.

Keine Frage, sie alle würden hier in diesem Paradies zusätzlich zu ihrem Glück auch noch die Liebe finden.

Da kam Champion auf mich zu und forderte mich auf, mitzusingen, indem er mir begeistert zuschmetterte:

O ja, sing es, sing es, sing es, yeah, yeah ...

So stand auch ich auf, tanzte mit meinen Freunden, meinem Kalb, meinem Stier, den indischen Kühen und den Menschen, die sich mit uns freuten, und muhte aus lauter Kehle:

OH, OH, OH

OH HAPPY KUH!

Dabei empfand ich das größte Glück, das es überhaupt gibt …

… die, die man liebt, glücklich gemacht zu haben.

Und genau das bedeutet Muh!

ENDE

Ich danke meiner Lektorin Ulrike Beck, die an die Kühe geglaubt hat, meiner Frau Marion, die immer an mich glaubt, meinem Agenten Michael Töteberg, der oftmals nicht nur glaubt, sondern auch weiß, Marcus Gärtner und Christian Zeyfang, der mir musikalischen Beistand gab.

Liebe Leser,

in meinem ersten Roman «Mieses Karma» wurde die Heldin, weil sie so viel schlechtes Karma angehäuft hatte, als Ameise wiedergeboren. Damit Ihnen und mir so ein Schicksal erspart bleibt, habe ich die «Gutes Karma Stiftung» ins Leben gerufen.

Spaß beiseite: Es ist nicht so relevant, ob man an Wiedergeburt glaubt oder an einen Himmel, um hier in diesem Leben etwas zu ändern. Es geht nicht darum, nach dem Tod für seine Taten belohnt oder bestraft zu werden, sondern darum, dass es jetzt, für diesen Augenblick, richtig ist, Menschen zu helfen, die es nicht so gut haben wie wir. Das tut nicht nur denen gut, sondern – und das kann man sich ruhig eingestehen, selbst wenn es nicht ganz so selbstlos ist – es bereitet einem auch selber Freude.

Die «Gutes Karma Stiftung» hilft Kindern in aller Welt. Wir haben in Nepal bereits eine Schule für 720 Schüler gebaut und ein Anti-Sklaverei-Projekt unterstützt, das viele Kinder aus ihrer schrecklichen Lage befreit hat. Auch ein Alphabetisierungsprojekt in Kolumbien haben wir finanziert. Derzeit errichten wir eine Schule in Ecuador.

Umgesetzt werden diese Projekte mit wechselnden seriösen Partnern, bei denen gewährleistet ist, dass Ihre Spenden vor Ort sinnvoll verwendet werden. Also egal, ob Sie verhindern wollen, als Ameise wiedergeboren zu werden, oder einfach nur Gutes tun möchten, hier können Sie konkret helfen.

Weitere Infos erhalten Sie auf der Webseite www.gutes-karma-stiftung.de.

Mit allerbesten Grüßen
Ihr David Safier

David Safier bei Kindler, rotfuchs und rororo

28 Tage lang

Happy Family

Jesus liebt mich

Mieses Karma

Mieses Karma hoch 2

MUH!

Plötzlich Shakespeare

MIX
Papier aus verantwortungsvollen Quellen
FSC® C083411

Das für dieses Buch verwendete Papier ist FSC®-zertifiziert.